1969년 시집 『우울한 샹송』을
펴낼 때의 모습

1963년 대학 3학년 때 친구 권오훈, 박명학과 함께

1983년도의 내 모습

스승 박남수 선생님과 함께

1980년대 중반 부산에 온 전봉건 선생님과 함께
(좌로부터 이영걸, 하현식, 김규태, 전봉건, 이수익, 김석규, 차한수, 허만하)

현대문학상 수상식 때 김형영, 이수익, 최승호와 함께

이천에 있는 이건청 집에서
(좌측 뒷줄 시계방향으로 정진규, 오세영, 이수익, 박의상, 김종해, 이건청, 오탁번, 이승훈)

1980년대 KBS 시인들과 함께
(좌로부터 유성식, 김선옥, 이수익, 안덕상, 백학기, 박해선)

1995년 시인협회 보령 야유회 때
(좌로부터 노향림, 신달자, 이수익, 한영옥)

아들 의성, 아내, 딸 세경이와 함께

제8회 지용제 시상식장에서

KBS 사무실에서

2001년 지훈상 시상식 때
김종길 선생님과 함께

2003년 고려대 사회교육원 시 창작반 수강생들과(전서은, 이수익, 신명옥, 유영미, 정선)

2007년 공초문학상 시상식장에서
(좌로부터 이근배, 이재무, 조영순, 나금숙, 신수현, 이수익, 최창균, 신현정, 길상호)

2010년 시와시학 80호 기념식장에서
(좌로부터 신달자, 김남조, 홍윤숙, 이수익, 김후란)

2017년 『문학청춘』 신인상 심사 때 김영탁 시인과 함께

현대시학회 시제 때

이수익 시전집

황금알

서문

　시인이 된 지 56년이 지났다. 1963년 서울신문 신춘문예를 통해 「고별」「편지」 등이 당선되면서 나는 그 길로 바로 시인이 된 것이다. 시인이 되어서 좋은 점도 많았고 또한 안 좋은 일도 있었는데, 지금 돌이켜보면 좋은 점이 더 많았던 것 같다. 아마 이 나이쯤 되어서 인생의 경륜을 한번 헤아려보면 내가 시인이 되어서 이 세상에 남긴 몇 줄의 시가 화려하고 행복했던 지난날을 은은히 빛내 줄 공적이 아닐까 싶어서이다.

　시집은 1969년 『우울한 샹송』을 펴냈고, 그다음 『야간열차』『슬픔의 핵』『단순한 기쁨』『그리고 너를 위하여』『아득한 봄』『푸른 추억의 빵』『눈부신 마음으로 사랑했던』『꽃나무 아래의 키스』『처음으로 사랑을 들었다』『천년의 강』『침묵의 여울』 등 열두 권을 내었다. 습작시(8편)까지 합치면 이 시선집에는 모두 640편의 작품이 수록되어 있다.

　회고하건대 나의 시세계는 아마 허무의 낭만주의로 압축될 것이다. 사랑과 죽음, 탄생과 파멸, 열정과 냉정이 함께 어우러지면서 허무 속의 낭만, 혹은 낭만 속의 허무를 짙게 껴안았던 것 같다.

　처음 시단에 나왔을 때, 나에게 붙여진 이름이 '비애와 우수의 시인'

으로 기억된다. 그 말에 매우 공감했다. 그리고 나이가 들면서 더욱 이미지를 선호하게 되고 정교한 언어에 집중하면서 나는 사물시에 대한 관심을 집중시키게 되었다. 차츰 세월이 지나면서 시에다가 인간의 현실적 삶을 그려내는 방법을 생각하게 되었고 시와 인간의 고뇌와 번민을 염두에 두기도 했다.

이렇게 지난 과정을 살펴보면 나의 시는 이미지와 정서, 그리고 관념이 하나로 묶여져 있음을 실감하는데, 관념은 후반기에 접어들면서 더욱 견고해졌다.

그리고 나의 시선집 『불과 얼음의 콘서트』에서 밝힌 것처럼 허무의 낭만주의는 내 시작에서 '뜨거운 열망과 차가운 절제 사이'를 명료하게 짚어낸 표현이라고 생각한다.

서로 모순된 에너지끼리 상호 침투하면서 특유의 화음을 발생시키는 일이 내 시의 본질적 사명이므로, 허무의 낭만주의는 아직 젊고도 푸르다.

2019년 여름
이수익

차례

제4시집 단순한 기쁨(1986년)

제5시집 그리고 너를 위하여 (1988년)

제6시집 아득한 봄(1991년)

제7시집 푸른 추억의 빵
(1995년)

제8시집 눈부신 마음으로 사랑했던(2000년)

제9시집 꽃나무 아래의 키스
(2007년)

제10시집　처음으로 사랑을 들었다(2010년)

제11시집 천년의 강(2013년)

제12시집 침묵의 여울(2016년)

습작시 8편

(1962~1964년)

아가에게

아가야,
새로 이빨이 났네
금환金環의 둥근 고리를 물 수 있게
물고서 엄마 품을 드나들 수 있게

유연한 살점에서 부끄럽게 보인
그것은 눈을 뜨는 생명의 웃음소리
자극하는 애정의 그리운 발화發火

고단했던 잠결의 자락을 떠나
아가야,
너는 요람 속에 안온히 누워
가물대는 손가락을 움직이면서
너는 혼자서도 웃는다, 거울을 보듯

그러나 아가야, 너는 모를 테지
떠나버린 사계四季의 음반 뒤에 남아
납빛 흐려지는 아버지의 우수를,
인간이 악무는 이빨 끝에서
유혈하는 인간의 살의
아픔을,
또한 그렇게 인간은 살아나감을
아마도 너는 모를 테지

아가야,

새로 이빨이 났네
영접迎接하는 생명의 프로필같이
보면 애틋한 네 이빨은
어두워라,
내 가슴에 파고들 때는

엄동

하하하,
할아버지 수염은 우습더라
숨이 드는 코끝은 더 우습더라

떨기떨기 복사꽃
지는 달밤
계집과 소곤거린 볼의 뜨거움
그렇게 숨도 못 쉬는,
할아버지 위엄은 우습더라

제때가 아니어도
빛나며 얼음이 터지는 소리
쩡쩡, 극極을
가르는 소리
그 아래 푸른 물 출렁거리고
피가 솟은 혈관을
햇살은 지난다

따사한 구들목엔
착한 사람 모여 사는 연방인데
오, 나무여
숨죽인 나무들을 불러 서로 의지하라

머리카락 사이로
하늘을 올려보면

은밀해지는 지붕 아래

하하하,
할아버지 눈시울은 우습더라
둘러 빠진 두 볼은 더 우습더라

남대문 시장

새벽 다섯 시
남대문 시장은 국을 끓인다
그리고 칫솔로 골고루
이를 닦는다
이빨 사이로
햇빛,
찌르르 육감肉感하는 아침의 기운
남대문 시장은 상쾌하다

좀 있다
뜨거운 국물로 데우는 후각,
이제는 잠에서 깨어나 고개 흔드는
아이들을 바라보며
남대문 시장은 방석을 깔고 앉는다

청과도 좋고
양말이나 내복
비누와
학용품,
또 새파랗게 숨이 넘어가는
생선도 좋다

남대문 시장은
넓은 무화과 잎을 뒹굴며
떨어지는 이슬의 예지로 거래하고

늘 분노에 찬
골목에 있다

그리고 분망했던 하루의
저녁,
다시 국을 끓이는 일곱 시경엔
아낙네들이 밀리며 욕설하던 가게에서
긴 이부자리를 편다

몇 번
동전이 떨어지는 쾌감에 웃다가
그림자 같은 제 목소리에 피곤해져
불시,
아득한 수면에 빠져든다
한 마리 거대한 짐승과도 같이

봄날의 비감悲感

어두운 데서 아이들은
밝은 곳으로 데려와서
눕히게,
아픈 상을 하면서도 입 밖에
아프다 하지 않는 이 아이들을
서늘한 등나무 의자 위에다 눕히게,

가장 지극한 평화와 안녕 속에서도
우리의 손은
떨리는 것이니
라일락꽃의 요동을 보아 알겠네

너무나 많은 설움이 한꺼번에
풀려와 아이들의 떨리는 손을
쥐어주게,
생환해 온 이 봄의 감격을 울어버리지 않게
꼬옥
쥐어주게,

항아리

오로지 떨어진 한 낱 밀알의 그리움으로
나를 보옵소서

다시는 율법으로 하여
제단에 들지 않게 하시고
남루한 전야의 영혼으로
나를 존재케 하소서

저리도 숲에서 살아나는 바람은
피의 광염,
또한 깊은 밤일수록 보답처럼 밝아오는
가로등엔
사설蛇舌로 나부끼는 수위

아아, 저 이웃의 고통을
믿음으로 눈떠 보게 하소서

오로지 떨어진 한 낱 밀알에의 애정이
스스로 주홍빛 꿀벌에서 꿈꾸지 말게 하시고
오늘은 근원으로 돌아가는 빗물의
어중간에서
어머니의 음성을 듣게 하소서

혹은
사치한 연회에서 내가 머물거든

절정,

그 황홀한 절정에서

진실로 나를 파괴하여 주옵소서

낮은 목소리

천진한 당신은 눈을 감고서
따뜻이 손목을 잡아주세요
간신히 띄우는 나의 미소는
우리 사랑의 골똘한 표정이게
보세요, 밖엔 눈이 오네요
부딪치며 즐거운 영혼끼리의
포근한 애정의 속살거림
이렇게 겨울은 풍요하듯
아, 사랑하는 우리 두 사람은
마주 보곤 서로 눈물이네요

난타

아바바……
떨리는 우리의 치아는
모든 안정과
분리되고

양지 쪽에
다정을 두며
조아리는 이 새로운 국면
우리는 파릇한 푸성귀

귀와 볼의
가난한 의지를 빠뜨리는 오늘은
전깃줄에 걸린 바람의
옷자락만 눈부시다

들리는가,
아침의 침상에서
버리는, 저 식구의 하얀 기침을
고유로부터 떠나 있는
이 마음의 일부를

바깥은
누군가 문지방을 마구 난타하는
숨가쁜 전율인데
구애하듯

구들목에서 더듬고 있는 우리의
아바바…… 아바바……

연가

하고픈 말을 하려다 그만둔
그때
너의 입술과

푸른 하늘 그 심연으로부터
약간 바람이 일었을까,
솔가지가 떨리는 분노처럼 내 마음 위로
무수히 쏟아져 내린 환원의 꽃떨기에

우리 사랑
요요히
배를 띄우고

양귀비꽃보다 더 뜨거운 시선으로
영원을 손짓하는 순간,
나는 비로소
생활을 알았다

이제 우리들 난간엔
이리도 환한 달빛이 들고
내 사랑은
어느 푸른 기슭에서나 잠들까.

하고픈 말을 하려다 그만둔
그때
너의 입술과……

제1시집

우울한 샹송(1969년)

강변에서

저음의
흑인 가수들이
노래 부르는 서러운 이빨같이
저 반짝거리는 잎들,
새로
보겠네.

그것은 잃어버린
유년기의
사진첩
넘어가는 소리,
회상의 어느 소로小路에다 나를 버려두고
다시
떠나가네.

위로
단속의 햇빛
깔리는 자갈들 상운하고 있고
그 푸른 육안들 마주칠 때

뼈처럼 삭아버린
내 오뇌의 꽃잎
또 보겠네.

이 세상에서

나는 무당은 아니지만
때로는 굿을 해야 하네.
때로는 굿 이상의 열정이
나를 스치고 지나가야 하네.
화살처럼 적중하고 나를 관통하여
내가 쓰러지게 해야 하네.
오후 여섯 시,
옥상의 비둘기가 내리는 때
낡은 외투의 옷자락처럼 석양에
밀리는 인류의 그림자 속에
내가 빈 가방을 들고
서성이면
아무것도 없네, 가을의 들판
아아, 누가 부른 듯이 내가 와서
걸어갈 뿐이네.

나는 무당은 아니지만
때로는 굿을 해야 하네.
붉고 푸른 무명의 천을 두르고서
미친 듯이 신을 불러야 하네.

가을에

나를 낳으신 가을에
어머니,
당신의 옷고름처럼 애정으로 물든
과원에 하나씩 잎은 지고
내 하프의 금선은 울리고

잃어버린 연인의 발자욱이 남은
계단마다 침몰하는 달빛은
이제
어두운 눈으로 옛 편지를 읽는다.

아,
주위에 뿔뿔이 흩어지는 가랑잎은
창으로 와서
눈물로도 못다 하는 그림을
그리고 가고……

내가 처음 본 가을에
어머니,
당신의 가장 부드러운 손길마저
빈 가지에서 떠나고 있을 동안

나는 하프의 금선琴線 위에 쓰러진다.

금과 은

나의 걸음이
어머님의 손을 따라 익혀졌을 때
처음 받은
나의 감격의 한 켤레
신발
색감 어린 한 켤레 신발은
오라, 동작을 부르면서
내 어린 문간에 놓여졌다.

비로 젖는 우기의 담벼락에서나
햇빛의 산하, 머언 모래밭 위에서나
나는
신발의
두 무게를 끌면서
내가 받은 최초의 자유를
황금의 빛으로 견적하면서
수없는 문지방을 건너왔다.

깊은 뻘의
수렁을 지나
갈매빛 나는 풀밭에서
나는 햇빛을 씻으며 목욕했다.
꿈에서도 살처럼 날아와
아, 가슴에 적중하던
선험先驗의 잠언을 믿으면서

나는 어머님이 내게 준
두 무게의 허락을, 더불어
밤과 낮 사이로 도강해 왔다.

오늘은 귀로의 길목에서
나는 신발을 수선하면서
그 터진 밑창의 구멍으로부터
난데없이 커다란 폭소를 들었다.
양순한 열 마디의 뼈를 암장하고
마침내는 나를 구속케 한
신발,

내가 벗은
장신치 않은 나의 맨발의 빈 살결을
아파서 가리우는 나의 두 손을
나는,
승부의 판정처럼 보고 있었다.

사랑이 주고 간 대화

사랑하는 남자와 여자가
능금나무 아래서
터질 듯한 풍선을 만지고 있데.

햇빛은
신문지와 행간을 교묘히 빠져나오는
냄새처럼
잎사귀의 저 멀리서 스미어 오데.

성숙한 두 사람의 볼은
잘 빚은 능금주,
제왕의 잔을 찰찰 넘치는
요염으로
발그레져 있데.

서로 말하지 않는
두 사람의 시선이
한 사람의 약속 위에 머물 때
배암의 요설은
분과 연지를 찍고
한 사람의 손이 그만,
공중에 풍선을 놓치고 말데.

능금나무 뒤에
이미 해가 져버렸는지

아니면 신명에 날아갔는지
어둠의 적요를
지르는 다리,
다리에 한 사람이 와서 울데.

세상에 이른바 영원이란
믿을 수 없다
손 치더라도
두 사람의 손길이 마주 잡은
사랑의 이미지는 믿을 수 있데.
믿을 수 있데.

꽃

꽃은
누가 죽어가는 시간에
피어나는 것일까,
그 사람이 힘없이 손짓하던
부름을
말하지 못한 하고 싶은 말을
대신하여
피어나는 것일까.

꽃이 피는 시간에
그 주위에서 일어나는 바람은
또
무엇일까,
꽃 가장이를
예감처럼 돌다가 사라지는 빛은……

아, 꽃은 결국 무슨 뜻으로
저리도 선명한 빛깔로 내게
다가오는가.

종소리

새벽에 듣는 종소리는 맑게 나를 깨우친다.
종각의 근원에서부터
나에게 이르기까지
그 음향은 흐르는 공기를 깨우치고
풀잎마다 젖은 이슬을 깨우치고
연모의 푸른 창들을 깨우친다.
종소리를 들은 다음 내 귀는
아침으로 눈을 뜨는 자연이었다.
누구일까,
이 새벽에 종소리로 하여
이렇게 그의 마음을 실어 보내는 이는.

＊

이제 나도 하나의
종을 달고 싶다.
하늘에는 높이 종각을 세우고
그 아래서 나는
눈물과 기쁨으로 종을 치고 싶다.
그러면 사랑하는 이여, 너는 들으리라
새벽에 내가 잠깬 그 이유를.

분위기

눈발이 창을 모자이크 하는 동안
우리들은 한겨울의 따뜻한 난로 곁에서
짐 리브스의
화이트 크리스마스를 듣는다.

우아한 그의 목소리는
의자에 묻혀 잠을 부르는
털강아지 스피츠의 귀를 뜨게 하고
우리는
조숙한 아이들처럼 말을 잃는다.

바깥에선 눈이 내리고
다시 또 내린다.
겨울을 태우는 난로 위에서
주전자에 물이 끓고 있는 동안
우리들은 아직 한 번도 본 일이 없는
성聖그리스도의 부활을 보게 된다.

거미

허무한 바람의 벽에
걸어놓은 그 약한 투망도
거미여,
네게 그것은 희망이다.
오, 생존이다.

지나가는 한줄기 바람결에도
경계하는 네 푸른 신경은 떨리어
허약해졌는가, 거미여.

태양이 마지막 피를 연소하는
일몰의 거리에서
나는 하루에 받은 인상들을 감광感光하고,
남몰래 밤이면 암실에서
내 영혼의 빛으로 이를 현상한다.

나는 나의 과거를 그리고
봄이면 나무에 꽃이 피는 이유를 그리고
우리들의 사생활을 그린다.

결국은 나와 결별해야 하는
그 몇 줄의 시詩를 위하여
나는 투망을 한다.
희망도 생존도 될 수 없는
그 몇 줄의 시를 위하여, 거미여
오늘도 나는 아픈 손으로 그물을 짠다.

겨울나무

겨울은 환상적인 귀,
시력을 잃은 사위四圍로부터 음악을 듣고
점차
멀어지는
참사한 새들의 호흡 위에
내리는 눈
눈은 쌓이고,
그 순수한 무덤 곁에 소녀들은
아름다운 설화의 불을 피운다.

11월의 밤에 전별한 꽃잎의
어머니는
화관을 쓰고 잠이 들었네.
탄질의 땅에서 사금을 찾던
손은, 은발에다 묻어둔 채로.

저무는 날의
사양은 분지 위에
환등처럼 따뜻이 내리비치고
그 전모의 폐허 위에 다시
눈이 내릴 때

들리는가, 찬미되지 않은 나무들이
지금 부르는 뜨거운 목소리를
불을 담은 수피의 벽을 열며

봄으로 가는 그의 목소리를
아, 겨울에 가장 밝은 나무의 목소리를.

성냥개비

가연성 유황분의 그 끝을
가볍게
그슬는다.

불이 튈 잠재를
비위처럼 건드린다.

확, 댕기는
점화의
시발.

이 순간은
아마
신도 바람을 모았을 것이다.
보다 머언 흐름을 위하여 강하江河는
파도를
되풀이해 보냈을 것이다.
나의 손이 아끼는
그 불꽃의 개안을 위하여……

사랑이여,
우리의 눈길이 마주치는 순간
외길로 교류하는 피의 감전을
그대는 또한 느끼는가.

우울한 초상

오, 어머니
왜 당신은 눈물을
글썽이나요?

왜 당신은 앞으로 바라보질 못하고
옆으로만 보시나요?
어머니

그전부터 나는 당신에게서
우리는 매일 아름다운 비잔틴을 향해
걸어가고 있노라고, 들어왔습니다.

그리고 지금은 새들이
천상 높이 떠서 노래하고
사방에서 꽃들이 악상처럼 피어남을
보고

내가 마치 영광의 정문을 통해
입장하려는 걸 느끼는데

오, 어머니
당신은 왜 말없이 눈물만
흘리나요?

남은 비가

전깃줄의 눈썹에 눈물이네요
날개 상한 새의 공허 속
자라나는 식물은 믿음이고요
고정한 나뭇가지 위 바람은
산란히도 떠드는 마음의 주정.

가슴에 달린 상장喪章은
오오, 영광이라 자부하는군요.
나도 당신처럼 긴 팔을 가지고
어둔 회랑을 오르내리면서
나도 당신처럼 미소微笑하지만
한결같이 비워지는 두 개의 흉부.

겨울은 잔인하게 사지를 잘라내고
아궁이 안에서 기뻐하네요.
내가 가느랗게 눈을 뜨고
계절이 환상하는 방안을 둘러보았을 때
이미
떨어지는
괘종시계,
비에 젖은 자명고밖엔 찾지 못해요.

겨울 초상

못에 빠져 죽은 여자의 얼음
사이로 나온
손,
그 희디흰 손은 가지를 내고
햇빛을 받아
성장하고 있었다.

장미꽃처럼
타오르는 윤활유의 난로에서
사막에서
나와
그 여자는, 함께 있었던 것일까.

겨울에 표현되는
강
유역을
빗기어가는 새들……
저 이름 모를 영혼의 악사들은
나의 지대에서
주둔했던 모든 것을
거두어 갔다.

망고와
잎사귀 진 나무와
조용한 이 계절의 석모夕暮를 노래하는

우리 아이들의 식탁에 와서
하나씩 잠이 드는 고향.

못에 빠진 여자는 죽어서
손은
가지가 되고
가지마다 꽃은 난만히 피었는데,
누가 겨울철의 이 눈물을
그릴 수 있을 것인가.

암실에서

홀연히 빛을 타고 강림하는
하늘, 그 천사의
기적처럼
내 눈과 빛의 관할을 넘어
순간에 그것은 밝아왔다.

한 줄기 바람의 손짓에도
솔가지는 모두가 진동하는 것일까.
만지는 악기의 제일 아름다운 때를
기억하는 내 손이
잠시
떨리고,

이 선명한 제압의 순간에
전신으로 굴복하기 위하여 나는
조용히 계단을 내려와서
암실의 문을
노크했다.

환상적인 불빛은 음악의 선율일까.
하나의 등이
얕게
흔들리며
내부의 어둠을 조절하는 암실에서
나는 일체의 빛을 거부하고,

다만 땀과 기도로 노동한다.
듣고 있는 것은
그 선명했던 빛의 유역을 노 저어가는
아,
내 영혼의 물결소리.

활

요량料量하고 있다.
저 황금의 물주름
지시된
일발 기쁨을 위하여 높이 든
두 손,
두 손은 떨린다.

애증이든지 어리석음이든지
혹은 어떠한 약속에서든지
간間,
살은 시위에 먹힌다.

보는가.
저 팽대한 부분의 가슴을
눈먼 큐피드의
탄식을,

갈대 수석이는 바람
을 따라 홀린 듯 날아가는
금빛 화살.

목소리 4

기이벤라트
그대 깊은 수렁을 밟는 발목에
빗물이 고이고
사랑이 고이고
찾아가는 시베리아 황원엔
눈이 내리고.
기이벤라트
내 그대 부르는 목소리 속을 빠져
달려가는 그대 머리 위에
쏟아지는 유황불
나 눈멀었노라.
그때 당신은
레코드 상가에서
미쳐 흔들리는 어깨의 묘미에
타서
웃고
피어오르는 검은 연막 속에
한 떨기 장미로 피었지.
기이벤라트
전쟁이 가면
다시 찾는 폐허는 남아 있지만
잃어버린 사랑은 무엇인가
정말 무엇인가.
오늘은
내 아프게 기다리는 눈에

혈흔의 사루비아가 그대로 시드는데
깊은 수렁을 밟는 그대 발목엔
빗물이 고이고
사랑이 고이고
어둠 속을 지쳐 달리는
그대 가슴을 또
빗발이 치고
…………아,
기이벤라트

목소리 7
— 고갱의 편지

나 고도孤島 타히티로 가면
친구여
나의 마음은 평화로워질까.
눈이 아픈 도시의 그을음은
비둘기의 나래를 상하게 하고
나의 어머니는 죽어서도
아침이면 눈을 뜨고 되돌아왔다.
정밀하고 좋은 순금시계를
머리맡에 두고 잠이 들어도
나는 이유없이 끌려가던 유배의
계곡,
푸른 옷 입고 땀 흘리고 웃으며
하늘에는 두 손을
구속 당한다.
나 고도 타히티로 가면
친구여
만나면 서로 함께 목례를 나눈
다정스런 이웃사람들의 얼굴을 잊고
공원에서 즐겁던 아이들을 잊고
사랑하는 친구여, 자네마저 잊고
자네마저 잊고,

비로소 나는 잠이 들리라.
그곳은 이글거리는 태양의 섬

우왁스런 새들이 칼이 되어 나르는
생동의
수림,
수림 속의 나는 나신으로
사향에 취하여 잠이 들리라.
우리들 어디에서 와서
우리들 어디로 가야 하는지……

친구여
오늘은 다시 못 올 여장을 차리고서
아아, 나 이 글을 부치노라.

목소리 8

살아서 고락을 다한
한 포기 풀, 가르미엘옹의
여든 번째 탄신일 거리에서는
꽃과 쌍동 비둘기
손에
떠나고
골목마다 아이들은
인자의 여생은 아름다운 것이라고
제마다 고운 음정을 찾아 노래할 때
마마,
나는 커튼 뒤 방안에서
과분히 술을 마시고 취해
쓰러져 잔다.

짚덤불로나 가려주었으면
아픈 부분의
극極을,
거기서 자라나는 잊혀진 탄흔을
볼 수 없이 나는 눈이 멀었네.

행복한 날은 요람 속에서
마마,
나직한 당신의 보호 속에서
망각의 줄을 끌며 잠이 들었다, 아아
그런 날은 모조리 가버렸다.

연회와 집회의 좌중
우리들의 많은 이야기 가운데
믿어 온 하늘의 신비는
이제 연소하는 감정 위에 재로 떨어진다.
예외없이 털이 서는 고슴도치처럼
마마,
내가 마신 술은
가슴을 적시고 지상을 물들이는 운무가 될까
그것은
무구한 나의 눈물이 될까.
살아서 고락을 다한
한 포기 풀, 가르미엘옹의
여든 번째 탄신일 거리에선
함께 화음하는 우리의 어린 귀여운 꽃들
부르는 정조의 노랫소리
비틀거리며
내 밟는 땅마다 날리는
쇠잔한 불꽃,

나 잃어버린 유곡의 저류로부터
차츰
목이 멘다.

마마……

목소리 10

친구여, 지금 내가 부르는 이 목소리는
옛날의
그 목소리가 아니다.
그전처럼 내 목소리는 맑지 못하고
친구여,
내가 종로에서 너를 만나
어깨를 치며 부르던 그 목소리처럼
천진한 그런 것도 아니다.
어느덧 나는 에드거 앨런 포의
흉가에서 일어나는 사건들을 알고
그 집을 지켜온 늙은 거미처럼
때에 따라서는 변신도 할 줄 알지.
친구여, 잃어버린다는 일은
결코 슬픈 것만이 아니지만
내가 다시 그리운 플로렌스의 꽃들을 부른다면
꽃들은,
알아서 화답의 눈빛을 띄울 것인가
그전처럼 설레이는 몸짓으로 내게
다가올 것인가…… 친구여.

목소리 11

친구여,
우리는 서로 마주 앉아 있어도
우리들 머리 위에 구름은
서로
다른 하늘을 흐르고 있다.

계단을 내리면서
어쩌다 한칸을 헛디뎠을 때
비로소 내 의식의 편린들이 깨어나는
그 순간의 상기, 〈나의 조그만 실수〉
너는 그것이 아무것도 아니라고 말하지만
나는 부끄럽다, 용서해다오 용서해다오.

친구여,
오늘은 우리가 참으로 오랜만에
이렇게 마주 앉아 있는 동안
내 마음에 떨어지는 낙뢰의 한 줄기 불빛은
어쩌면 이다지도 반갑고
또 쓸쓸한 것일까.

초인종

여인을
깨우듯이
나와는 떠나, 잠들고 있는
혼자의 여인을 다시
깨우듯이

나의 손가락이
조용히 떨며 가 닿았을 때
충전의,
오오 내 육감의 새들은 일제히
내실로 날아들어
하오의 환상을 담고 있는
벽의
거울을 깬다.
빛이 내리는 방향에서 우아하게
머리를 빗던 꽃은 이때
암흑으로 변신한다.

부서진 거울을 다시 맞추면서
현관을 밀고 나오는
…… 하녀여.

거울

겨울바다의 물결이
어느 때는 그 연안을
휩쓸었을 것이다.
바람처럼 예감을 몰고 오는
소리라면 모두가
그 깊은 심연으로 흘러들었을 것이다.

아.
지금은 조용한 내계의 얼굴을
가진 이여.
내가 무심히 그 앞에 앉으면
거울은
기억에 들리는 이오니아 앞바다의 물결소리
사라져가는 그 해조음으로 하여 눈먼
반신의
푸른 석상……

나는 무엇을 이다지도
연연히
그리워하는 것일까.

저 슬픈 허밍은

저 슬픈 허밍은
시달린 흑인이 언덕을 넘어가는
소리다.

이끌리며 간 날을 위로하는
어머님의 눈물이고
사랑이다.

하늘에서 날아
들에 와서 보고
제 호젓한 무덤 찾아가는 어린 새의
숨소리다.

하나에서부터
모든 것을 버리더래도
잠자리까지 와 돌보듯 따르는,
또 마음에 닿자
참을 수 없이 피로하고 마는
저 슬픈 허밍은

시달린 흑인이 언덕을 넘어간 후로
다시는 돌아오지 않는
소리다.

아아, 외롭게 되돌아오는
그의 영혼이다.

벌

단 한 개의 침을 위하여
영원히 숨이 질 그 순간을 위하여
아아,
그
순간을 위하여

푸른 하늘
무너지는 변방의 화원에서
나는
음향이 되어 흐르다가
기습의 한때를 기다리다가
옮아가는 기지의
꽃마다
꿀보다 더 뜨겁고 강한 울림의 내 날개
타오르는 사랑을 찾지만,
나의 입술이 닿으면 변신하는 꽃들은
단지
흔들리는 기호에 불과하였다.

햇빛과 소리의 초원에서
거리의 나뭇가지에서
가지 끝을
아롱지운 전폭의 푸름 속에서
퍼덕이는 내 기억의 나래는 비에 젖어
아득히 밀리면서 침강하는데

이슬에 비친
빈사의 얼굴을 밟으며 다시 비상하는 나는,

미명을 눈뜨는 그리운 꽃
의 가슴에 필사의 힘으로 독을 뿌리고
뽑지 못할 침을 흔들면서 죽어갈 그 순간을 위하여
아아,
극단에서 분열하는 피를 위하여.

말

말이 죽었다, 간밤에
검고 슬픈 두 눈을 감아버리고
노동의 뼈를 쓰러뜨리고
들리지 않는 엠마누엘의 성가 곁으로
조용히 그의 생애를
운반해 갔다.
오늘 아침에는 비가 내린다,
그를 덮은 아마포 위에
하늘에서 슬픈 전별이.

우울한 상송

우체국에 가면
잃어버린 사랑을 찾을 수 있을까
그곳에서 발견한 내 사랑의
풀잎되어 젖어 있는
비애를
지금은 혼미하여 내가 찾는다면
사랑은 또 처음의 의상으로
돌아올까

우체국에 오는 사람들은
가슴에 꽃을 달고 오는데
그 꽃들은 바람에
얼굴이 터져 웃고 있는데
어쩌면 나도 웃고 싶은 것일까
얼굴을 다치면서라도 소리내어
나도 웃고 싶은 것일까

사람들은
그리움을 가득 담은 편지 위에
애정의 핀을 꽂고 돌아들 간다
그때 그들 머리 위에서는
꽃불처럼 밝은 빛이 잠시
어리는데
그것은 저려오는 내 발등 위에
행복에 찬 글씨를 써서 보이는데

나는 자꾸만 어두워져서
읽질 못하고

우체국에 가면
잃어버린 사랑을 찾을 수 있을까
그곳에서 발견한 내 사랑의
기진한 발걸음이 다시
도어를 노크
하면,
그때 나는 어떤 미소를 띠워
돌아온 사랑을 맞이할까

새들의 비가

1
가을볕 드는 산간에 나무꾼은
서슬 푸른 도끼에 하루 낮반의 작업으로
나무를 치고
있었다.

마침내 나무는,
향기로운 수액과
하늘에 심어온 연륜과
그 소중한 잎새들을 떨며 일순
커다란 진폭의 외마디 울음이 되어
지상에
넘어졌다.

2
저녁에 외로운 새들은 돌아오고
있었다. 황금의 햇살을 깃마다 퍼덕이며
하루의 많은 이야기를 부리에 물고
아늑한 그들의 잠자리를 느끼면서
황황한 걸음으로 도처에서
횃불처럼 귀소하고 있었다.

3
아침에
아, 실족한 새들은

어찌 되었는가.

어둠 속을 수없이 부정하면서
환각의 아름다움을 추구하면서
그들이 낙하하던 공간 속에서.

편지

찾아온 손님의
다감한 눈빛으로
방을 훈훈히 하는
한 장의 편지,
그것이 이룬 단정.

하늘에서 사알짝
은밀히 내린 듯,
빈 책상 위에 이미
뜻 있는 이 밝음은
써보낸 사람의 마음
의 그것.
조롱을 벗어난 새의
자유가 되어
나를 부르려 온, 아아
나의 지우여.

피봉의 글씨
귀를 기울이며
이 밝음의 가상이를
곱게
편지를 뜯는다.

고별

그때, 잘 죽었지
젊은 나사렛 그 사람
오늘도 나는 등어리에 솜을 실은
나귀의 지혜가 되어
잃어버린 것을 찾으려
종로로 간다.
무엇일까
잃어버린 그것은,
사랑일까 기억일까
독을 뿌린 벌의 죽음일까
눈앞에서 아찔
정말 잘 죽었지.
그때 젊은 친구 나사렛
피와 모래를 노래하다 나는
골수를 다친 채
종로의 어느 밝은 상점 앞에서
시방
비를 맞는데
웬일일까 자꾸 웃음이 터지는
내 앞에서 눈물을 흘리는
여자는,
어머니도 아니다 누이도 아니다.
그렇지 참 잘 죽었지
젊은 나사렛 자네
얼굴이 타도록 술을 마시고

납덩이보다 무거운 솜을 진 채
긴 벽을 돌아선 종로에
종로에,
가려운 피부엔 돋는 부스름
그때 잘 죽었지
정말 한이 된다.

제2시집

야간열차(1978년)

젊은 사자獅子의 추억

죽음은 영원히 깊은 잠,
아직은 결코 죽지 않은 너의 그 입술과
눈빛과
나는 대화한다, 아름다웠던 우리의 젊은 날을.

그때 너는 어디에 있었던가
수많은 군중 속에 너를 찾아 부르던 나의 부름
그 밖에 있었던가,

달리던 네 무릎이 피에 젖고
달려야 했던 그 이유가 피에 젖고
4월의 어느 하루가 붉게 피로 물든

그 다음날, 너는 나를 찾아왔다.
싸리꽃보다 더 외로워진 내 앞에서
오히려 너는 웃고 있었다.
4월의 머언 하늘로 날아가 버린 네 영혼의 빈 손에
나는
무엇을 안겨다 줄 수 있었던가.

4월은 오고
다시 그 거리에는 인파가 밀리고
네가 사랑하던 연인들은 이제 너의 이름마저 잊어가도
아직은 결코 죽지 않은 너의 그 입술과
눈빛과
나는 대화한다, 아름다웠던 우리의 젊은 날을.

우뢰

날 사랑하던 계집은 끝내 미쳐
죽어서는 깊은 산 머언 골에 우뢰로 묻혀
때로는 내 악몽의 추녀 끝에 번갯불을 놓고
풀지 못한 제 한을 들으라 한다.

봄에 앓는 병

모진 마음으로 참고 너를 기다릴 때는
괜찮았느니라.

눈물이 뜨겁듯이 그렇게
내 마음도 뜨거워서,
엄동설한 찬바람에도 나는
추위를 모르고 지냈느니라.
오로지
우리들의 해후만을 기다리면서……

＊

늦게서야 병이 오는구나,
그토록 기다리던 너는 눈부신 꽃으로 현신하여
지금
나의 사방에 가득했는데

아아, 이 즐거운 계절
나는 누워서
지난 겨울의 아픔을 병으로 앓고 있노라.

소나기

예고 없던 하늘의 불시검문처럼
갑자기 쏟아지는
비.

아내가 달려가고
비닐우산장수가 달려가고
길을 가던 행인이 달리면서 울리는
오오,
바쁜 대피의 모음들.

　　　글쎄, 지나는 비라니까……

금세 비가 멎고 하늘이 개이자
다시 아내는 아내대로
우산장수는 우산장수대로
행인은 행인대로
각자 제자리로 돌아오는,

잠시 즐거웠던 여름날의 해프닝.

가을 언덕

여자가 쓰러져 울고 있다.
난마처럼 헝클어진 머리칼
오열하는 몸부림으로 굴곡지는
전신,
흙더미에 울음을 묻으면서.

한 여자가 울고 있다.
찢어진 옷자락, 상처난 입술, 풀어헤친 앞가슴
슬픈 하반신
햇빛 속에 비애를 노출하고서.

버림받는 여자가 울고 있다.
능욕한 무리들은 뿔뿔이 어디론가 흩어지고
남아 있는 마른 풀 한 움큼 움켜쥐고
가을 언덕이 쓰러져 흐느끼고 있다.

교감

두 손이 바쁘게 움직였다.
그러면서 표현하지 못하는 부분은
얼굴이
대신해 주고 있었다.

열 마디 손가락 사이에서
불타는 언어,
그을음을 남기지 않는 감정의 완전연소,
그 아름답고 황홀한 교감이

이루어지고 있었다. 두 사람의 벙어리가
서로
말하고 있을 동안에.

고목

이상한 일이다,
밑둥치는 썩어 내장을 들어내고
그 자리에 폐허의 커다란 얼굴이 대신 들어앉은
이 나무가
아직 살아 있다는 것은.

정말 모를 일이다,
밑둥치의 폐허와는 달리 위로 뻗쳐 있는
가지마다 무성한 잎새들은 푸르고 생기에 넘쳐
나의 시력을 신선하게 자극해 주고 있음은.

아,
얼마나 많은 날들이 흘러갔을까
저 폐허가 받들고 있는 눈부신 신록의 향연,
그로테스크한 이 나무의 경이를 위하여
그동안 얼마나 많은 낮과 밤을
불러들였을까.

올려다보면 하늘엔
내 의혹의 발상처럼 피어오르는 뭉게구름
조금씩 바람에 밀려가고
밀려간 구름은 다시 돌아오지 않는다.

해변

바다를 무찌르기 위하여
알몸이 된 사내들이
모래 위에 앉고 더러는 누워
뜨거운 햇빛 속에 땀흘리며 기다리는
해변.

카인이 아벨을 죽이듯
그렇게 너의 원죄를 죽이리라,
적개심을 품고 전신에 열이 올라
더 이상 참을 수 없는, 용서할 수 없는 사내들이
바다로 향해서 던지는
알몸의 육탄.

그리고는 주먹으로 바다의 가슴팍을 치고
발을 구르고
입으로는 바다의 살점을 물어뜯기도 하지만
바다는 죽지 않고 더욱 펄펄 살아서
사내들의 분노에 그들의 분노,
사내들의 독에 그들의 독을
더욱 푸르게 물들이면서
저 머언 해원으로부터 잠복해 있던
그들의 끝없는 원병을 내보낸다.

그리하여 저녁 무렵 해변에는
바다를 쫓으려다 쫓겨온 사내들의

혼비백산한 발자국만 뿔뿔이 흩어지고
흩어지고 흩어져서
해 저문 바닷가의 민가로 찾아들고 있다.

거울 앞에서

문둥이처럼 나도
울고 싶구나,
너무나도 선명한 너의 투시를
내가 전신으로 가리워 본들
피할 수 없는 포착, 이 슬픈 압류를
헤어날 방안이 없는데
울다가 지치면 잠이라도 들어
너를 거부할 수 있을 것인가, 거울이여.

싸늘한 새디즘의 벽면이여.

싸늘한 빛

형무소 높은 망루대에서
검은 뜨락과 담벼락을 샅샅이 검색하는
서치 라이트의 눈에
잡힌 것은 두 손을 번쩍 든
죄없는 풀잎뿐.

하얗게 질린 얼굴로
그들의 무죄를 떨고 있는
모퉁이에 버려진 집단의 풀잎뿐.

바람에 흔들리는 미동에도
그 어떤 밤의 음모가 있을런지 몰라.
서치 라이트의 눈이 회전하는

싸늘한 빛의
기동.

연꽃

아수라의 늪에서
오만 번뇌의 진탕에서
무슨
저런 꽃이 피지요?

칠흑 어둠을 먹고
스스로를 불사른 듯 화안히
피어오른 꽃.

열 번 백 번 어리석다,
내 생의 부끄러움을 한탄케 하는
죽어서 비로소 꽃이 된 꽃.

출항 이후
— 다시 바다로 떠난 김성식 선장에게

네가 육지에 머무른 날은
바다도 마냥 고요해 보였다.
숨결이 고른 잠처럼
바다는 잠이 든 것 같기도 했고
가끔은 깨어나
여린 손으로 얼굴을 부비는 것 같기도 했다.

그러나 네가 떠난 이후로
바다는 더 한층 시퍼렇게 물들고
달리는 수백 수천 마리의 군마처럼
휘날리는 말의 갈기처럼
파도는, 저 푸른 해안의 제방을 뛰어넘어
수없이 건너오고 있었다.

……역시 너는 바다에 있어야 할 사람이었다.
육지에 머물렀던 그 몇 날 동안
해적처럼 소리치고 웃고 술 마시던
남포동과 광복동의 어느 주점에서도
결국은 폐허처럼 쓸쓸해지던 너의 모습이,

지금은 그렇지가 않으리라.
다시 너는 해적이 되어 미친듯이 소리치고
웃고 술 마시며
바다 위에 더러운 침을 뱉을 것이다,
바다 위에 소변도 볼 것이다.

그리고 때로는
때로는,
고국을 떠난 아버지
고국을 떠난 남편이 될 것이다.

무제

갈채가 들리고 있다.
외로운 방에
스스로를 감금한 나의 불행, 저 너머로부터
나를 더욱 고독하게 만드는 갈채,
갈채, 갈채……
그 끝없이 분분한 니힐의 꽃잎이 지고 있다.

사랑이여,
이제는 우리도
마주 잡은 손을 놓아야 하리로다.

꽃불놀이

어둔 밤하늘에 쏘아올린 화약들이
펼치는
화려한 패러슈트.

어떤 것은 활짝 피는 꽃모양으로 열렸다가
끈이 떨어진 보석목걸이처럼
주르르,
아래로 흘러내리기도 하고.

또 어떤 것들은
타래를 풀어내리는 색실처럼 줄줄이
다른 빛깔로 뿜어나와.

오오, 숱한 지상의 눈들이
경악과 찬탄으로 지켜보는 눈동자 안에
한동안 머물더니.

필경 그것은 최초의 어둠 속으로 멸망한다,
가을의 뜨락에 버리는
검은 씨앗처럼.

인상

풀잎을 기던
어두운 눈을 가진 벌레 한 마리가
풀잎의 난간 아래로 굴러
떨어졌다.

어리석은 그의 맹목이
한동안
떨어진 내 가슴 속을 스멀거리더니,
얼마 후 다시 벌레는
풀줄기를 따라서 기어오르는 것이었다.

아마 실명의 그 눈이
까마득한 땅바닥으로 굴러떨어지기까지에는
눈부신 빛의 파장이
그를 전율케 하는 모양이었다.

바다에 내리는 눈

바다에 눈은
뛰어내린다.
겨울바다의 허전한 공복이
그 아래에서
커다랗게 입을 벌리고 있는 이상
눈은 끝까지 조용히 내릴 수가 없다.

내려야 할 곳이 이미 땅이 아니라
바다인 것을
알았을 그 순간부터,
눈은 굳어지고
눈은 난폭해진다.

그래서 바다에 내리는 눈은
특공대처럼
뛰어내려,
날름거리는 바다의 혀를 찌르고
자기도 죽는다.

묘

죽어서는 무상한 관 속에서
희비를 말하지 않는 침묵의 다디단 꿈속에서
안온히 뼈마디를 뻗고 누워

다시는 굴종할 일도 없는
더는 타협할 일도 없는
이 지하의 가문에 내려앉아
오로지 그의 관을 쓰고 누웠는 무덤.

허망한 생애를 마른 흙으로 덮은
평가웃 땅의 소유자,
바람의 친구.

눈이 내릴 때

눈이 내린다.
나는 안경의 유리알을
닦는다.

비로소 부재하는 세계를
더 잘 보기 위하여
나는 안경의 유리알을 닦는다.

눈은
시계에 가득 차고
살아 있는 저 지상의 분노를 무마하고 위로한 후
주검보다 차게,
내 이마로 와서 짚는다.

아궁이에서 어머니는
건조한 겨울 몇 개피의 나무로
내 사랑의 머언 회고를 불태운다.

갈대

여름날엔 그 줄기와 잎이
퍼렇게 분노처럼 살아서
바람 속에 반역의 창대를 들고
궐기하는 수십만 의병의 모습이더니.
낙엽이 지는 가을을 지나 이 회색의 겨울
갈대밭에는

각자 서걱이는 줄기의 육성만이 남아
메마른 해수의 잔기침을 한다.
저리는 가슴으로 잔기침을 한다.
그러나 변하지 않은 그의 반골은 이 엄동에
더욱 고스란히 남아서,
누구든지 나를 굽히려거든
나는 차라리 부러지겠다.

칠석

만나면 우선은
눈물부터 흐를 것이다.
말을 한다고 치더라도 그것은
채 끝을 맺지 못하는,
같은 말의 되풀이에 불과해질 것이다.

멀고 푸른 은하를 사이에다 두고
애타게 만날 천 날 서로 바라만 보더니
오늘은 까마귀 떼 줄 지은 오작교 위에
직녀여,
너는 견우의 이름을 부르면서
견우여, 너는 또 직녀의 이름을 부르면서
함께 상봉하는 날.

가슴을 풀기에는 너무나도 짧은 이
여름밤,
날이 새면 이별의 비가 내리겠지.

야간열차

침목이 흔들리는 진동을 머얼리서
차츰
가까이
받으면서,
들판은 일어나 옷을 벗고 그 자리에 드러누웠다.

뜨거운 열기를 뿜으며
어둠의 급소를 찌르면서 육박해 오는
상행선
야간열차.

주위는 온통 절교한 침묵과
암흑의 바다였다.

드디어 한 가닥 전류와 같은 관통이
풀어헤친 들판의 나신을 꿰뚫고 지나가는 동안
황홀해진 들판은 온몸을 떨면서
다만 신음할 뿐인,
오르가슴에
그 최후의 눈마저 뜨고 있더니.

열차가 지나고,
다시 그 자리에 소름끼치는 새벽 두 시의 고요가
몰려들기 시작할 무렵엔
이미 인사불성의 수면에 빠져 있었다.

불춤

불길을 호리는 무녀가
불 앞에서 훠얼훨 춤을 춘다.
눈먼 샤먼의 슬픈 습성으로
칼을 잡고 날면서 춤을 춘다.
제단에 바치는 청홍의 옷깃이여,
무리 지듯 접근하는 유혹의
몸맵시여.
그것으로 불길을 호려낼 수 있을까.
옛적엔 우리가 다스렸던 불,
마제석검이나 돌도끼로 들짐승을 잡아 놓고
원시의 뜨락을 밝히던 불,
그 불을 지금은 춤으로 호리면서
무녀는 훠얼훨 춤을 추지만
끝내 불길은 잡히질 않고
무녀는 쓰러져서 어둠이 된다.

불길

죽음은 말한다,
생의 가장 아름다운 때를
깨끗한 불로서 말한다.

살아 있는 누추를 벗어던지는
마지막
순간,
진실한 혀로 말하고
할딱거리는 심장으로 말한다.

누군들 나를 더욱 죽일 수 있으랴,
나의 모가지는 위로 향하고
오로지 하나의 정점에서
하늘과 손을 마주 잡는다.

어느 겨울 바다의 인상

버림받은 계집의 치맛자락처럼
부끄러운 줄도 모르고 흩어진
겨울 바다는

사내의 발길에 차이고
다시 차이면서 거듭 붙드는
게거품을 문 허연 악다귀.

여름에 바친 동정의
꽃잎
어느 바다로 떠나고,
지금은 배신의 찬 비 스산한 겨울.

소박 맞은 한이 시퍼렇게 파도로 일어서서
그것은 하늘에 울음 같고
혹은 웃음 같기도 한 소리를 지르다가
제풀에 까무라쳐 쓰러지고 마는,

겨울 바다의 이 절망을 누가 아느냐.
겨울 바다의 허무를 누가 아느냐.

통화

신호가 간다,
자르르 전율하는
상쾌한 터치.

누가 받을까,
사춘기처럼 호기심이 피우는
꽃,
가벼운 긴장은 오히려 즐거운 것.

지금
어둠의 세계를 관통해 가고 있는
저 끝없는 탐지의 손길
붙들어라, 우리 서로 만나기 위하여.

……드디어 신호는 떨어졌다.

열창

그와 나 사이에 숨막히는 이 다리는
누가
놓은 것일까,

바야흐로 그는 지금
절정의 엑스터시를 노출한
입체의 조형.
그가 이룬 구도는 너무나도 완벽하므로,
거부하는 내 몸짓은
한갓 어설픈 몸부림에 지나지 않는다.

오, 하나의 완전한 세계를 향해 뿜어올리는
저
혼신의 열창!

비밀

이제 달은
나의 커다란 실망 위에
괴로운 듯이 나타났다가
새벽녘엔 아주 풀이 죽어서
인사도 없이 사라진다.

아, 치명적이었던
그대의 슬픈
누드여.

이제 나는 풀리지 않는
견고한 몇 개의 의문으로
사랑하는 사람 앞에 나서리라.

왕의 슬픔

왕은 술을 마신다
술은 왕보다도 더 높고
왕의 권세보다 더 도도하다.

돌아서면 외로운 왕이시여
당신이 홀로 찾아드는 독신의 방
그곳엔 감히 누구도 가까이 할 수가 없나니
용상은 얼마나 슬픈 누각이냐
왕관은 또 무슨 어리석은 장난 같은
장식일까 보냐.

홀로 빈 궁중을 거닐며 왕은 술을 마신다
붉게 술이 오르면 그때는 맞을
아, 그리운 인간의 밤.

역습

나의 신혼 방에
몇 가지 안 되는 소도구들이 때로
나를 구속한다.
나는 필요에 의해서
혹은 장식용으로 그것들을 구비해다
놓았는데
용도를 무시하고 오오. 그것들이
이제와선 오히려 나를 구속한다.
나를 떠나는 저들의 방종,
나를 우습게 여기는 저들의 자만,
내가 잠든 방 안에 새털처럼 날면서
주인인 나를 희롱한다.

— 딴은 저게 무슨 신랑이라고.

부두

뱃사람들이 술과 여자를 찾아
하선하는 저녁 무렵 부두에는
며칠씩 굶은 파도들이 밀려와
사내들의 팔에 허기져 매달리고,
그들이 어디론가 스며드는 골목마다에는
식사시간의 불빛이 켜진다.

　　배가 고파요, 그래서 이젠
　　울어도 눈물이 안 나와요.
　　정말이에요, 정말이에요.

파도는 사내의 가슴에 기어올라
갈증난 목을 추기기도 하고 사내의
겨드랑을 파고들어 간질기도 하고 사내의
배꼽에 몇 방울 물로 고였다가,

갑자기 갱목이 부러지듯 사내의
허리가 옆으로 힘없이 기울어지면
파도는,
더 이상 밀리지 않는다.

이튿날 새벽 희부연한 미명의
바다 위에서 배가 출항을 준비할 무렵
부두에는,

불빛이 꺼진 골목을 빠져나온 사내들이
술과 여자를 모두 잃어버린 사내들이
안개를 헤치면서 서로 만난다.

종말

지는 꽃보다 더 화려한 종말이 있다면
나는 그렇게
지리라.
몸을 태우며 불꽃은 일고
사탄처럼 바람은 유혹하고
피가 낭자히 흘러내리는,
그런 아름다운 분신으로
꽃이 지듯이.

눈감고 가는 길 하나만이
나에게 선명히 보인다면!

화가 천경자

무녀처럼
당홍이거나 또는 청황의
요기가 번쩍이는 옷을 입고,
사진 속에 나온 천경자.

칼을 쥐면 날아 춤이라도 출 듯
황홀한 샤먼에 눈먼
색채로,
그런 표정으로

자신의 불행을 보이면서
감미롭게 불행을 즐기는
여자.
—지금 신神을 만나러 가는 길이에요.

마릴린 먼로

이 세상
가장 진실한 연기는
죽음뿐이다.
누구도 가르쳐 주지 않고 흉내 낼 수 없는
이 필생의 드라마와 만나기 위하여
그대 관능의 허벅지를 죽이기 위하여
옷을 벗고 깨끗이 누운 먼로,
(이제 나는 비로소 아름다운 여자가 되고
완전한 연기자가 되는 거예요.)
절명의 어둠 속에서 홀로 극약을 마시고
울음과 함께 쓰러진
그대, 불꽃의
먼로.

가을산 1

불이 붙어라, 온 산이여.
나는 화염에 싸인 로마를 보며 탄주하던
네로가 되리.
네로의
황홀한 심장을 충격하던 피가 되리.

아름다운 멸망이란
바로
너의 것!

불기둥이 솟구쳐 하늘 끝에 닿으면
살아 있는 불행을 나는 노래하리.

가을산 2

온 산이 취해 비틀거린다.
불행한 아버지,
오 불행한 아버지처럼 주정을 하며
가을산이 취해 비틀거린다.

　　아버지, 아버지, 아버지……

나뭇가지마다 어린 새들은
어쩔 줄을 몰라
눈물로 매달려서 애원하지만

전신을 붉게 물들이고 몸부림치는
신음하는,

가을산의 취기는 깨지 않는다.

주점에서

바다에 띄워놓은 원목들은
소금물에 저려진 검은 색조로
이제는 체념한 꿈의 타령을
서로서로 부딪치며 울리고,

그들이 바다로 오기 전에 있었던
무서운 동화 같은 원시림에서는
오늘도 바람과 은하, 물소리가
어린 나무들을 성장시킨다.

부딪쳐라 술잔이여, 한때는 우리들도
은빛 살로 나르던 새를 쏘지 않았던가.

　그렇고 말고 그렇고 말고
　그렇고 말고……

주점에는 불그레한 얼굴들이 몇 둘러앉아
감격한 이 밤을 지키고 있다.

구름에게 말한다

구름이여 너는 천변만화하는
기교로써 하늘에 수없는 궁전을
짓는다마는

그러나 구름이여 아직 한 번도
너의 궁전이 궁전으로 남은 적은
없지 않은가.

그것은 다만 낙차의 아픔으로 떨어져내릴 뿐인
꽃, 그것은 다만
스스로의 소멸을 지켜보는 눈빛,
그리고 그것은 다만 쓰러지기 위하여 일어서는
물보라.

구름이여 오오, 부질없는 내 욕망의 집이여.
노래여.

촛불

나는
어둠 속에서
당신이 들고 선 한 자루의 촛불이다.

바람을 막고 당신이 지키는
한 자루의
촛불……

내 눈에는 언제나,
감동의 눈물이 고여 있다.

사모

거미줄처럼 엉클어져 내 눈에 걸리고
목마름처럼 안타깝게 내 목에 걸리고
들리지 않는 소리처럼 내 귀에 걸리어

님아,
마른 입술로 내가 너를 부르면

가까운 양 머얼리서 잡히진 않고
안개 속에 실비처럼 사라지는 너는
떠나가도 아무런 자취도 없다!

내 머리에 불이 끓는 고통 외에는.

선인장

가시에 찔린
내 손의 아픔이 있기 이전에
이미 너의 아픔이 있었다.

뜨거운 불볕, 메마른 사토砂土
황색 바람이 스쳐간 네 육질엔 어쩔 수 없이
징그러운 가시라도 돋아나야만 했을 것이다.

꽃은
장식에 지나지 않는 것.
뭇 명예여, 가슴에 달린 훈장이여,
실로 무엇이 우리의 수난을 표현해 줄 수 있겠는가.

가시에 찔린 내 손에서
피가 흐르기 전에 이미
선인장에서는 피가 흐르고 있었다.

사진사

처음엔 버릴 것부터
잘라 가면서
나중에야 나무의 미학을 손질하는
원정의
전지작업처럼,

시야에 비친 풍경 속에서 사진사는
먼저
버릴 것부터 생각한다.
버리고 버리고 또 버리다가
결코
버릴 수 없는,
그 일순의 교감을 영상에 담으면

나머지 공허한 허상의 풍경들이
울음 우는
카메라의 저 바깥 외계.

변화

입술로 말하기 전에 알아버린
심장의
고통,

흔들리는 눈빛.

추수를 거둔 가을의 빈 들판처럼
모두가 사라지고 홀로 남은
주위,
마음에 들지 않는 문장.

아아, 비로소 한 사람의 백치와
그의 순수가 만나 괴로워하는
시간……

토르소

모가지도 버려야 한다.
두 팔도 잘라야 한다.
남아 있는 흉상으로 더욱 절실한
언어를 만들기 위하여
무서운 단죄를 내려야 한다.
파멸의 구도로 이루어질 뿐인
토르소,
차라리 상실이 아름다운.

제3시집

슬픔의 핵(1983년)

고압선

뜨거운 불이 흘러간다, 밤하늘로
푸른 독의 뱀이 달린다, 소리도 없이
(그대 있는 곳으로 가는 외길
누구도 가로 막지 마세요. 저를 건드렸다간
금방 타서 죽을 거예요.)
불꽃으로 질주하는 눈먼
치정

그 시절

비련이란 말이
그토록 가슴 떨리게 아름다운
때가 있었다.

그 시절에 너와
나에겐
국경이 서로의 사랑을 갈라놓을 수 없는 것처럼
죽음의 잔이
그저 화려하게만 보일 뿐이었다.

우리는 격렬한 충동이 끓고 있는
뜨거운 주전자, 그리고 때로는
종지부처럼
아득히 멈추고도 싶었다.

이제 그런 시절을 나는
희미해진 낡은 흑백 기념 사진첩에서
본다,
손등에 솟아난 힘없는 핏줄 위에서도.

슬픔에 대하여

붉고 푸른 인디언은 왜 슬픈가,
탄탄한 엉덩이가 북소리에 취한
불꽃 축제의 밤은 왜 슬픈가,
그들의 맨발은 자유롭고
풀잎 뒤에 성기는 자유롭고
벌거벗은 앞가슴은 자유로운데
사향 밀림을 돌며 뒤흔드는 춤의
절정에서 쏟아내는 단순모음은 왜 슬픈가,
원색의 가장자리에서 차츰
중심으로
끝없이 빠져드는 황홀한 소용돌이,
슬픔의 핵

정사

그대와 내가 안았던 기인 밤의 포옹도
새벽이면 기쁨보다는 더
슬픔으로 깨는 술처럼
희박한 질량으로 풀어져서

흐릿이 창문 밝아오는 빛살 속에 음영을 이룬
두 몸은 슬퍼라, 부끄러운 회임으로 불러오는
푸른
배처럼.

눈을 감자
차라리 이대로 죽어 버리자
날이 새면 하얗게 승천할 우리들의 영혼
사련으로 들끓던 피여, 안녕히.

소지燒紙

두 손 모아 열 개의 손가락 끝에
사루는 화선지 붉은 불꽃
어둠에 분신하며 타오르다가
머리 풀고 어디론가 사라진 다음
칠흑 속에 홀로 남은 손가락이 열 개
오열을 삼키면서 흔들립니다

원願

물 속에
불꽃이 흔들렸다
어둠 속에 하얀 그릇이
터뜨리지 못한 울음처럼 남아 있었다
부디
이루어 주옵소서……
죄 없는 두 손이 뜨겁게 빌고
다시 엎드리며 또 빌었다
치마폭처럼 구겨져 펼 수 없는 여인의
절대순종이 전신으로 올리는
이
한밤 치성

울음

죽음을 바로 앞둔 백조는
마지막으로 제 성대의 가장 아름다운 울음을
뽑는다고 한다, 마치 하늘 깊숙이
제 혼을 보석으로 묻어 두려는 듯이.

그것이 정말일지 나로서는
참으로 알 수 없는 일이지만
아마 죽음의 문전은 깨끗하고 십장생도의 선경처럼
입구는 보기에도 눈부신 모양이다.

지금은 하늘에 상두꾼이 몰려간다.
낙일落日의 거대한 죽음이 서녘으로 떨어진 후
그 황홀한 절정의 붉은 색채를 밟으면서
들리지 않는 울음들이 흘러간다.

빈 컵의 노래

죽고 싶어요 그대 실수로
돌이킬 수 없는 멸망으로 내가 부서져서
혼란한 그대 눈빛과 당황하는
아픔의 황홀한 그 심장 위에
파편으로 남고 싶어요
오세요 나는 밤에도
늪처럼 깜깜한 밤에도 하얗게 서서
죽음의 갈증으로 비어 있는 온몸으로
노래 불러요 뜨거운 파멸이 아무쪼록
날 찾아 오시기를

투계

벼슬이 꼿꼿하게 일어서고
눈초리엔 새파란 독이 불꽃처럼
순식간에 타오르더니,

두 마리 닭은 날쌔게
서로를 향해
뛰어들었다.

날카로운 적의가 주둥아리 끝에서
상대의 깃털을 비집고 살점을 악물며
연신
푸드득거렸다.

깃털이 빠져서 흩어지는 마당에는
물러날 수 없는 네 다리의 그림자만
뜨겁게
뛰었다.

인디언 마을

짙푸른 원생의 피가 소용돌이쳐
밤에도 잠 못 이루는 사람들이, 달빛 속에서나
스스로 밝힌 불꽃 속을 돌며 뜨겁게 춤추다가
춤추다가 지치면 하나 둘 밤하늘 별이 되어 뜨는
맨발의 나라, 그지없이 아름다운
문맹의 나라.

장미

이 꽃을 따시려거든
가시에 찔려 피를 흘리세요
그대 손이 입은 뜨거운 상처
위에
방울방울 샘솟는 붉은 선혈
위에
나의 죽음을 드릴게요
아니, 아니, 그것으론 부족해요
두군대며 솟구치는 그대 심장을
나의 죽음이 찌르기를……

지뢰밭

밤이면 흐렁흐렁
숲은 울었다.
성애의 손이 그리운 여자의 몸으로
뜨겁게
제 앞가슴의 띠를 풀며 울었다.

인적이 끊어진 지 오오랜
땅에서 풀들은
야만을 닮아가고 있었다.
능선을 뛰는 사슴과 노루 멧돼지 무리는
죽어서 그 품에 비료로 썩었다.

적막의 비듬을 하얗게 덮어쓴
숲,
숲은 가슴 깊이 폭음을 안고 있었다.
터지면 일시에 가루로 분산할
불씨의 알갱이들이
일촉즉발
순간의 드라마를 기다리고 있었다.

밤이면 달은 유난히도
수은처럼 차게 빛났다,
다디단 화약의 독을 마시고 무성해진 숲은
나신을 뒤틀며 흐렁흐렁 울었다.
아, 차라리
폐허의 아침에 눈을 뜨고 싶었다.

해당화

어디로든 떠나야 할 마음들이 밤낮으로
제 몸을 두른 사슬을 뜯으며 몸부림치는 바다,
그 푸른 원죄의 울음
곁으로

한 여자의 눈먼 그리움은
끝없이
은빛 잔모래로 삭아 있었다.

이 뜨거운 진공을 견디다 못해 모래펄엔
점점이
붉은 선혈의 흔적으로 피어오른 꽃!
해당화.

절정

아름다움은
늘
우수이다.
아름다울수록 그것은 더욱 슬픈 빛
외로운 형상
눈물겨운 침묵으로
위태롭게 제 스스로를 견딘다.

언젠가는 무너져 가야 할 역사의 문전에서
지금 눈부시게 빛을 뿜어올리는
저 황홀한 넋
의
배후에,
우수는 울음처럼 짙게 심연을 흔든다.

사랑이여,
참으로 눈물 나고 가슴 아픈 사랑이여,
우리 어찌
이 절정을 견디어내리.

가을 서시

맑은 피의 소모가 아름다운
이 가을에
나는 물이 되고 싶습니다.

푸른 불꽃 어지러워 쓰러졌던 봄과
사련으로 자욱했던 그 여름 숲과 바다를
지나
지금은 살아 있는 목숨마다
제 하나의 신비로 가슴 두근거리는 때.

이 깨어나는 물상의 핏줄 속으로
나는 한없이 설레이며
스며들고 싶습니다.

회복기의 밝은 병상에 비쳐드는
한 자락 햇살처럼
아, 단모음의 갈증으로 흔들리는 영혼 위에
맺힌 이슬처럼.

다비의 불꽃

아름다운 만다라의 나라로 나는 갑니다
활활 풀어올리는 기름 불꽃 위에 환희의 몸을 실어
연꽃인 양 하늘로 떠오릅니다
아아 이제서야 비로소 나를 용서하신
석존이여,
더욱 기름을 부어 주소서

겨울비

어느 겨울
새벽에 와서 없어진 나의 잠은
누군가 밖에서 가볍게
가볍게 창문을 두드리는 소리로
깨었다.

커튼을 헤치고 창문을 열었다.
아무런 실체도 보이지 않았다.

다만 뜰에는
어둡고 긴 겨울밤을 순례하고 막 돌아온 나목의
가지 위로
파충류처럼 기어오르는 약간의
아침의 징후와

그리고 창밖에서
눈이 되지 못한 죄로 울고 섰는
겨울비, 어리석은 겨울비, 겨울비
외에는……

안개꽃

불면 꺼질듯
꺼져서는 다시 피어날듯
안개처럼 자욱이 서려 있는
꽃.

하나로는 제 모습을 떠올릴 수 없는
무엇이라 이름을 붙일 수도 없는
그런 막연한 안타까움으로 빛깔 진
초련의
꽃.

무더기로
무더기로 어우러져야만 비로소 형상이 되어
설레는 느낌이 되어 다가오는 그것은

아,
우리 처음 만나던 날 가슴에 피어오르던
바로 그
꽃!

세월

벚꽃이 활짝 핀 4월 금강공원 안을
두 손엔 조랑말 같은 아이들 손을 잡고
인파에 밀려 밀려 밀려서 가면
가슴이 체한 듯 피가 끓는 듯 자꾸만 얼얼해지는 것은
유난히 하얗게 피어 있는 그 꽃 때문이 아니라
무수한 봄나들이 사람들에 부대끼고 짓밟혀서가
아니라

아, 내 어릴 적 우리 아버지 손목 잡고
바로 이 좁은 길 따라서 즐겁게 걸었던 일이
아버지 없는 지금 내가 아버지 되어 아이들과 함께
걸어가고 있음을
물끄러미 되돌아보기 때문이다.

자화상

가벼운 손끝 탄주에도
맑은 가락 울리던 내 정감의 현은 녹슬고
슬픔도 취하면 눈물, 오, 기쁨의 눈물되어 솟구치던
젊은 날 폐허의 그 황홀함도
열병으로 앓아 눕던 아름다운 불면도
이젠 어디론가 간 곳 없이
해 뜨고 해 지고 달 뜨고 달 지고 마흔 넘어
야위어가는 몸보다 야위어가는 내 마음
서글퍼, 때로는 안경을 벗어 들고 눈을 감으면
어제는 내일보다 더욱 가까우리.

장작 패기

장작을 팬다,
야성의 힘을 겨눈 도끼날이 공중에서
번쩍
포물선으로 떨어지자
부드러운 목질에는 성난 짐승의 잇자국이 물리고
하얗게 뿜어나오는 나무의 피의
향기,
온 뜰에 가득하다.

물어라,
이빨이 아니면 잇몸으로라도
저 쐐기처럼 박히는 금속의 자만을
물고서 놓지 말아라,
도끼날이 찍은 생목生木은 엇갈린 결로써 스크램을 짜며
한사코 뿌리치기를 거부하지만
땀을 흘리며 숨을 몰아쉬며 도끼날을 뽑아가는
사내의 노여움은 어쩔 수 없다.

쿵, 쿵,
울리는 처형의 뜰 모서리를
지우듯 덮어오는 하오의
그늘.

천지창조

신神은 처음에
바다를 만들었다.
그의 심장에서 구비쳐 흘러내리는 핏줄을 닮은 강이
이윽고 한 곳에 이르러
수천 수만의 손을 들어올려
뜨겁게 하늘에 희원하는 모습을 그리면서,
신은
모성의 바다를 만들었다.

다음에 신은 육지를 만들었다.
그의
움직이는 근육을 닮은 땅이 숨 가쁘게 뻗고
서로 엉클어지며
거룩한 에로스의 형상을 나타내기를 바라면서,
신은
육지를 만들었다.

그리고 나서 며칠을 더 생각한 끝에
신은
육지를 멋적게 돌기한 그 관능의 부위는
숲으로 가리우고,
눈먼 그리움만 끝없이 설레는 바다엔
위로하듯 몇 줌의 섬을
뿌렸다.

그제서야 신은 만족한 미소를 지으면서
창조에
마지막 손을 놓았다.

우기 1

검은 휘장을 드리운 하늘은
기중.
이따금 곡성이 가문의 슬픔으로 터지고
누구도 가로막을 수 없는 눈물들이
그토록 한처럼 쏟아져 내리더니,

이제는 슬픔도 다소 진정이 되었는지
가끔은
상주의 핼쓱해진 얼굴이
드리운 휘장 사이로 얼핏 비치기도 하였다.

우기 2

요즈음 하나님은 안절부절
자리가
편치 않으시다.
얼굴에 살은 빠지고
안색은 삶아놓은 녹두빛이다.

불안한 걸음이 자주 드나드는
화장실에서
하나님의 배앓이는 싸느랗게
땀을 흘리지만
도무지 개운치가 않은 뒷수습.

그래서 하나님은 잔뜩 미간을 찌푸린 채
겨우
맹물 같은 설사만 며칠 내내
계속 흘려내리실 뿐이다.

호롱

골동품 가게에서
옛날을 생각하며 호롱을 하나 샀다
어느 초가의 안방이나 사랑채
한 모서리에
밤마다 소중히 모셔졌을 이 빛의 도구를
국수 한 그릇 값으로 나는 가져왔다

지금은 쓸모없는 퇴기退妓처럼 버려진
골동 중에서도
대접이 서자 같은
이 고전의 기물을 바라보면서
그래도 마음 한가운데 보드라운
희열의 물살이 이는 것은

아, 누군가
가물대는 이 호롱의 불빛을 이마에 쓰고
터진 식구들의 옷가지를 땀땀이 기웠을
그런 아낙과
이 호롱 아래서 조용히 책장 넘기며
불빛 따라 희미한 새벽의 여명 속으로 건너갔을
한 꿈의 소년과
이 호롱의 불빛으로 잠 못 이루는 해수의 밤을
혼령처럼 앉아 지샜을 그런 노인과
이 호롱 아래서 잠든 아이들 얼굴 지켜보며
나직이 두런대던 근심 어린 대화의

한 부부와
이 호롱의 불빛에 부끄럼과 갈증을 느끼며
칠흑 어둠 속으로 자지러들던 초야의
한 신혼과……

아, 어쩌면 그들은 내 부모였고
할머니 할아버지 또는 증조부모
아니면 내 이웃들의 선친이었을 그런 가까운 사람들의
그립고 눈물겹고 간절한 사연들을

호롱,
이 침묵의 유물은
가만히 품고 있기 때문이다

관계

축담 위에 하얀 고무신 한 켤레
닫힌 한지문 안의
그 사람
혼령.

햇살 바른 뜨락엔 그 혼령이 키우는
몇 마리
닭의
유순한 목덜미가 땅에 굽어 있다.

찾아 먹으렴!

닭들을 풀어놓고 자유를 준
그 사람은 방 안에서 잠이 들었는지
기척 없어도

한낮의 뜨락을 대신 다스리는
축담 위에 하얀 고무신
한 켤레.

열쇠

나의 깜깜한 어둠을 향하여
뻗친
당신의 손이
천천이 가까워질 때
내 몸은 더욱 굳어져
차마 한마디 말도
못합니다.
······ 그러나
이 세상 오직 하나
뿐인
당신과의 결합으로
쉽게 내 몸은 풀어져서
감춘 것
죄다 보여 드립니다.

손

수초 몇 포기 투명한 물의 살결 속으로
손이 갑니다.
튼튼한 쇠붙이 창살 사이로
이미 어둠이 되어버린 한 그림자 만나러
손이 갑니다.
방금 떨어진 누런 말똥덩어리 헤치고
싱싱했던 풀내음 맡으러 손이 갑니다.
소리를 이루지 못하는 악기의 입술 위에는
기쁨 대신 슬픔을 주려고
손이 갑니다.
아, 그러나 결국 하늘에 수없이 헤맬 뿐인
현란한 불꽃의 옷자락, 열 개의 길고 긴 뼈마디.

철새 풍경

모여 사는 모습이 아름답기는
군집의 하얀 철새들이다.
열 마리보다는 스무 마리,
쉰 마리, 백 마리…… 수를 더해 갈수록
형용이 아름다워지는
저 비구상의 눈부신 점묘들.

멀리서 바라보면 그것은
하늘에서 쏟아져 내린 신神의 은박지,
무심코 바람결에 햇볕에 날리어 가는
가벼운 몸짓일 뿐이지만
가까이서 보면 그것은
제마다 흰 나래빛처럼 외로워서
서로를 찾아 부르는 발성으로 분분한
사랑의 공동체.

열 마리보다는 스무 마리,
쉰 마리, 백 마리…… 수를 더해 갈수록
하나의 구도로 이루어지는
백색 점묘의 푸른 갈밭.

슬로 비디오

속도를 훨씬 삭감한
동작이
화면을 가볍게
공처럼 떠오르고 있었다.
무중력의 진공 속으로 떠밀린
한 사내의
박제된 움직임의 표본을
지켜보면서
마침내 우리는 찾아내었다,
그가 숨겼던 비밀의 결정적
단서를.
마치
차디찬 핀세트로 집어내듯.

해일 海溢

1
속이 뒤집힌 듯
봉두난발의 바다는
옆으로 가야할 제 길을 잃고
수십 척 하늘로만 높이 뛰었다.
부딪치는 군마의 잔등들이 불길을 피해
아수라를 이루는 지옥처럼,

그리고는 적막한 수직강하의
꺼지는 심연으로 비명을 내지르며
쏟아져 내렸다.

뒤틀린 바다의 고도는
이미
바다가 아니었다.

2
개펄이 밀린 바닷가에는
쏟아놓은 해의 내장들이
이른 아침 볕살을 받으며 유순히
잠이 들고 있었다.
선체들은 부서져 악몽의 흔적처럼
바다 위를 둥둥 떠다니기도 하고
혹은 땅 위로 기어올라와
어디든 제 쉴 곳을 찾아 쓰러진 채
참혹했던 간밤을 묵시하고 있었다.

그 허망의 하늘 위로
조문처럼 몇 마리 갈매기들이
울며 날고 있었다.

3
네가 떠난 날 밤에
나는 바다가 몸부림치는 해일을 보았다.
바다 등살의 근육은 죄다 터지고
폭발하는 슬픔의 물기둥은 솟구쳐 올라
내 가슴의 언저리를 피로 적시었다.
누워서 그대로 잠이 들 수 없는
허무의
갈증으로
나는 조금씩 하늘로 일어서려 하였지만,

그러나 이내 나의 무릎은 꺾이고
힘없이 전신은 몰락하여 그 자리에
한 덩어리 신음으로 쓰러져 내렸을 뿐이었다.

4
이튿날 아침,
해일의 기억이 아득해진 바닷가 기슭에
나는 부서진 선체의 파편으로 누워 있었지만
그러나
마음은 주검처럼 평온하였다.

여름 사냥

숲속에서
여름을 겨냥했던 나의 총구는
어느새 삭아버린 나무와 풀의 잔해 너머로
지금
부끄럽게 노출되어 있다.
그 여름 무성했던 육체며 빛깔이며 소리며
점액질의 향기로 울창하던 숲,
숲은
신(神)이 조형한 미로였다.
나는 내내
그 속에 감금되어 있었다.
뜨겁게 불을 뿜어야 했을 나의 총구는
넘치는 주위의 표적들 가운데서 차라리
외로운 빛의 금속이었으므로
차마 나는 어느 일순에도 방아쇠를
당길 수가 없었으리라, 그리고 지금은 가을.
붉게 녹슨 나의 총구는
황량한 폐허 속에 버려져 있다.

불면

장의사에는
아무리 밤이 깊어서도 언제나
붉고 푸른 색등이 달려 있다.
어느 순간,
신神의 커다란 손바닥이 한 인생의 눈을 지우고
소리없이 사라진 다음
놀란 가족들이 울음을 삼키며
그 문을 열고 들어서기를 기다리는 듯이.

그리고는 차마 슬픔에 말 못하고 당황하는
가족들에게
"이미 끝났군요."
냉정하게 말하고 주검을 주검으로만 다루는
사람들의 손이 아직 잠들고 있지 않음을
보여주려는 듯이.

회상

은빛 경비행기가 날아간 하늘에는 때로
암호 같은 삐라들이 까아맣게
떨어져 내리고 있었다.
신神이 뿌린 지폐처럼.

그들이 헤아릴 수 없는 공간에서 낙하하는 동안
지켜보는 지상의 눈빛마다에는
그들의 윤무보다 더 큰 춤이 흔들렸다.

잠시 후 마을에는
바람에 밀려 넘실거리는 삐라의 그림자를 따라
무수한 발자국 소리가 지나가고,
그 속엔 어린 날 내 할딱이던 가슴도 힘차게
골목을 바람개비 돌며 달리고 있었다.
삐라 한 장의
허무한 환상을 손에 쥐려고.

오늘도 파아란 하늘엔 은빛 경비행기가 날아
내 유년의 숨찬 달음박질의 추억을
잠시 뿌리며 지나가노니……

털

털은 당당하기보다
털은 부끄럽다,
뜨거운 죄를 지어본 적 없어
용서받을 일도 없는
한 여자가 당하는 수치스러운 무고를
털은
쓰고 있다.

그래서 누구든지 털,
하고 들추어 말하지 않는다.
그래서 누구든지 털은 가리고
화상처럼 내보이지 않는다.
그래서 털은
외롭게 피었다가 사라진다.

털이 떨어져 있다, 방바닥에
생애의 길이가 힘없이 오그라져
거북한 양 햇볕을 쓰고 있다.
한평생 숨어 살던 불구의 노파가
죽어서 오늘 상여로 지나는 듯.

과수원

1
과수원에 가면
나도 한 마리 벌레가 되고 싶다.

해맑은 아침이슬 먹고
푸른 달빛 먹고
흠뻑 향기가 무르익어 가는
과일과 과일,
그 열망에 빛나는 눈빛 사이를
느리게 아주 느리게
기어 다니고 싶다.

2
과수원에 바람 부는 날은 잎새에 매달려 춤이나 추고
과수원에 비 내리면 후둑후둑 빗소리에 가슴을 열고
과수원에 번개 치는 날은 깜깜한 맹목으로 엎드려 있으면서
나도 자랄 것이다, 조금씩 키가 크는 아이처럼.

3
그리고 마침내
단물이 흘러넘쳐 무거워진
과일이 제 무게를 견디지 못해 뚜욱 뚝
떨어져 내리면

나도 떨어져 스밀 것이다, 부드러운 흙 속에
내 향기로운 몸을 묻으면서.

묘비명

그는
죽음에 곱게 순종하였다.
왔던 길을 다시 되돌아가는 편안함으로
눈을 감고, 그는 입을 다물고
아름다운 한 벌의 수의를 입고
흑색 관 속에 무기질의 뼈를 눕혔다.
드디어 그를 안은 대지의 흙은
양수처럼 한없이 부드러웠다.

깊어진 병

너는 태양,
나는 편모충,
네가 눈부신 날에 나는 식물이지만
네가 어두운 날이면 나는 동물이 된다.
내 목숨
빛을 따라 돌아야 하는
여름 해바라기,
네 표정 하나에 달렸으므로.

벗어나자 벗어나자. 오오 깊어진 병이여
사랑이여
도망가자 도망가자. 망각의 땅 차라리
그 눈물의 땅
꿈에서도 수없이 너를 거부하며 나는 발버둥치지만
마닐라 로프보다 질기고 푸른 숙명의 사슬 어느덧
우리들을 묶어 두었으므로.

너는 태양,
나는 편모충,
네가 있으므로 내 몸은 희열 끝에 나부끼고
네가 있으므로 내 몸은 괴로운 신음으로 흔들린다.

결빙의 아버지

어머님,
제 예닐곱 살 적 겨울은
목조 적산가옥 이층 다다미방의
벌거숭이 유리창 깨질듯 울어대던 외풍 탓으로
한없이 추웠지요. 밤마다 나는 벌벌 떨면서
아버지 가랑이 사이로 시린 발을 밀어넣고
그 가슴팍에 벌레처럼 파고들어 얼굴을 묻은 채
겨우 잠이 들곤 했었지요.

요즈음도 추운 밤이면
곁에서 잠든 아이들 이불깃을 덮어주며
늘 그런 추억으로 마음이 아프고,
나를 품어주던 그 가슴이 이제는 한 줌 뼛가루로 삭아
붉은 흙에 자취없이 뒤섞여 있음을 생각하면
옛날처럼 나는 다시 아버지 곁에 눕고 싶습니다.

그런데 어머님,
오늘은 영하의 한강교를 지나면서 문득
나를 품에 안고 추위를 막아주던
예닐곱 살 적 그 겨울밤의 아버지가
이승의 물로 화신해 있음을 보았습니다.
품 안에 부드럽고 여린 물살은 무사히 흘러
바다로 가라고,
꽝 꽝 얼어붙은 잔등으로 혹한을 막으며
하얗게 얼음으로 엎드려 있던 아버지,
아버지, 아버지……

비현실

비키나나 토플레스의
여인들이
태양을 향하여, 혹은 태양을 등지고 모래밭에 누워
눈부신 햇빛 속으로 익사하는
피서지 해안은 평화로워라.
마음에 두른 것 몸에 걸친 것 모두
훌훌히 벗어 내던지고
순수자연과 황홀히 입맞추고 있는 누드의
육체의 자유,
혹은 그 정신의 자유를
나는 본다 낡은 외국잡지에서,
홀로 그리워하는 애틋한 짝사랑으로.

아무도 모올래

그날의 여인들은 이 우물가에서
청청한 바다의 물을 동이 가득 채우는
생활로 두레박질을 하기도 했겠지만,
꽃잎같이 심사가 여렸을 그날의 여인들은
때로는 두레박 힘껏 우물 속으로 내던지며
가슴 울렁이는 열화의 기쁨을 진정시키기도 하고
손마디 쓰리도록 수없이 두레박 끌어올리며
울음 솟는 비밀의 설움을 풀어내기도 했으리라
아무도 모올래, 이 우물가에서

공사장에서

허기진 바지춤을 끌어올리며
노동에 마지막 손을 턴 인부들이
제마다 가물거리는 약시의 불빛 찾아
떠난 이후로
기다렸다는 듯이 어둠은 한 발짝
고양이처럼 다시 또 한 발짝
이 공사장 부근으로 다가와서

하늘 공간에
수직과 수평의 기하학적 구조로
육중한 철근이 일으켜 세운 문명의 입체조형을
흐물흐물
녹여 삼키더니

보라, 중천엔 어느덧
만월로 가는 달이 떴다.
그 달빛 받아 천근의 뼈대들도 소리없이
땅 위로 겹쳐 누운 채
쉬고 있다.

아마 지금쯤 저 달은
호구糊口의 창문 너머 잠든 인부들의
한 덩어리 신음마다 떠오르는
늑골도 비추고 있으리라.
그들이 아슬히 하루를 건너온
공사장 철근 골조처럼 메마른,

공복

공복은 참으로 상쾌하군요
투명하게 비치는 물밑 수초의
자잘한 미동마저 감응하는
내 신경의 섬약한 뿌리들 눈떠 있도록
일깨워 주시니깐 말이에요.

그리고 한없이 편하기도 해요.
마치 눈물로 슬픔을 진정시키듯
허무의 내용물을 일체 떨어버린
이 텅 비어 있는 상태의 온전함이
차라리 얼마나 포근한지.

그래서 가을에는 공복을 주시는 신神에게
감사를 드리고 싶어요.
또한 가능하면 이 몸도 삭은 풀잎처럼
쇠잔한 형상으로 메말라서
날리는 바람결에 자취 없이 사라지고 싶어요.
어디
죽음처럼 완벽한 공복이 또 있을까요?

뉘앙스

가랑잎 하나
기다린 듯 소리없이 떨어지더니
빈
유리컵 속으로
들어간다.

나의 소녀는 가랑잎을 들여다보며
아득히 기억을 상실해버린 환자처럼
잠시
쓸쓸해지는 것 같다.

그러나 내게는 가랑잎이나
소녀보다
유리컵이 더욱 인상적인
암흑이다.

처연히 죽음에 어깨를 기댄……

아내의 빨래

아내는 빨래를 한다.
식구들이 허물처럼 벗어 던진
옷가지들을 찬물 속에 담그고
세제를 가득히 풀어헤치고
씩씩거리는 콧김을 내뿜으며
이 아침 아내는 빨래를 한다.

거품에 밀려나서 떨어지는 때여,
포근한 섬유의 사이사이 숨어들어
우리들 몸의 일부가 되었던 때여,
완강하게 밀어내는 아내의 팔뚝 힘에
더 이상 못 버티고 떨어져 나가
풍선처럼 부풀은 따가운 거품 속에
휘말리는 우리들의 정든 때여.

가라 안녕, 영원히 안녕

아내는 물먹은 옷가지를 들어내고
힘껏 물통을 쏟아 붓는다.
우루루 쫓기듯 밀려가는 거품 속에
눈먼 너희들은 밀려가고
친숙했던 며칠 간의 사랑도
함께 떠나간다.

모래내

사천이라는 이름을 가진 이 지역이
옛날 옛적에는
참으로 한가롭고 아름다웠으리라.
작은 물이랑 이루며 맑은 여울 쉬임없이
한강으로 나들이 가고,
유역엔 은빛 모래알 초롱초롱 눈을 뜨고
버들가지 설레임을 비추었으리라.
이따금 아낙네들은 희고 질긴 옥양목 삼베 옷가지들을
이 냇가로 들고 나와
가슴을 활활 태우는 기쁨이거나 슬픔을
빨래와 함께 두드리고 씻고 흘려보내면서
세월을 따라 그들도 흘러갔으리라.
아, 그때는 들꽃이며 잡초가 지천으로 뒤덮여
풋풋한 야생의 향기를 뿜었을 이 일대
논밭과 쇠똥, 달구지에 실려가던 장날의 사람들,
산소 가득한 공기, 노을과 일출, 홍수와 가뭄,
그래서 어쩌면 가난마저도 의복처럼
제 몸에 맞았을 그때를 생각하면서
오늘은 검은 물줄기 게으르게, 불만의 투정을 부리면서 흘러가는
모래내 사천교沙川橋 아래를 굽어보며
나는 눈을 감는다, 아름다운 옛날을 그리면서.

기억

잃어버린 것은
꿈 속에 있다.
넋을 잃고 취한 잠의 어느 벌판에
가득히 햇빛을 쓰고 반짝이는
그것이 보인다.
꿈은 잠에서 깨면 잊게 되므로
언제나 우리들 허전한 상심만이
빈 베갯머리 위에 남게 되지만,
오오 숨을 죽이며 멀리서 물끄러미 바라보았던
알타미라 동굴벽에 역력히 남아 있던
인간의 손
의
흔적처럼
그것은 살아 숨을 쉬고 있었다.
한 장의 죽지 않는 꽃잎, 펄럭이는 말,
그리고 뜨거웠던 우리들의 피.

제4시집

단순한 기쁨(1986년)

바다

하늘로 높이
하얀 옷처럼 떠오르려는 물결과
어깨를 부딪치는 쾌감으로 밀려가는 물결이
흐르는 시간 속에 서로 만나는
군청빛 바다는 신神의 직물.
올을 짜고 푸는 일에 익숙한 손의
즐거움과 근심이 함께 어리어……

방울소리

청계천 7가 골동품 가게에서
나는 어느 황소 목에 걸렸던 방울을
하나 샀다.

그 영롱한 소리의 방울을 딸랑거리던
소는 이미 이승의 짐승이 아니지만,
나는 소를 몰고 여름 해질녘 하산하던
그날의 소년이 되어, 배고픈 저녁연기 피어오르는
마을로 터덜터덜 걸어 내려왔다.

장사치들의 흥정이 떠들썩한 문명의
골목에선 지금, 삼륜차가 울려대는 경적이
저자바닥에 따가운데
내가 몰고 가는 소의 딸랑이는 방울소리는
돌담 너머 옥분이네 안방에
들릴까 말까,
사립문 밖에 나와 날 기다리며 섰을
누나의 귀에는 들릴까 말까.

구겨진 종이는 슬프다

평면의
탄탄했던 육체에는 금이 가고
그를 움켜쥐었던 손의
분노와 실의와 공허만이
지금, 쓸쓸한 음영으로 남아 있다

— 구겨진 종이는 슬프다
구겨진 그만큼 더욱 슬프다

울음을 거세당한 목줄기들의
소리 없는
출혈……

라디오

심야에
라디오는 연인의 입술처럼
달게
속삭인다.
참말 거짓말…… 참말 거짓말……

소프트 아이스크림이 하얗게 녹는 따스한 시간.

내 귀는
밀실로 가는 통로처럼
가늘게
열려 있다.

순결

새 흙과 거름을 준비하고
묵은 분은 갈아 주어야지,
해동의 볕살 부신 양지에 앉아
아내와 나는 분갈이를 한다.

쇠망치의 금속성이 몇 번
분의 허리께를 울리자
마침내 토기의 집은 해체되고
그 속에 푸른 잎새를 떨치고 섰던 나무는
겨울에서 봄으로 걸어나온다.

바로 그때!
우리는 본다, 어둠 속에 부드러운 흙으로 아랫도리를 가린
하얀 뿌리들이 갑자기 햇볕에
맨살을 드러내자 제 몸을 움츠리며
떠는 것을.

아,
우리는 그만 무심코
그 순결을 들여다보고 만 것이다.

황홀한 착란

그는
그때 분명히 옷을 입고
의자에 앉아 있었지만
내가 본 것은 그의
나신裸身이었다.

헛헛한 골격을
알몸으로
드러낸······

(황홀한 착란이었다.)

내가 방문한 시간에 그는
난로가 희미하게 시간을 죽이며 타오르는 사무실에
홀로
우두커니 앉아 있었는데

한겨울 추위도 무색하게
그의 탈의의
나신裸身은
정정하였다.

아마 그 순간
내가 본 것은, 투명한
그의 영혼이었나 보다.

그의 영혼이라면 필경 그랬을 것이다.

일생을 그는
부끄러이 가릴 곳 없이 살아온
시인詩人이므로.

달빛 체질

내 조상은 뜨겁고 부신
태양 체질이 아니었다. 내 조상은
뒤안처럼 아늑하고
조용한
달의 숭배자였다.

그는 달빛 그림자를 밟고 뛰어 놀았으며
밝은 달빛 머리에 받아 글을 읽고
자라서는, 먼 장터에서
달빛과 더불어 집으로 돌아왔다.

낮은
이 포근한 그리움
이 크나큰 기쁨과 만나는
힘겨운 과정일 뿐이었다.

일생이 달의 자장 속에
갇히기를 원했던 내 조상의 달빛 체질은
지금
내 몸 안에 피가 되어 돌고 있다.

밤하늘 떠오르는 달만 보면
괜히 가슴이 멍해져서
끝없이 야행의 길을 더듬고 싶은 나는

아, 그것은 모체의 태반처럼 멀리서도
나를 끌고 있다는 생각이 든다.
마치
보이지 않는 인력이 바닷물을 끌듯이.

팽이를 보면서

팽이가 돈다,
중심을 세우려는 몸부림이
살을 깎는 추위 속을
불꽃으로
돈다.

돈다,
그것은
제 생의 슬픈 그림자를 지우려고
발끝을 세운 무희가
황홀한 현기를 마시며 까마득히 빠져드는
춤의
소용돌이처럼.

팽이가 돈다,
스스로 취하지 않고서는
머물 수 없는
세상
한가운데에 꼿꼿이 서서

불꽃 펄럭이는 목숨을 껴안으며
울음 아닌 울음의 회오리 되어.

이웃

공사장에는 여기저기 떨어진 못들이
뿌연 흙더미 속으로 비벼들거나 잡초 사이로 숨어들어
망치에 얻어맞은 제 머리통을 싸맨 채 엎드려 있기도 하고
부러진 관절의 통증을 울먹이기도 하고 더러는 운 좋게
상처 하나 없이 살아남은 요행을 몰래 킥킥대기도 한다
공사장에는 또 길고 짧은 나무 동강이며 모양새가 다른 널빤지들이
한 곳으로 떠밀려 쌓여 있든가 아니면 있는 그대로 흩어져서
한 번 더 톱날은 제 신장을 자를 것인지 대패는 파랗게
제 몸을 쓸고 지나갈 것인지 알 수 없어, 난감한 표정들을 짓고 있다
그리고 그 공사장 한 모퉁이에는 이미 술판이 벌어져서
얼굴이 숯불처럼 뻘겋게 달아오른 인부들의 농지거리도 한창이다

봄날에 1

봄에는
혼자서는 외롭다. 둘이라야 한다, 혹은
둘 이상이라야 한다.

물은 물끼리 흐르고
꽃은 꽃끼리 피어나고
하늘에 구름은 구름끼리 흐르는데

자꾸만 부푸는 피를 안고
혼자서 어떻게 사나, 이 찬란한 봄날
가슴이 터져서 어떻게 사나.

그대는 물 건너
아득한 섬으로만 떠 있는데……

봄날에 2

화냥기처럼
설레는
봄,
봄날이다

종다리는 까무라치게
자꾸
울어쌓고

산마다
피가 끓어
꽃들 피는데

아,
나는 사랑도 말로 못하는
벙어리 사내

봄밤
꿈에서만
너를 끌어안고 죄를 짓느니……

이름을 지우면서

나는 오늘 문인주소록에서
그의 이름을 지웠다.
사람 하나를 지우기란
너무 쉬워. 볼펜으로 줄 긋기, 또는
살 빠진 가랑이에 묵은 바지를 끼워 입기.

그리고 나는 더 이상
그를 생각하지 않으려고
대뇌 깊숙이 꽝 꽝 몇 개의 굵은 못을
박았다. 사납게. 그를 생각하면
갑자기 우리가 함께 씹던 빵이 가슴에서
부풀어오르고 잔을 건네며 마시던 술,
피가 된 그 술이 다시 한 번
나를 취하게 만들므로.

그의 눈이 빛으로부터 차츰 멀어져
마침내 깜깜한 어둠의 돌로 굳어졌듯이
그의 하얀 몸으로부터 영혼이 떠나면서
그리운 불빛 같던 우리의 옛 추억도 함께
떠나간 것이라고 믿었다.

……나는 오늘 추억에 관하여
비겁해지기로 했다.

단순한 기쁨

숯검정을 칠한 듯 몸이 온통 꺼어먼 혈거인, 몸집이 우람하고 힘도 세지만 눈알에는 또록또록 겁이 박혀 있는 혈거인. 짐승같이 묻혀 사는 동굴 속에서 오랜만에 그가 밖으로 나와 시야에 무한정 쏟아지는 눈부신 햇빛과 푸르디푸른 녹음이 고요한 산중에 밀교의 성찬처럼 가득히 펼쳐져 있음을 보았을 때!

아, 그때 그의 마음속 깊숙이 매장되어 있던 기쁨의 원석들은 뇌관을 얻어맞은 폭약, 그 순식간의 발파로 터져서 그는 산협을 향하여 참을 수 없이 분출하는 희열을 토해내며 발성하였다. (힝히, 힝히야, 힝야!)

이 돌연한 야만의 웃음소리가 익을 대로 무르익은 산의 고요의 정수리에 비수처럼 꽂히자 일대의 원시림이 품고 키우던 뭇새들이며 산짐승들은 놀라 후두둑 후두둑 뛰쳐 달아나고, 맞은편 계곡에서는 또 다른 혈거인이 살고 있는 듯 이 희열에 찬 웃음을 따라 흉내 내는 것이었다. (힝히, 힝히야, 힝야!)

거대한 숲의 덩어리가 이렇듯 단순한 기쁨의 탄성을 듣고 놀라기란 실로 모처럼의 일이었다.

어린 나뭇잎에게

4월의
나뭇잎은 연초록
어린 천사들의
손가락

아직
채 날개가 돋지 않아
비상을 알기에는 이른 철

젊은 모체에 매달려
태양의 젖꼭지를 빨며
조금씩 발돋움을 세워 보는
저
4월의 잎들은,

하늘이 얼마나 높은 절망인 줄도 모르면서
하늘이 얼마나 까마득하게 곤두박질쳐야 할
바닥, 바닥인 줄도 모르면서

마약

벚꽃이 하얗게 불붙는 길을 따라
봄향기에 넋을 잃은 사람들이
몽유병 환자처럼 조용히 멀어져 가는 4월,
다리 위를 지나는 푸른 전철만이 움직이고
그밖의 풍경들은 오후 2시의 나른함에 묶여
권태로운 몸짓으로 드러눕는다. 부드러운 흙이 부풀어올라
벼랑에는 작은 사태들이 거듭 일어나고,
나는 안경을 벗어 다치지 않게 곁으로 밀어두고
게으른 고양이처럼 따뜻이 눈을 감는다.
지금은 봄이 마약이라고 해도 나는
결코 중독을 두려워하지 않겠다.

우물 긷기

시골에 와서
오랜만에 우물을 긷는다.

자, 그럼 떠나라. 내 손이 풀어준
두레박이 몇 길 어둠을 따라 낙하하는 동안
나도 즐겁게 줄을 따라 뛰어들었다.

(첨벙!)
잠시 후 탄탄한 물의 살갗을 퉁기는
소리의 반향이 울려오고
하얗게 번쩍이는 물의 비늘들이 어둠을 안고 굽이치자
전신에 생기를 띤 우물은
두레박과 하나가 되며 몸을 섞었다.

물은 두레박을 먹고
두레박은 물을 먹고
그리고 두레박이 소리 없이 물밑으로 흘러 들어가자,

나는 서늘한 감촉을 흡수하는 한 마리 가을벌레처럼
푸르고 싱그럽게
몸을 떨었다.

그날의 초상

기미년 3·1 운동 때 옥사한 유관순은
언제나 꽃다운 열여섯 살의 누나.
한창 새악씨 때 흰 소복 입고
지금은 중년 부인된 미망인에게도
그날의 남편은 늘
젊은 얼굴로 웃는다.
회상의 필름이 끊어져 버린 그 자리에서.

헤어지기 연습

완강한 힘으로 줄기째 뽑혀 나간
작은 나무 한 그루 섰던 자리를 보면
부드러운 흙 속에 한사코 남아 있기를
바라며, 뿌리들이 흘린
마지막 출혈의 흔적이 보인다.

(주위에 흙을 먼저 퍼낸 다음
뿌리가 다치지 않게 뽑아야 했을 것이다.)

오늘도 내 가슴에 푸른 엽맥을 펼치며
자라나는 너의 사랑이
어느 날 갑자기 떠나게 된다면
떠난 빈 자리에도, 피가 묻어날 것이다.

그 낭자한 출혈의 아픔을 예비하며
나는
내 가슴의 한 부분을
소리 없이 비워두지 않으면 안 된다.

포옹

뺨과 뺨이,
가슴과 가슴이,
두 팔과 팔이,
눈물과 눈물이,

끌어안고……
부비고……
엉클어지고……
흔들리다가……
오,
마침내
소리 없는 통곡 하나로 굳어지는

이 아름답고 슬픈 해후의 순간을 보려고, 신神은
오늘도
수없는 이별을 만들어낸다.

아파트

자정도 훨씬 지난 시간
아파트
그 마지막 남아 있던 불빛마저 꺼지자
칠흑 어둠의 손이 암전하는 기교처럼
거대한 콘크리트 건물은 돌연
눈이 파랗게 발광하는 한 마리 짐승으로 변했다.

사냥꾼의 화살을 등에 맞고 피를 뿜으며
필사의 힘으로 계곡을 가로질러 쫓겨온 짐승은
지금
울음도 잊은 듯 망연히 어둠 속에 앉아 있다.
가끔은
피를 역류하며 뛰어내리던 깊은 벼랑이 눈에 보이고
어지럽게 흩어지던 말발굽 소리가 귀에 남아
온몸에 전율을 일으키면서.

삭아서 아름다운

뜨거운 열꽃이 피더니
앓는 신음소리 불면의 몇 날 밤
숨어
남몰래 뒤척이더니

고통의 절정, 그 죄악 같은 고비도 넘겼는지
또는
체념인지
열은 차츰 내리고 네 몸부림도 멎어
한없이 고요해진 어느 아침

문을 열었더니, 거기
네 화평한 얼굴 뽀오얀 살결은
나를 맞고 있었다.
떫은 풋기 삭아내려 농염히 무르익은
육체의 향기 내뿜는 항아리 속에
밀주여, 밀주여,
너는.

진달래

촌뜨기들은 오너라,
이 햇빛 따사로운 산기슭
어수룩한 얼굴이 앉았어도 부끄럽지 않은
토속의 꽃 진달래 피는 마을로.

산막처럼 텅 빈 겨울은 서러웠다.
온몸을 죄어서 오그라들고
물 끓는 소리에 가늘게 귀를 세워 보던
빈자의 밤은 참으로 눈물겨웠다.

아, 이제 천지에 공평한 봄날이 와서
차디찬 얼음사슬을 하나씩 끊고
모두가 부연 얼굴로 집을 나서는 날.

촌뜨기들은 오너라,
너희들 이름처럼 어리석어 정다운
진달래 붉은 꽃불 번지는 산기슭으로
고향 찾는 발걸음같이 어서 어서.

목숨

무너지려고
탑은 오른다.
부서지려고
또
종은 운다.
나는,
전생의 빛을 따라가는
어두운 벌레.
벽이 가로막으면
그냥 부딪쳐서
죽을거야.

여름 바다

청동빛 어깨들이 굽이친다,
야성의 가슴팍이 안겨든다,
달리고 솟구치고 무너지는
거대한 진폭이 환호에 묻힌다,
흔들리는 대형 스크린처럼
지금 바다는 완전불균형이다.

화조火鳥가 솟는다, 불길을 헤치면서
힘차게 비상을 퍼덕인다,
뜨거운 화염들이 하늘로 향해
우뚝우뚝 일어선다,
태양은 황제처럼 얼굴이 붉다.

야만의 바다를 버리고 떠난
그 수백만 년 전의 호모사피엔스들이
취한 듯 홀린 듯
지금 다시 원생지대로 돌아오고 있다,
바다는 한창 여름이다.

그 다음에 이어질 이야기

눈
깜짝
할
사이

우리는 보았는가, 여름 하늘 끝을 태우는 번갯불 같은
섬광을.
그리고 어렴풋이
폭음을 듣고,
순간 경련하던 땅의 몸부림을 느꼈는가.

식탁에서
인부들의 구리빛 노동이 이루어지던 공사장에서
육중한 몸짓으로 밀려가던 열차 속에서
풀밭에서
하얀 물보라 꿈의 부피로 떠오르던 피서지에서
우리는 그때 이야기를 나누고 있었던가. 아니면
노래를?

갑자기 눈이 어두워지고
갑자기 입술이 마비되고
갑자기
갑자기 피를 토하고
갑자기 넘어져 벽에 부딪치고
갑자기 땅바닥으로 쓰러지고

갑자기
갑자기 화석표본처럼 몸이 굳어져서
이 땅에 싸늘한 지옥의 침묵만이 피어오르던
시간 이후로……

우리는 알지 못한다, 그 다음에 이어질 이야기를.

수몰지구

이곳에는 하얀 길이 있었고
길 따라 목이 부드러운 미루나무들이 서 있었고
옹기종기 민가가 있었고
마을 공동의 우물이 있었고 논밭이 있었고

이곳에는 주름살 많은 촌로들이 살았고
그 아들쯤 딸쯤 되는 장정과 아낙네가 살았고
마주치면 나부시 고개 수그리던
호접 같은 새악씨가 살았고 머슴이 살았고
유치가 빠져 웃을 때면 우습던 아이들이 살았고

그랬는데……
정말 그랬는데……
그랬었는데……

아, 지금 이곳에는
언제까지나 넘치는 물뿐
아무 일 없었노란 듯 막막하게 덤벼드는 물살뿐
수십 리 수로로 이어진 대형 호수뿐
그날의 마을은 고혼처럼 잠겨 그림자조차 안 비치니
길가 돌멩이 하나 집어 힘껏 물 가운데로 날려보는
이 한나절
울고 싶은 나의 그리움이여

편지

참으로 신선한 충격이었다, 그것은
밤새 꽃망울을 벙글인
새벽
백목련처럼
눈부신 몸짓으로 내게로 와 있는

아,
말없는 무수한 발언이여
백색 찬란한 빛깔이여
존재여!

오늘은 내 오랜 눈물겨운 기다림 끝에
너의
편지를 받는다

나에겐 병이 있었노라

강물은 깊을수록 고요하고.
그리움은 짙을수록 말을 잃는 것.

다만 눈으로 말하고
돌아서면 홀로 입술 부르트는
연모의 질긴 뿌리 쑥물처럼 쓰디쓴 사랑의
이
지병을,

아는가…… 그대 머언 사람아.

버리기

한밤내
하나를 이루지 못한 생각들이
구겨진 휴지로 수북하다.
광맥은 멀고
육체는 초토처럼 황폐한 새벽녘
그 무렵쯤의 허탈을
휴지들이 나를 바라보고 있다.
―그러니까 우리를 버리듯이
당신도
때로는 당신을 버려야 해요.

어느 절망하는 산의 기도

누가 이 가슴에
허물어질 수도 없는 터널을 뚫어놓고
기다림에 저려오는 두 가닥 철길을
흐르게 한 것일까.

일시에 지나가버리는 뜨거운 열차의 숨결이
그 순식간의 포옹
과 싸늘한 결별이
그리하여 다시 앞가슴을 풀어놓는 형벌 같은 기다림이
하루에도 몇 번씩 나를
무너지고 싶은 충동으로 울게 하느니.

아, 차라리 죽음의 폭우는 몇날 며칠
천지간을 깜깜하게 쏟아져 내려
이 몸에 화사한 도괴의 금이라도
깊이
아로새겨 주시옵기를……

또 다른 꿈

치는 자의 번뜩이는 살기나 분노보다
맞는 자의 인종이
실은
더욱 두렵다.
— 나는 지금 그것을 바라보고 있다.

그의 신음은 이미 신음이 아니라
처절한 복수를 꿈꾸는 은밀한
모반,
그는 그것을 즐기고 있을 뿐이다.

불꽃 같은 피가
튀고
살점 날리는,
화사한
태형.
이 가학의 잔치판을
만들고 있는 자는 희열하지만,
맞으면 맞을수록 고통으로부터 자유로워지는
당하는 자의 끝없는 배신을
그는
알지 못한다.
— 나는 지금 그것을 바라보고 있다.

빛과 그림자

현란한 조명 아래로
흑인의 커다란 검은 손에
감긴 색소폰이
흐느적이자
신음하는 음률을 따라 향락의 옷자락들은
심해어군처럼
아득한 꿈의 나라로 표류하고 있었다.

흑인은 슬픔에 취해 블루스를 울리지만
질척이는 음률을 밟고 흘러가는 것은
언제나
눈먼
어족들,
(눈을 뜨고 싶지 않아요.)

일렁이는 관능이 짙은 갈증을 머금은 채
음독하듯 푸른 잔을 비우는 동안
색소폰으로 흑인은
피부빛 외로운 그의 슬픔을
느릿느릿
게워내고 있었다.

폭설

어두워진 하늘에서
눈이 무섭게
쏟아진다.

삽시간에 지상은 은빛이 되고
하나 둘 우리들의 길은 끊어지고 차단된다.
실내에 갇혀
연금軟禁의 창밖을 바라보면
이런 때는 눈에도 감정이 있고
눈은 필시 '살아 있다'는 느낌뿐이다.

정말 눈은 살아 있어서
우리들의 약속이라든가 비밀, 기호,
관계, 혹은 사랑, 맹세 따위를 지우고
덮어버리려는 것일까.
순백 모노크롬으로 눈은
우리들이 그리고, 지우며, 덧칠하기도 한
형형색색의 진실과 거짓, 아픔과 소망을
마침내 하나로 이루려 하는가.

어두워지기를 기다린 듯 하늘에선
무섭게
눈이 쏟아진다.

지상은 점차 더 가라앉고

불안한 우리들 사이에 교신도 끊어진다.
이제는 도무지 어쩔 수가 없고
기다릴 것도 없는 시간 속에 남아
연금의 창밖을 바라보면
하늘은 오늘 이 땅에 선전포고를 내린 듯
굵디굵은 눈송이의 포화만 계속 퍼붓는다.

비, 또는 술

비가 내리고 있었다,
아스팔트 위에
떨어져도 아프지 않을 살들이 겹겹이 쌓여서는
하나의 가슴으로 흘러내렸다.

빗줄기 사이
자동차 불빛이 노출한 거리의
어느 한 모퉁이로
맹인 몇이 추녀 끝을 따라
흰 지팡이를 저으며 걸어가는 모습이
불빛의 길이만큼 잠시 비쳤다.

목로주점에 모여 앉은 우리들은
비가 되지 못한 몸을 술로
달래고 있었다.
서로의 살이 부딪쳐도 하나의 가슴으로 흘러내릴 수 없는
이 시대의 깜깜한 벽에 기댄 채,
제 18번 노래나 찾아 부르면서.

한 잔의 기쁨 위에

초봄에는
가만히 앉았어도 웬지 눈물겹다.
봄풀이 돋아나도 그렇고
강물이 풀려도 그렇다.
말없이 서러운 것들
제가끔 제자리로 돌아오고 있는 이 길목의 하루는
반가움에 온몸이 젖어
덩실덩실 일어나 춤이라도 추고 싶다.
오오, 환생하는 것들 어리면 어릴수록
약하면 약할수록
나를 더욱 설레게 하는
만남의 희열이여, 무한 축복이여.
초봄에는
가만히 앉았어도 웬지 눈물겹다.
한 잔의 기쁨 위에
또 한 잔의 슬픔처럼.

불타는 열차

달리는 열차에서 불이 났다.
수상한 연기에 놀란 눈빛들이
일시에 소용돌이치며 흩어지자
충격의 속보는 달리는 열차보다 더 빨리
객차와 객차를 건너
뛰어,
마침내 기관사가 열차를 급정거했다.

새벽 4시,
혹한의 겨울밤 낯선 유령벌판에 느닷없이 멈춘
삶의
고장난 계기들.

다행히 피해는 없었지만,
불길이 잡힐 때까지 사람들은 철길 밖으로 나와
불타는 차간을 보며 몸서리를 쳤다.
제마다 가슴 위로
뜨거운 화인을 눌러 찍으면서.

고통의 뼈

탑은
저 하늘로 솟아오르고 싶었던
인간의
꿈.

오르다가
오르다가
더 높이 오를 수 없는
아슬한 거리에서
굳어져버린
그 꿈의 좌절.

탑은
선 채로
삭아가는
고통의 뼈.

가봉

재단사가 잰
내 몸 치수로 본을 뜬
천의 조립들을 걸치고 가봉을 한다.

팔은 팔,
호주머니는 호주머니대로
땀땀이 바늘이 꿰뚫고 지난 천의 조각으로
몸을 감싸면
더러는 길이가 길거나 짧거나
품이 넓거나 좁거나
하여, 재단사는 섬세한 눈의 측량으로
마지막 틀을 다듬으며 핀을 꽂는다.

한 편의 시詩를 조형하는 동안
더러는 언어를 깎고 더러는 덧붙이며
시의 틀을 이뤄가는
시인詩人처럼.

추모특집

그는
임종이 가까워졌다.
이따금 가쁜 숨을 몰아쉬며
환영을 잡듯, 고사목 뿌리 같은 손을
허공에 긁어대곤 했다.
그의 가족들이
체념한 마음의 평정으로 조용히 눈빛 마주치며
앞으로의 일을 의논하는 동안
우리는 그의 생애가 남긴 업적 자료에 매달리고
육성 테이프를 찾아내고
그의 친우와 후배, 그의 제자들의 이름을 뒤적이면서
추모특집을 준비하였다.
그리고는 기다렸다, 드디어
밤하늘 유성 하나 어둠 속에 떨어지면 재빨리
우리들의 음울한 특집 시그널은 울려퍼질 것을 믿으며,
부음은 언제 들려올 것인가? 하고.

사막 1

하느님이 남겨 둔
마지막
땅.

다만 홀로 아득히 꿈꾸게 하고
다만 홀로 투명히 깨어 있게 점지한
단독의 땅,
영원한 처녀.

그래서 사내들 중의 사내들도
뜨거운 낮 혹한의 밤 사이를
겨우
스쳐 지나갈 뿐,

차마 이곳에선
머물러
연정의 휘파람을 날리지 못한다.

사막 2

신神은 태초에
모래를 주셨다,
모래 중에서도 뜨거운 모래들이
모래 중에서도 잘디잔 모래들이
갈증으로 휘날리는 사막을
인간에게 주셨다.
물은
주지 않으셨다, 대신
물을 파는 손을 주셨다.
물 중에서도 석회질의 물이
수맥을 찾아 끝없이 헤매고 방황하던
그 부르튼 손에, 겨우
한 움큼
적셔지던 사막을
인간에게 주셨다.
—갈퀴 같은 손이 깊이 땅을 헤치고
어디선가 물을 만나던 순간
인간의 메마른 두 뺨을 아롱지운 것은
눈물…… 그렇다, 눈물이다……
그러니까 신神은 태초에
인간에게 모래나 물이 아니라 실은
눈물을 주고 싶으셨던 거다.
오오, 흐르면
신神의 가슴처럼 아늑해지는 뜨거운
눈물.

사막 3

증발하고 싶다,
아무런 증거도 남김없이
보이지 않는 나라 꽃잎만이 숨쉬는 나라 그곳으로
나의 몸을 지우며
사라지고 싶다.
몰아치는 강풍에 뜨거운 모래알 떠올라
오늘은 이미 어제 그 땅이 아닌,
혁명의 아침만이 거듭 찾아오는 이 눈먼 벌판에서
나는
나의 부재마저 숨기고 싶다.
까마득한 전설처럼 잊혀지고 싶다.
하느님
오, 나의
비非인간적 열망을 용서하소서.

사막 4

여기서는 아무런 소리가 없다.
여기서는 누구도
아무런 소리를 만들어내지 못한다.
적막이 두터운 피막을 덮어쓴 이곳에서는
고요의 황금알이 절로 부화되어
벌판에 하얗게 쏟아져 내릴 뿐이다.
일체의 소리를 거둬들인 신神의 침묵만이
거룩하다.

사막 5

한때
이 땅은 초원이었다.
말떼가 굽이쳐 달리고 사슴 무리가 달리고
인간의 화살이 뛰고 있는 뭇짐승의 잔등을 향해
달렸다.

넘치는 푸름을 들이켜며
숨 가쁜 심장들이 달렸다.
바람 속을
팽팽한 눈알들이 달렸다.

그렇게 달리던 자리에
지금은 거친 사막뿐인 자리에
아,
하늘로 솟구치는 저 피의 환희를 보아라.
갇혔던 역사의 지층을 뚫고 분출하는
그것은 수백만 년 전 이 땅을 뛰던
뭇짐승들의 심장의 피!

그래서 불을 뿜는 유전을 보면
나도 달리듯 숨이 가빠진다.

사막 6

나는 아직
사막에 가본 적이 없지만
생각만으로도 그곳은 너무 광막하여
나로서는 차마 가볼 수 없는 곳이기도 하다.

이따금 모래의 구릉으로 바람이 일어
풍문을 만들거나 지우는 일이 있을 뿐,
무변의 땅은 우리와 더불어
인간적이 되기를 거부한다.
자해의 상처만을 줄 뿐이다.

신神만이
보란 듯
파한의 요술로 허공에 세우는
신기루.

사막 7

사막의 밤을
모래알들이 운다.

하늘에 솟은 달은 상고上古의 청동거울
그리움의 원형으로 빛을 부어내리는데
아아 떠나지 못하는 발들은 족쇄를 끌며
이 유배의 땅을 고개 들어 운다.

처음에는 조금씩 부분적으로
그러다가 마침내 사막 하나가……

사막 8

이곳 어디에선가
신神은
시계를 잃어버렸다고 한다.

그의
팔목에서 떨어진
시계는
겹겹의 모래 속에 파묻혀서
지금도 가고 있을 거라고 한다.

가끔은 아쉬운 듯 신神은
흐릿한 눈으로 모래바닥을 들여다보고
뜨거운 모래알 사이로 손바닥을 넣어
휘젓기도 하지만,
시계의 행방은 알 수가 없다.

그래서 이곳에서는 누구도
시간을 묻지 않는다.

사막 9

뚜벅뚜벅
어제도 걷고 오늘도 걷는
그리고 내일도 모레도 여전히
사막을 걷는
낙타의 눈알은
반쯤
앞으로 불거져 나와 있다.

그것은
단조로운 사막의 지평을 깨뜨린
그 등어리에 지고 있는 혹처럼
아마, 그럴 수밖에 없는 것이리라.

가도 가도 허허로운 모래펄
절망의 허깨비만 쏟아져 내리는 땅덩어리
어디에선가
불빛처럼 그리운 무엇 하나
나타나 주기를 열망하며 그 눈이
자꾸만,
자꾸만 사방을 두리번거리다가……

사막 10

오아시스에는
푸른 나무그늘이 있다, 싱그러운 바람이 있다
풍족하게 마실 수 있는 맑은 물이 있다
다리를 뻗고 편히 쉴 막사도 있다
가자, 우리들의 그리운 땅으로

태양이 엽기적 살인을 꿈꾸는 눈처럼 타오르는
사막은 하얀 공포의 루트, 누군가 미로에 빠져들기를
보이지 않는 덫이 아가리 벌리고 기다리는
저 모래펄의 사구들이 이룬 환상적 원근

비틀거리며 걸어오던 한 사내가 마침내
극한의 갈증을 견뎌내지 못하고 무너져 내렸다
그의 시야에 모래알이 덮혔다
무거운 탈진의 중량이 그의 어깨를 짓눌러
그는 도무지 몸을 일으킬 수가 없다. 사내의 얼굴이
뜨거운 모래 속에 묻혔다

오아시스에는
푸른 나무그늘이 있다, 싱그러운 바람이 있다
풍족하게 마실 수 있는 맑은 물이 있다
다리를 뻗고 편히 쉴 막사도 있다
가자, 우리들의 그리운 땅으로

그리운 땅은 그리운 만큼 아득히 먼데

그리운 땅은 자꾸만 멀어져서 다시 불타는 사막이 되는데
그리운 땅은 사내의 몸을 덮은 사구와
그 다음의 사구가 이룬 원근처럼 환상적인데

사막 11

이곳엔
아무도 보이지 않는데
무수한 눈들이 나를 보고 있다.

이곳엔
주위가 텅 비었는데
사방이 나를 에워싸고 있다.

나는 소리를 지르겠다, 저 막막한 공포를 깨뜨리기 위하여
나는 권총을 쏘겠다, 고요의 투명한 벽면에다 대고
나는 수류탄을 던지겠다, 저 피 흘리는 시간을 보기 위하여

아,
무엇이든 목숨의 흔적으로
흔들리는 것을 볼 수만 있다면……

어머니.
내 그리움의 살이 죄다 풀어져 내린 자리에
허연 뼈처럼 보이는, 피끓는 낱말
어머니.

여자 1

너와 함께라면
난
죄를 짓고 싶어.

너의 피를 받은
아이를 갖고 싶어.

그리고 기다릴 거야, 천천히
배부르는 기쁨으로
늘
신선한 아침을 맞으면서……

그러면 여자가 되겠지.
바보 같은 여자,
맹물 같은 여자,
위대한 여자,

너와 함께라면
난
이런 감옥에도 갇히고 싶어.

여자 2

여자는
깜깜한 밤이다.
흔들어도 깨지 않는 어둠이다.
내가 만나려고 불을 켜니까
여자는 하얗게 부서져 내렸다.
그런 후 다시 어둠이 밀려오고
어둠이 또다시 여자가 되는
알리바이, 너는 어디에 숨어 있니?

여자 3

여자는
잔등으로 운다.
현실의 이쪽을 외면하고
돌아앉은
흔들리는 그 잔등 너머에서
여자는, 검은 슬픔의 항아리를 품는다.

눈물이 흐르면 눈물로
채우리라, 눈물이 넘치면
눈물로 씻으리라.
돌아앉은 여자는 또 하나의
세월을 수용하는 항아리.

잔등을 바라보는 현실의 이쪽에서는
하늘을 쪼갤 듯 뇌성이 울고
성난 비바람이 몰아치고……

여자 4

강물에 몸을 날려 못 이룰 사랑에 완결의 점을 찍은
그 여자, 오늘 흩뿌리는 안개비 속에 나타났다.
투신했던 자리 부근 교각을 알몸으로 끌어안고
뜨겁게 달아오르는 희열을 하얀 물살로 적셔내던 여자,
오늘따라 자욱한 안개비 속에 교각은 튼튼한 남성이었다.

망자의 노래

나는 깜깜한 깊이 속에
이제 비로소 영원한 휴식의 반석 위에
누웠노라.

지상을 굽이치는 강물소리와
일몰을 건너는 나룻배의 움직임과
그 사공이 다하는 마지막 노동을 들으며,

세상의 빛과 소리와
이전에는 무관했던 사람들의 근심까지도
모두 느끼며 나는 쉬노라.

그대 눈물 어린 잠,
꿈에 입맞추던
눈부신 이 금맥金脈의 부근에서…… 아내여.

봄을 기다리며

무거운 스웨터 대신
투명한 물빛 블라우스 옷자락 나풀대는
여자들의 거리를 만나고 싶어.

그들의 살결만큼 자유로운
무한 햇빛 쏟아져 내리고
가볍게 나부끼는 그들 몸매만큼
남쪽바다 파도가 일으키는 시간 속으로
어서, 어서, 뛰어들고 싶어.

어깨가 부딪치면 즐겁겠지.
부드러운 물같이 만났다가 헤어지는
설레임의 거리
순간으로 짜여지는 감촉의 거리
빛깔의 거리, 소리의 거리

그 속으로 하늘하늘 스며들고 싶어.
푸른 연기처럼, 아편처럼.

단오

음오월에도 초닷새 수릿날엔
아내여, 그대는 춘향이가 되라.
그러면 나는 먼 숲에 숨어들어 그대를 바라보는
이도령이 되리라.

창포를 물에 풀어 머리를 감고
그대는 열일곱, 그 나이쯤 되어
버들가지엔 두 가닥 그넷줄을 매어
그대 그리움을 힘껏 밟아 하늘로 오르면,
나도 오늘밤엔 그대에게
오래토록 긴 긴 편지를 쓰리라.

하늘로 솟구쳤다 초여름 서늘한 흰 구름만 보고
숨어 섰던 날 보지 못한 그대의 안타까움을
내가 아노라고……
그대 잠든 꿈길 위에 부치리라.

약속

피는 꽃이 질 때를 약속하듯이
지는 꽃이 다시 필 때를 약속하듯이
오늘
우리 이렇게 만남도
그리하여 다시 헤어짐도
넓고 너른 이 우주공간에선 필연의 일이다.

님아,
서로 얼굴을 마주하는 동안
우리에게
다시 무슨 약속의 말이 필요하랴.

골목길

처음
그곳은
황막한 벌판이었다.
메마른 흙먼지가 자욱이 바람따라 불려가고
태양의 빛살에 취해 너울대는
철새들 나래 그림자만
외로이 그곳에 춤을 추었다.

그러던 어느 날 그곳으로 누군가가 와서
나무를 다듬고 흙을 부쉬 허허벌판 위에
그의 고독의 성을 쌓아올렸다.
벌판보다 더욱 외로운 이 한 채의 집은
절명한 밤이면 별빛 속에서
가물가물 눈물처럼 지워지고 있었다.

그리고 다시 세월이 흘렀다, 흐르면서
벌판에 한 사람 두 사람…… 뜬구름 같은
이주민들이 흘러들었다.
외로워지지 않으려고 그들은 함께 모여 살고
서로 조금씩 고독의 분량을 나눠 가지면서
벌판의 허무와 갈증을 잊어갔다.

집과 집 사이에는 절로
길이 났다.
마을사람들의 인정이 물길처럼 흐르도록

그들이 관개한 좁은 골목길,
그리운 이웃의 발자국과 웃음과
슬픔까지도 함께 들으려고
가늘게 귀처럼 열어둔 좁은 골목길.
그 골목길을 통해 지금 사람들은 집으로 돌아가지만,

그러나 그들은 알지 못한다.
처음 그곳은 황막한 벌판이었고
누군가 처음 와서 집을 세우던 사람이 있었고
그 사람이 밤마다 우뢰처럼 몸부림치던
고독의 캄캄한 수태 있었음을……

2월과 3월 사이

2월과 3월로 가는 길목에
비가
내린다.
하늘이 이 땅에 물을 주고 있다.

갈증 난 블록담이 비에 젖고
엄동을 건너온 나무들의 전신이 비에 젖고
눈 부비며 일어서는 먼 바다 물살이
고스란히 그대로 비에 젖는다.

(사람들이 모두 집안에 들어앉은
비 오는 틈을 타
봄은 화약 같은 불씨를 물고
몰래 찾아드는 걸까요?)

아내의 입김에는 지난 겨울보다
한결 따스한 기류가 감돌고
나의 굽었던 관절 마디마디에선
뻐근한 통증이 울리고 있다.

이제 이 비 그치면 실버들 가지엔
초록, 초록, 초록의 새순이 돋고
겨우내 얼음살 박혔던 흙더미 위에서는
부활의 드라마가 시작되겠지.

2월과 3월로 가는 길목에
비는
내리고,
나는 환상의 물처럼 설레고 있다.

균열

뱀이 또아리 틀고 있는 수풀로
일군의 바람이 지나가자

은빛 이슬 속에 갇혔던
달이
우수수 우수수 쏟아져 내렸다.

야반의 목을 조르고 있던
산의
고요에

한 줄기 미세한 금이 가고 있었다.

아틀리에 소묘

부드러운 꽃잎으로는 살 수 없다고
때로는
고슴도치 바늘을 세워보지만
그대 천성의 마음으로는
결국
빈 너털웃음밖에 나올 것이 없는

황량한 아틀리에에는 몇 점 그리다 만
미완의 화폭만이 기름을 덮어쓴 채
그대 흘린 출혈을 말리면서

아마 지금쯤 주인은
어느 술집 구석에서
폐허의 그림자가 되어 있을 거라고

이국의 새

남방의 도시 쿠알라룸푸르에서
여장을 풀고 첫날밤을 보낸
이튿날 새벽,
미명의 안개 속에서 내가 듣던
낯선 이국의 새소리.
새들은
내가 알 수 없는 그들의 모국어로
울고 있었다.
(참으로 이상한 일이다!)

며칠 후
내가 찾아간 그곳 동물원에서
나는 갖가지 신비로운 동물과 함께
수많은 새들을 보게 되었는데, 그곳에서도
아, 새들은
역시 그들의 모국어로만 울고 있었다.
(참으로 이상한 일이다!)

그때서야 나는 비로소
무심코 들었던 우리 산하의 새들도
우리의 모국어로 울 것이란 생각을 하면서
먼 이국의 하늘 아래에서
불현듯
고국의 새소리가 듣고 싶었다.

겨울 안개

관능은 죽고
관념만이 살아남은 이 어두운 겨울
도시의 허리를 힘없이 껴안고 있는 강에게
아픔을 덜어주는 진통제처럼, 안개
안개는 흘러내려
그것은 결빙으로 갇혀 있는 몇 척의 나룻배를 지우고
강가 언덕에서 마른 죽음을 흔드는 풀잎들을 지우고
마침내
강 하나를 모두 우리들의 눈에서 지워버렸다.

흘러가라,
정서는 죽고 신경만이 약하게 살아 있는
이 겨울 불모의 도시 한가운데로, 안개여
너는 유희의 몸을 흔들며 흘러가라.
울어도 차마 눈물 나지 않을 눈에게 바람 든 가슴에게
쉽게 희롱 받는 손과, 그리고 입술에게
네 희디흰 육체는 설레며 부딪쳐서
그 혈관마다 따스한 피를 살아나게 하라.

안개가 흐른다,
어딘지 근원을 알 수 없는 마법의 향로에서
피어오르는 연기처럼 주술처럼
그것은 비어 있는 곳마다 가득 채우고
저 낮은 곳을 향하여 흘러내린다.
그리하여 오늘 이 겨울 도시는 몽상 속에서

앞을 가린 회색의 베일 속에서
신탁의 말씀처럼 일어서고 있다.

해동

겨울바람 칼끝 스친 자리에
싸늘한 얼음조각 박힌 자리에
피는 삭는가, 가려움증은 발진처럼 돋아
살을 할퀴는 내 손톱자국의
붉은
생기여.

그래도 죽지 않고 살아 있었구나, 너
어둡고 긴 겨울의 늪을 지나며
학대 받은 억새풀 모진
그 가슴으로
찬란한 봄을 맞으리란 것을
믿으며, 기다리며, 지내왔구나.

오오, 장한 내 육신
오오, 장한 만큼 슬픈 내 육신
이제 햇빛 따사롭게 날씨 풀리니
눈물밖에 더 날 것 없는 봄날
이
자유!

말복 이후

언어장애보다 함께 지내기 어려웠던
지난여름 무더위가 생각나지 않습니까?
이제 제법 서늘한 바람이 부네요.

말복이 지나 머잖아 처서
그때쯤엔
광염에 지쳐버린 우리들의 시력도
차츰
회복이 되겠지요.

그리고 일체의 소리도 거부하던 우리들의 귀에는
풀벌레 울음 같고
미세한 물방울 구르는 소리 같기도 한
가을의 소리들이 스며들겠지요.

아직은 남아 있는 미련인 양
채 가시지 않은 더위지만
가을은 신부처럼
조용히 입장할 테니까요.

전야

라디오에서 태풍주의보를 거듭 알리던 그날
알 수 없는 설레임에 휩싸여 나는 바닷가로 나갔지요.
이미 하늘엔 숨찬 바람이 펄럭이고
수상한 구름 떼가 먹빛으로 몰려오고 있었지만
바다에도 태풍의 선발대는 미리 와서
진을 친 것이 보였습니다.

길들지 않은 수없는 야생마들이 뛰고 있는 그곳에는
공포의 풀잎처럼 질린 물살들 하얗게 솟고
내릴 곳을 잃어버린 갈매기 떼 회오리치며
밀려드는 먹장구름에 부딪쳐 길을 잃곤 했습니다.
태초에 혼돈하던 카오스의 늪이
그날 그 바다 한가운데에 있었습니다.

사랑이여,
그대를 처음 만나기로 한 날
그 전야의 내 가슴이 또한 그러했음을
아시나요, 그대는.

유쾌한 풍경

작은 햇살에도 나서지 못하는
서투른
시골아이들처럼
아직도 주위에 파헤쳐진 황토흙
겸연쩍게 얼굴 붉히고 있는
변두리 서민아파트 단지에는

층마다 베란다로 나와 따뜻이 햇살 쬐는
그들 권속의 옷가지들, 모처럼 때를 벗긴
홀가분한 기분의
나들이들.

(싱싱한 우리들의 슬픔을 보세요.
싱싱한 우리들의 기쁨을 보세요.
비누거품으로 빨아도 빨아낼 수 없는
싱싱한 우리들의 가난을 보세요.)

옷가지들은 펄럭이면서
바람하고 말한다.
옷가지들은 펄럭이면서
태양하고 말한다.
옷가지들은 펄럭이면서
펄럭이면서, 저희들끼리 말한다.

명지 쪽을 바라보며

신음하는 이 도시에서 헤매던 발걸음이
오늘은 하단으로 와서
물 건너 머얼리 명지를 바라본다.

아, 그곳은 아직 따스하고
쑥갓을 키우는 손들처럼 맑고
건강해
그곳에서 불어오는 바람은 더욱
나를 그곳으로 데려가려 하지만

떠날 수 없다. 이미 슬픔으로
쉽게 더럽혀진 나는
더 오래 이 도시에서 떠돌며 때묻고 지치다가
지치다가,
때로는 외진 갈숲 마을 하단으로 와서
그리움으로 떠 있는 명지를 바라보리라.

닿을 수 없어 아름다운 그곳으로……

지오콘도

우기의 빗속 골목길에
수박을 가득 실은 리어카 끌며 수박장수
지나간다. 옷은 함빡 비에 젖고
얼굴은 거듭 비에 젖어도
그의 외침만은 수박처럼 싱싱해.
(수박 사려, 수박!)
긴 장마에 찌든 사람들에게 이 외침은
갑자기 새파란 생기를 불어넣은 듯
집집마다 문을 열고 혹은 창 너머로
수박장수 빗속 행진을 쳐다본다.
그러고는 모처럼 활짝 갠
이웃집의 얼굴들도 쳐다본다. 마치
리어카 위에서 빗방울을 퉁기는 수박들끼리
서로 즐겁게 바라보듯이.

제5시집

그리고 너를 위하여(1988년)

호수는 조용히 있고 싶어 한다

바람이 불 적마다
흔들리는
나무는,
흔들려서 차츰 가지가 굵어지고
흔들려서 잎들은 더욱 파랗게 짙어지고
흔들려서 뿌리도 더욱 땅속 깊이
튼튼히 박히는 것이겠지만

나는 흔들리는 것이 싫다.
육지가 먼 곳으로 나를 가두듯
나도 먼 곳의 하늘을 가두고
별이 뜨는 밤과 해가 솟아오르는 낮,
낮의 구름이며 숲과 새들을
그저 평온한 가슴으로 바라보고 싶다.

누구든 나를 가만히 있게 내버려다오,
나는
저 무지하게 날아오는 돌멩이가 싫다.

그리고 너를 위하여

타오르는 한 자루 촛불에는
내 사랑의 몸짓들이 들어 있다.
오로지 한 사람만을 위하여
끓어오르는 백열白熱의 침묵 속에 올리는 기도,
벅찬 환희로 펄럭이는
가눌 길 없는 육체의 황홀한 춤,
오오 가득한 비애와 한숨으로 얼룩지는
눈물,
그리고 너를 위하여
조금씩 줄어드는 내 목숨의 길이.

풀 뽑기

저 땅밑에 결사의 레지스탕스가 있다.
어두운 지하 비밀 루트,
암호로 음각된 통로의 벽면과
흐릿한 불빛으로 한결 멀어지는 밀실,
— 낯선 인물을 차단하라!
무성한 잡초들 줄기째 힘껏 뽑고 뽑아도
결코 저들의 조직 베일을 탄로시키지 않는
거친 풀들의 끈질긴 유혈의 저항, 흩어지는 풀냄새,
땀 흘리며 진저리치며 싸우는 여름날 풀 뽑기.

일기 쓰기 1

마른 짚더미 위에 누웠으니 참으로
편하구나. 알갱이는 죄다 털어주고
쭉정이만 남은 것들 노오란 지옥 연기
피워 올리며 조금씩 식어가는 시간과
마주 등 대고 누웠으니, 이 몸도 한 가닥
텅 빈 지푸라기. 힘을 **빼앗긴** 육체가
가만히 가만히 품어보는 화해의 정신,
그 완곡한 어법을 이제 나는 알 것만 같다.
힘을 더 **빼도록** 하자, 죄스러운 젊은 날
불 붙던 피! 욕망으로 우뚝 세우던 **뼈**!

자화상

겨우내 눈을 감았던 둠벙 하나가
마음마저 깜깜하게 문 닫았던 둠벙 하나가
오늘은 백 날 만인가, 해빙의 눈부신 볕살 아래로
기어나와
그리움에 짓무른 눈을 뜨고 하늘을 본다.

새

한 마리의 새가
공중을 높이 날기 위해서는
바람 속에 부대끼며 뿌려야 할
수많은 질량들이 그 가슴에
늘 충전되어 있지 않으면 안 된다.
보라, 나뭇가지 위에 앉은 새들은
노래로써 그들의 평화를 구가하지만
그 조그만 몸의 내부의 장기들은
모터처럼 계속 움직이면서
순간의 비상이륙을 대비하고 있어야 한다.
오, 하얀 달걀처럼 따스한 네 몸이 품어야 하는
깃털 속의 슬픈 두근거림이여.

관능

떨어져 썩는 것이
어찌 마른 열매나 풀잎뿐이랴.
바람 한 점 없는 숲에 고요마저
무겁게 떨어져 썩는 이 오후 산간,
붉은 뱀의 혀와 혀의 달디단 입맞춤만
고통으로 풀섶을 이글거려라.

상처

부려져도
아주 못 쓰게 부러지지는 않고
약간 금간 듯 부러진 분절의 따스한 미학.
그 상처, 아픔으로 성숙해진 영혼이
깊어진 강처럼 고요히 눈을 뜨고 바라보는 세상은
불행의 중량만큼 여유가 있다.
이제는 더는 완벽을 꿈꾸지 않을 상한 그릇 하나,
이제는 더 파괴를 부르지도 않을 상한 그릇 하나,
나는 마흔다섯 살의 중년남자.

천재

그는
꽃다운 20대에 세상을 떠났다.
그가 하직하기 전의 몇 해
그 짧은 젊음의 날들은 신神의 연극처럼
황홀한 비극으로 이루어졌으므로
우리들에게는 그의 일생이
불행을 바라보는 또 하나의 전형이 되었다.
드디어 극약처럼 짙은 어둠을 뿌리며 떠난 그가
밤하늘 빛나는 별이 되었을 때,
우리는 그의 이름에 '천재'라는 날개를 달아주면서
천재는 일찌기 멀리 날아가는
새-라고 불렀다.

술 한 잔

오늘 밤이
이 세상 끝인 것처럼
그러니까 첨예한 생각일랑 버리고
용납하자고
한 잔 술에 함께 받아 마시는 외로운 화해.

그러니까 세상이 갑자기 우습게도 슬퍼져서
솟아나는 마음의 눈물을
손끝으로 눌러 죽이면서
눈 감고 더 크게 불러보는 나의 노래여.

자,
여기에 또 술 한 잔!

진주의 노래

나 혼자 몰래
구슬을 품었네.
저 어둡고 황량한 개펄에 몸을 묻고
밀려오고 밀려가는 파도에 오래토록
긴 세월을 견디며,

나 혼자 몰래
눈부신 황홀을 품었네.

그것은 캄캄한 어둠의 고통을
피로 적시며 참아온
내 영혼의
사리,

그것은 그대 앞에 선연한 광채
하나로만 나서고 싶은
내 순결한 꿈의 결정.

아,
나 혼자 몰래
온 세상 하나를 품었네.

숲을 바라보며

내가 내 딸과 아들을 보면
그들이 늘 안심할 수 없는 자리에 놓여 있는
그런
내 딸과 아들이듯이,

나무가 그 아래 어린 나무를 굽어보고
산이 그 아래 낮은 산을 굽어보는 마음이 또한
애비가 자식을 바라보듯
그런 것일까.

문득 날짐승 한 마리 푸른 숲을 떨치고 솟아오를 때도
온 산이 조바심을 치며 두 팔 벌려
안으려고, 안으려고 한다.

불꽃잔치

블랙홀이
은하계의 별을 하나씩 삼킬 적마다
우주에는 갑자기 눈부신 화재가 일어
무한심연으로 추락하는 별의 죽음을 알렸다.
어디서나
최후는 이렇게 아름다운 것.
단 한 번 뿐인 전신소멸의 불꽃잔치여!

바닷가 이중섭

예수님,
당신도 결혼을 하셨다면
사랑하는 처자식과 생이별로 떨어져 살아야 하는
한 사내가 흘리는 땀과 오한과
마른 기침으로 얼룩지는 잠자리를
조금은 이해하시리라 믿습니다.

오늘도 나는 아침부터
바닷가로 나가
푸른 바다 화폭에 그리운 가족들의 얼굴을 그리고
그들이 마치 꿈인 듯 생시인 듯, 좋아라 흰 손을 들고서
우우 우우 달려오는 모습을 보고는 그만 벅차
나도 몰래 찬 바닷물 가운데로 들어섰지요.

그러나 예수님,
내 발목까지 달려온 그들은
힘없이 추르르 부서지는 환멸의 물방울
내 허무한 화폭의 그림자일 뿐이었습니다.
바로 그때, 이 가슴에는 분명
앞으로 내가 짊어지고 가야 할
무거운 십자가 하나가 걸려 내려왔습니다.

오, 두렵고도 두려우나 확실한
예감.
이 예감을 안고 내일도 나는 바닷가로 나가

예수님 당신이 맨발로 건넜다는 물보다 더 깊고 푸른
인연의 바다를 멀리 바라볼 것입니다.

장사의 꿈

장사는 밤마다
저 산마루에 걸린 바윗덩어리를
기운차게 번쩍 들어올리는
찬란한 불사신의 꿈을 꾼다.

그가 밤마다 치르는 고통의 역사役事,
환희의 역사役事로
그를 덮은 이부자리는 늘 땀에 젖고
뜨겁게 끓는 마그마는
지층을 뚫고 분출하는 용암이 된다.

그러나 눈을 뜨는 새벽마다 장사는
천하의 절대권력처럼 꿈쩍도 않는
밀면 밀수록 더욱 버틸 뿐인
무거운 바윗덩어리를 끌어안고 휘청거려야 할
또 하루의 허무한 중량에 시달리지 않으면 안 된다.

아,
장사는 다만
그의 팔뚝이 뒤흔드는 물상들 앞에서만
장사가 될 뿐이었다.

비천飛天

비천飛天의 모습은 아름답다.
하늘이 그의 편이므로
이와 같은 상징은 늘 눈부시다.
까마득한 저 아래 넘실대는 욕계의 땅
그곳이 어둡고 흐릴수록
하늘 높이 떠오르는 몸짓은 선명하고
꿈꾸는 자의 옷자락은
가득히 희열로 나부낀다.
오! 장인은 그것을 알았으므로,
종신鐘身에
그의 핏빛 꿈을 새긴 것이다.

화석채집

누군가 돌에 꽃잎을 떨어뜨렸다.

누군가 돌에 새를 날리고

누군가

돌에 우물을 파고

누군가 돌에 곤충이 기어가게 했다.

누군가 돌에 사슴이 뛰게 하고

누군가 돌에

가오리 같은 연골어를 헤엄치게 했다.

말 없는 돌 하나를 보고 있으면,

누군가

스스로 돌 속으로 들어앉은 사람이 있었다.

불에 대한 상상력

흑룡강성의 산불은
한 달도 넘게 타올랐다.
거대한 산맥의 굽은 등줄기를 타고
불길은
번져,
천년의 처녀림을 태웠다.
그 속의 온갖 짐승들을 태웠다.
(그들은 선량하게 죽어갔다.)

밤낮
용의 입이 토해내는 불같은 화염만이
차례차례 산 것들을 태워 쓰러뜨리고는
그 자리에
폐허의 연기를 피워 올렸다.

뜨거운 불을 먹은 새들
실명의 하늘에서 추락하고
몸을 뒤트는 나무들의 비명
아프게 산간을 흔드는
이 불모의 재앙으로 이어지는 나날 속에서,

아득한 불길을 바라보는 어느 신神의 잠자리는
매일 밤
황홀한 쾌락을 몽정夢精으로 적셨다.

어둠 속에서

기旗는
미명 속에 서서 새벽을 기다리는 사람들의
길고 어두운 행렬, 그 숨죽인 가슴마다
하나씩 묻혀 있다.

하늘에 솟으면
찬란한 넋으로 나부껴
사람들의 심장을 뛰게 하고
그 펄럭임은 하나로 일어서는 소리, 소리가 되고
마침내 지축을 뒤흔드는 함성이 될

기旗는
지금 잠 자는 것이 아니라
결의의 주먹처럼 깨어 있으면서
허물어지듯 구겨지는 습성만을 익혀가고 있을 뿐이다.
구겨져서는 다시 힘차게 펴지는,
진폭의 율동만을 길들이고 있을 뿐이다.

잊혀지자고

이따금씩
흙먼지를 일으키는 차량의 질주가
원경으로 바라보이는

외딴
산기슭
양지바른 곳에

잊자고
까마득히
잊혀지자고

몸을 숨긴
흰 벽
정신요양원

굳건한 쇠창살이 그를 가두기 전엔
뜨거운 불의 고통과 싸우던 사람
파괴의 굉음에 귀를 앓던 사람
광염처럼 타올라 몸부림치던 사람
피만 가득히 흘리던 사람
그 사람이

이제는 바다 밑에 가라앉아
조용히 침식되는 어느 날의 난파선처럼

우리들 기억에서 지워지고 있는
제 스스로 형체를 무너뜨리고 있는

그 사람이 머언 창가에 서 있을

난처한 사랑

남은 찬밥 먹이며
식객처럼 키우던 짐승도 앓다가 죽으니
맺힌 정 꺾이는 소리 요란하다.
며칠 간의 심사 무진 적막하고
그 죽음에 연루된 내 죄
살 속에 푸른 멍으로 박혀 아리다.
사랑이여,
우리의 아픔도 혹이 되어
자꾸자꾸 커져 가기만 하는 이 난처함을
또한 어쩌리.

구례를 지나며

산맥의 굵은 획이 흐르고 나서
뚝뚝 떨어진 실수의 작은 먹물방울 같은
산들이 조붓조붓 솟아나 있다.

남원에서 순천으로 가는 길이
구례 변방을 지날 무렵—
소백산맥의 힘찬 능선으로 들어서지 못한
작은 점으로 찍힌 산들이
지리산 쪽을 향하여 그리웁게 발꿈치 일으키는 것을

보았다, 섬들이 뭍을 그리워하듯.

명공名工의 노래

그
높으신 님의 머리에
쓸
관이옵기에

황금에도 귀를 열고
황금에도 눈을 열어
지존하신 님의 마음 헤아릴 수 있도록

가볍고
영롱하게
흔들리고 빛나도록

구슬 하나
수식 하나 매달 적마다
이 마음 먼저 매달려
흔들려도 보았거니

아, 이제 미천한 손을 떠나는 황금 보관이여
용상보다 더 높은 곳에서 눈부실
내 자존의
넋이여.

제6시집

아득한 봄(1991년)

이제는

이제는
썰물이 좋다.
더
가득한 때를 바라지 않으리라.

갯벌에 드러난 추한 상처들
다 내 것이고
휑하게 뚫린 절망의 공간 또한
내 것이니,
나를 이 음습한 바닷가에 그냥 있게
내버려 두라.

이제는 다시
흡사 저 피의 부름 같은 물결의 소리로
나를 취하게 하지 말라.
숨 가쁜 아우성으로 넘칠 듯, 넘칠 듯 차오르는
밀물의 시간이 정말 나는 싫다.

벚꽃 지다

미시마 유키오는 끔찍하다.
할복으로 자신의 뜻을 이루다니.
그의 죽음은
명백하게 천명한 비수의
의지,
뭇사람들 입을 다물게 했다.
그런 자결自決의 정신으로
4월 중순,
벚꽃이 진다.

회고 懷古

옛 중국의 어느 철학자는
흰 천을 보고 울었다고 한다.
백색은 지조를 상징하므로
그는
자신의 변절을 울었으리라.
또는 홍수에 떠밀려가는 황토빛 강물같이
더럽고 추한 세상을 보는 그의 상심을
흰 천을 바라보며 울었으리라.
그러나 지금은 누구도 눈물을 흘리지 않는다.
흰 천을 보고서도 흰 천에 대한
고전적 관념으로 감동하지 않는다.
상징을 잃어버린 이 시대에는
흰 천은 더럽히고 싶은 성性처럼
눈먼 탐욕의 대상이나 될 뿐이다.

돌 속에

그는 돌에
꽃을 그렸다. 사슴을 그렸다.
종을 그리고, 물고기와
날아가는 새를 그렸다. 비파를 타는
손이 고운 여인들을 그렸다.
차디찬 돌에, 천년 전에.

그러나 지금 우리가 보고 있는 것은
그 꽃이 아니다. 사슴이 아니고
종, 물고기, 새 등이 아니다. 여인도
아니다. 아니다. 지금 우리가 보고 있는 것은,

부엽토처럼 썩어가던 그의 몸과 함께
날아가버린 줄로만 알았던 그의 영혼이다.
돌 속에, 천년 전에
그가 남몰래 울음으로 새겨 넣었던.

저수지에 관한 명상

어릴 적
마을 저수지는
커다란 공포의 심연이었다.
짙푸른 물빛이 빨아들이는 절망의 공기 속으로
겁에 질린 우리는 곧잘 빠져들곤 했다.
소리 없는 비명을 울리며…….

이제
그 어릴 적 마을 저수지를
중년의 눈으로 멀리 내려다본다.
날개 잘린 대붕처럼 비상의 꿈을 잃은 물방울들
우울하게 갇혀, 흐르는 시간 속에 몸을 뒤척이는
저수지는 슬픈 우리들의 도시, 우리들의 삶, 또는
우리들의 노래.

뛰어내려도 지금은 두렵지 않다!

뿔

떠받기 위하여
있다. 무엇이든
세차게 찌르고 받아 넘기는
일격의 적의만이
뿔을 뿔답게
한다.

지금 그의 정수리에
두 개의 뿔이 박힌 소가
전설처럼 아득히
서
있다.

야성을 잊은 지 이미 오랜,
빈 하늘에 걸려 있는 그 뿔은
버려야 할 유산처럼 슬픈
형식의 관冠일 뿐이다.

내게도
세상의 부조리를 힘껏 떠받아 칠,
그렇지만 아직 한 번도 쓰지 못한
고물된 낡은 뿔 하나가 있다.

석류

합궁의
뜨거운 열락을
터뜨리는,

다물지 못할 입……

속으로 아프게 물고 있는
극기의
푸른 치아들

유등제

유등제를 한 번 보고 싶다.
해 저문 강가로 나아가
머나먼 행렬을 이루면서 밝은 연등 불빛 흐러가는
그 조용한 눈물의 제의를
보고 싶다.

나도 함께 따라갈 수 있다면
얼마나 더 좋으랴.
세상의 온갖 설움을 푼 몸이 두둥실
물 위에 떠서
한 줌씩 불빛 던지며 어둠을 헤치고 흘러가면
마침내 닿을 그곳이 불귀의 하늘이어도
나는 좋으리.

강가엔
깨끗이 옷을 차려 입은 사람들
멀어져가는 점점의 등불을 바라보며
차마 돌아서지 못하는 발걸음, 섰던 자리에 그대로 묶여
두 손 모아 간절히 비나니
부디 저 길이 극락에 이르소서.

유등제를 한 번 보고 싶다.
해 저문 강가로 나아가
수천, 수만 개의 연꽃 등불 밤하늘 별빛인 양
물 위에 떠서

아득히 행렬을 이루면서 어둠 속으로 흘러가는
그 눈물 글썽이는 축복의 제의를
나는
보고 싶다.

저 흙 속에

흙을 파다가
문득
죽어서도 썩지 않은 송장같이
아직도 파랗게 살아 있는 비닐을 보면
거기에도 무슨 혼이 있어
저처럼 질긴 원한에 차마 눈 못 감고
땅 밑에서조차 제 몸의 삭신을 풀지 않나 싶어
두렵다.
세상의 모든 것은 죽으면
순하게 풀어지고 썩어
한 줌의 흙이 되어야 할 터인데
그런 적막한 해체가 있어야 할 터인데
무슨 연고로 천년 만년 저렇게 시퍼런 얼굴로
구겨진 가슴으로 남아 있어야 하나.
오, 끔찍한 후환이 저 흙 속에 숨어 있다.

적

젊은 날은 거리의 개들처럼
아무 데서나 성性을 만나 교미하고
무거운 배를 끌고 헤매 다니면서
언젠가 몸푸는 때를 기다렸지만
이제는 그렇지 않다, 발정은 쉬 오질 않고
분만의 시간쯤에는 신경이 수직으로 서서
한 번 더 누울 자리를 살펴보는,
히스테리컬한 마음과 싸우지 않으면 안 된다.
오오, 무서운 적이 내 안에 숨어 있다.

알 1

알은 모남이 없다, 둥글다.
원형은 완전하므로, 고로 알은
완전하다고 말할 수 있다.
완전한 알의 껍질을 깨뜨리고 비로소
한 생명이 태어난다. 파괴되는 껍질의 비명과
절대의 아픔을 통과의례로 안아야 하는, 알은 땀 흘리며
고통스럽게 찌그러지며, 가득히 피 흘리며, 마침내
탄생의 기쁨을 희열한다.
부서진 알 껍질을 보면, 참으로
위대한 그 죽음이 어머니 같다.

알 2

알은 지금 위험하다! 얇디얇은 피막이
단단한 쇠붙이 옆에 불안하게 자리잡고 있다.
툭! 치면 뒤틀리고 으깨어질 저 섬세한 골격이
우두커니 공간을 이루고 서 있다.
착각처럼, 혹은 무리한 발상처럼, 알은
스스로 투명한 제 정신의 힘을 믿고 있지만
눈 하나 까딱 않는 쇠붙이의 비정한 폭력은
곧 일을 저지르고 말 것이다. 아아, 알은
지금 위험하다! 멀리서 바라보기만 해도 나는
턱이 빠질 듯이, 빠질 듯이 아프다…….

파도를 보며

한꺼번에 자빠뜨릴 듯 자빠뜨릴 듯 달려드는
저 무지막지한 힘뿐인 사내 좀 봐!
그것을 기다렸다는 듯 우루루 사내의 목을 끌어안고
속수무책으로 엎어지는 저 계집 좀 봐!

두 몸뚱어리
마침내
하나 되어
쾌락의 허연 거품 쏟아내는……

저 순수 육체들이 펼치는 한낮의 정사

남향
— 정대현 시인에게

그대가 마시는 술과
그대가 죽이는 밤이
그대만큼 어리석지 않다, 그대만큼
순수한 것도 아니다.
술은 치열한 주독으로 그대를 속이고
밤이 또한 저 뼈같이
그대를 야위게 만든다.
부산시 북구 화명동
어둠 속을 원생의 붉은 달이 떠오르는
이 일대의 산과 강 사이에서
이제 더 이상 헤매지 말라, 그대는
40대의 가장.

고대도시를 찾아서

삶의 양식은 죽음 이후에 이루어지는 것이라고
저 폐허의 신전을 떠받치고 있는 두리기둥이
말한다.
부장품으로 찾은 제후의 무덤
그 땅의 영원 상속을 꿈꾸며 쌓아올린 돌의 성벽이
기교를 벗어 던진 몸짓으로, 또한
그렇게 말한다.
가자, 뜨거운 피가 또 다른 죄를 부르는 우리들 삶은
저렇듯 미이라의 침묵으로 드러눕는 것이니
고대도시의 황폐한 아름다움이 주는 환상을 뿌리치고
가자, 우리들의 불행한 나날 속으로……
슬픔과 고통의 질병을 함께 껴안으며.

박제호랑이를 대신하는 변명

한때는 내 발톱이
숲을 할퀴었다.
굶주림 같은 나의 포효는 거칠게
계곡의 살을 물어뜯고
어둠 속일수록 더욱 새파란 인광을 뿜던 두 눈은
야전의 살의를 번뜩였다.

나는 숲을 흔들었다.
나는 바위를 쪼개었으며,
뭇짐승들의 털이 수직으로 일어서는
공포의 밤을 만들었다.
나는
숲의 황제였다.

＊

고요가 먼지처럼 오래오래 쌓이는,
낡은 형광등 불빛 먼 기억의 끝에서 가물거리는,
박물관 앞에서
슬로 비디오의 순간정지 화면같이 나는 지금
그렇게 죽어 있다.
내 가죽 속에 굳은 석고의 육체가
슬픔으로 단단하다.
한때는 번갯불처럼, 뇌성처럼
준령을 구비치던 내 사나운 몸짓이

투명한 유리상자 속에 '촉수금지'로 놓여 있다.
나는 이것을 불행이라 부르지는 않겠다, 다만

＊

이제는 죽었으므로 서 있지 않고
내 무릎을 부드럽게 꺾었으면.
전혀 쓸모없는 날카로운 발톱들은 뽑아버리고
수염과 이빨의 장식성을 무너뜨렸으면.
또한 두 눈은 잠자듯 고요히 닫혀 있었으면.
아, 이제는 헛된 위세를 부리지 않았으면, 제발
그랬으면……

검은 서정
— 변시지의 「제주풍화집」에서

제주
바닷가에는
까마귀 떼만 자욱하다.
이명 같은 파도소리에 묻히는
까마귀 떼 울음소리만 자욱하다.
해 뜨기 전,
예감의 시간에 바닷가로 나온
검은 점술의 무녀들이 부르는
강신의 휘파람 소리,
휘파람 소리만 자욱하다.
솟구치는 파도의 이랑보다 더 깊은
저 생자와 죽은 이의 영계를 넘나들며
슬픈 혼백들을 달래는……

직선

신神은
카오스의 끓는 물을
태초에 이 땅에 부어 주셨다.
생성이 있기 전, 생성을 이루어 가던
창조는 온통 무너지는 곡선이었다.
하늘이 하늘일 뿐이고 땅이 땅일 뿐이던
그 현란한 비정형을
신은 눈부신 듯, 자주 바라보곤 하였다.
그렇게 신의 땅은
부드러운 융기와 침전으로 화해를 이루어 갔지만,
지금
신을 거부하는 이 도시에는
날카로운 직선만이 아프게 찌를 듯이
뻗어나고 있을 뿐이다.

차라리 눈부신 슬픔

신神은
이 아름다운 며칠을
우리에게 주셨다.

생애의 절정을 온몸으로 태우며
떨기떨기 피어오른 하얀 목련
꽃잎들, 차라리 눈부신 슬픔으로 밀려드는
봄날!

나머지 길고 지루한 날들 열려 있어
이 황홀한 재앙의 시간도
차츰 잊으리.

비극의 형식

어제는 허물어지는 낙일을 보며
읽던 책을 그대로 덮고 캐비닛을 잠그고
셔터 문을 내리면서
"그럼, 내일 또!"라고 했지만

오늘은 저 슬픈 배란의 빛깔로 가없이 흘러가는
노을을 보며
종말은 언제나 붉고도 장엄한,
아름다운 비극의 형식을 지녔다는 생각을 한다.

그리고
세상의 모든 불행을
검은 빛이 편안하게 수렴해 주는 것이라고.

겨울 판화

겨울 나루터에 빈 배 한 척이 꼼짝없이 묶여 있다.
아니다! 빈 배 한 척이 겨울 나루터를
단단히 붙들고 있는 것이다.

서로가 홀로 남기를 두려워하며
함께 묶이는 열망으로, 더욱 가까워지려는
몸부림으로, 몸부림 끝에 흘리는 피와
상처로,

오오 눈물겹게 찍어내는
겨울 판화.

저녁 무렵

길은 참으로 편안하게 누워 있다.
더 이상 사람들이 다니지 않는다.
신神이 상륙하는 시간 같다.
나무들은 깊은 정적 속으로 걸어 들어가고
우리 두 사람은 계단 위에 서서
감미로운 입맞춤을 오래오래 이어갔다.
죽음을 약속한 연인처럼.

아득한 봄

창 너머로 황홀한 에로티시즘,
눈부시게 몰락하는 낙화의 군단軍團.

여름 일기

햇빛이 밝고 뜨거워서
나는
외롭다.
주위가 너무 눈부시고 현란해
더욱 외롭다.

여름은 샴페인처럼 터지는
폭음, 그 하얗게 솟구치는
물줄기, 떠오르는
박수소리
웃음소리들…….

가라, 너희들은 모두 그리로 가라.
등을 구부리고 앉아 나는 어둡게 그저 수그린 채
백열 속에 피어오르는 이 외로움을
홀로
견디리라.

서행

하얀 눈
꽃처럼 가득히 뒤덮인 차는
겨울 회색 침묵의 도시 속으로
천천히,
천천히 앞으로 나아간다.
슬프고 아름다운 죽음의 관이
운구되던
그날, 차디찬 비극의 아침처럼.

공포
― 열일곱 살의 딸에게

아무도 닿지 않은
흰눈처럼 큰 공포는
없다.
하얀
백지처럼
우리를 숨막히게 압도하는
공포는 없다.
티 없는 눈빛,
그 무구한 감성과의 대면처럼 우리를 떨게 하는
공포는 없다.
오오, 다가오는 새벽을 바라보는
이슬 같은
열일곱 살 소녀여.

투포환 선수

그는 2.135미터의 자유 속에서
7.257킬로그램의 부자유를 던진다.
아니다, 그는 2.135미터의 부자유 속에서
7.257킬로그램의 자유를 날려 보낸다.

강인한 어깨, 팔, 손목에 집중한
힘의
순간분출로
하늘 멀리 쇠공을 날려 보내는,
그러나 스스로는 결코 떠날 수 없는

원 속의
역사力士, 희랍의 젊은 비극의 신神처럼.

복서

그는
바보처럼 주먹만 크다.
힘만 세다. 무쇠같이
가슴만 튼튼하다.
그런데도 강골의 그를 보면
늘
(불행하게도)
어느 순간의 허무한 몰락마저 동시에 떠오른다.
절망적으로 쓰러진
육체의
폐허……
를 딛고 잠시 다시
일어서려는 듯
싶더니, 이내 완전무결하게 쓰러지고 마는
피투성이. 오오 피투성이 같은
침몰을.

힘

왕의 진노는 추상 같다.
두 눈엔 이따금씩 불꽃이 튀고
청천벽력 같은 호통이
어전을 때린다.

폐하,
부디 진정하옵소서…….
무릎을 꿇고 엎드린 문무백관들은
죽을 죄를 지은 듯
말이 없다.

집중호우에 떠밀리고 있는
속수무책의
저 낮은 지붕들.

즐거운 세상

세상에는 천사만이 필요한 것이 아니다.
비둘기같이 착하고 부드럽고 아름다운 상징의
천사만이 하느님 특혜를 받으라는 법은
없다. 그 어떤 암시도, 규정도.

그것을 확인하고자 원한다면 당신은
보라, 악은 선보다 비할 바 없이 더 달콤하고
향기롭고
더욱 인간적이며
악마는 흔히 더 힘차게 천사의 팔을 꺾어버린다는 것을.

이 둘을 편애 없이 함께 만들고
세상을 연극처럼 재미있게 꾸며 주신 하느님께 감사,
우리 모두 감사!

폐쇄회로를 통해 보는 영상

스크린 속에
너는 무의미하게 갇혀 있다.
소리가 없으면 모든 것이 무의미해진다.
동작만으로는 사이비가 되는
굳게 닫힌 저 창밖의 물상들같이.

아니다, 그렇지 않다, 스크린 속에
너는 지금 의미심장하게 갇혀 있다.
너는 이곳을 모르지만 우리는 이미
그곳을 알고,
너는 바라보는 눈빛은 예리하다.

네가 그곳을 모두 벗어날 때까지
우리는 은밀히
너의 뒤를 미행하게 될 것이다.

동행

당신이 내게로 처음 시집왔을 때는
스물세 살 적,
백합 향기 피어오르는 어느 유월 아침 같은
그런 나이였었지.
가슴엔 분홍빛 레이스로 장식된 꿈의 커튼,
머리 속엔 매일을 가득 채우고 싶은
싱그러운 야망,
그런 설레임에 하루 종일 물풀처럼 흔들리곤 했었지.
아, 나도 전혀 눈치 채지 못할
당신만의 비밀을 몰래 안으려고……

이제 내 곁에서 잠든 아내여,
그동안 세월은 얼마나 흘러 갔나.
눈가에 손등에 밀려온 시간의 물결
그 쓸쓸한 주름살같이 우리의 중년은 밀려서
웃음마저 한결 더 깊고 조용해진 아내여,

고단한 잠결에 부풀어 올랐다 꺼지는 그 가슴 위로
가만히 손을 얹어
한 생애를 내게 맡긴 당신의 젊은 날
순결했던 사랑을 본다, 희망을 본다, 그리고 우리
함께 저물어 가야 할 내일을 본다.

무제

사랑니 돋을 때
잠 못
잔다.
신경을 온통 들쑤시는
발아의
통증을
눈물로 조금씩 삭혀내는 불면의 밤.
그 아픔, 그래도 사랑 때문이니까
참는 마음을
누가 먼저 그렇게 알아냈을까.

강자를 위하여

덤프트럭 한 대가
덩치 큰 사내처럼 우뚝
서 있다. 운전석엔
팽창하는 근육을 가진 20대 기사가
고자세로, 아래로
눈을 깔고 있다.
그 옆을 스치면서 나의 1500cc 소형차는
소심하게, 기가 꺾인다. 꼬리를 샅에 감추고
슬그머니 빠져나가는 애완견같이
나는 빨리 스쳐가고 싶지만, 그럴 수 없다.
우상처럼 완강하게 버티고 서 있는
저 대형 트럭의 위력이 나를 놓아주지 않으므로
비굴하다! ……그러나 어제도 있었던 일이지만
나는 곧 이런 불상사를 잊어버릴 것이다.

12월 14일 하늘을 보며 어제까지

12월은
스산한 바람이다.
빗장을 걸어도 문은 흔들리고
내 마음 왼종일 너를 기다리며
바람 속을 떠돌며, 우우- 울었다.

행여
네 오는 발자국 소리 들릴까
귀를 모아 골목을 따라 걷던 마중길이
때로는 단단한 돌뿌리에 채여 냉혹히
넘어지기도 하였지만,
허물어졌다가는 도로 차오르는 달처럼
너를 향한 즐거운 기다림을 나는 다시
일으켜 세우곤 했었지.

(언젠가 너는 꼭 오고 말 것이다!)
오늘도 나는 일기장에
이렇게 쓴다.
어둠 속에 하얀 목마름으로 서 있는 빈 컵에다
슬픈 장식의 꽃 한 송이 꽂으면서, 또는
한두 잎 꽃이파리를
나지막이 눈물처럼 떨어뜨리면서.

멸망을 꿈꾸며

이 세상 모두
쏟아지는 저 폭우 속에
잠겨버렸으면 좋겠어.
캄캄한 먹장구름 하늘 아래로
최후의 결전처럼 무차별 난사하는
비! 비! 비!……
비의 전제專制 속에
세상 종말이 오게 된다면.

물은 시간 따라 엄청나게 불어나고
위태롭게 수위는 점점 차오르고
사람들은 각자 제자리에서 체념으로
죽음의 수장만을 기다리는 시간,
어젯밤 즐거웠던 유흥도
골목길에 서 있는 슬픈 카페도
번화가 대형서점도, 떠들썩한 시장 상인들도
교회 첨탑도
모두 모두 물에 잠겨 커다란 침묵 위에
말 못하는 입이 되면 좋겠어.

다만 범람하는 홍수의 위대한 힘만이
죽음의 거리를 휩쓸고 지나간 후
다시 동쪽 지평에서 해가 떠오르는
이 너무나도 낯선,
고요한 첫새벽을 맞이한다면.

꿈속의 새

전봉건 선생은 지금쯤
한 마리 새가 되어 있을 것이다.
날갯죽지가 유달리 크고, 말없이
슬픈 눈을 가진
새.
하루 종일
발바닥 부르트게 헤맨 돌밭에서
허탕만 치고 노을빛 속에 일어서는 순간
그가 본,
눈앞 어느 돌덩이에 눈부시게 박혀 있던
그런 한 마리의 새가……

적빈

이제는 더 마를 일도 없어라.
검붉은 흙 속으로 단단한 씨를 밀어 넣으며
봉함의 침묵과 함께 묻히는 일이 있을 뿐.
세상으로 나를 내보낸 이의 적막한 손바닥 위로
어김없이 회수되는 일만 남았을 뿐.
오, 적빈을 즐기게 된 마음의 사치여.
탁! 터지는 껍질의 파열음과도 같이
뒤늦게야 나를 찾아오는
이 분명한 깨달음이여.

물안개

오늘 새벽에도
신神은
저 아득한 들판에서 계곡을 끼고 구비치는
맑고 푸른 강으로 내려와서
은밀히
몸을 씻었다.

그의 나들이는
아무도 동반하지 않은 단신이었지만
벗은
신神의 알몸을 가리듯
원근의 강물 위에서는 배경처럼 흐린
물안개,
물안개가 계속 피어올랐다.

잃어버린 바다

저녁이면 손님이 득실한 골목
횟집 수족관에는
며칠째 바다의 파도소리를,
그 물결 가득 넘치던 바다의 양감量減을
잃어버린 물고기들이
호객용 물건으로 전시되고 있다.
(자, 골라 보세요. 골라 봐. 펄펄 뛰는
아주 싱싱한 놈들이 새로 들어왔습니다.)
수족관 유리벽을 기웃거리는 손님 구미를
맞추려고 주인은
한껏 목청을 드높인다.
슬픈 눈알만 뻐끔거리는 물고기들 앞에 서서.

밤이면 미아리 텍사스촌에도
눈이 불그레 충혈된 취객들이
수족관 유리벽 안을 들여다보고 있다.

봄밤

봄밤
꽃나무 아래에서는 술이 붉다.
꽃향기 자욱한 술잔이 붉다.
따라 주는 이 없이 홀로 잔을 채워도
외롭지 않다, 절로 흥에 넘치는 밤!

석정 스님

스님한테서는
작설차 냄새가 난다,
선주산방 밝은 창가에서
추위를 녹이며 따뜻이 끓이던
그 겨울 아침나절 차 냄새가 난다.

차 맛같이 정갈하고 해맑은 분,
그래서 더 가까워질 수 없는 거리를 두고
바라볼 수밖에 없는……

스님한테서는
은은한 묵향 냄새가 난다.
세상일은 모르고 다만
부처님 앞에 평생 그림만 그려 바친
지필의 공덕이 쌓이고 쌓여

절에 없어도 혼자 절을 이루는 분,
그래서 그 앞에선 법당을 대하듯
내 마음 한없이 경건해지는……

위대한 선사인先史人

사하라의
타실리고원 절벽
어두운 바위에는
선사의 예술가가 남긴 암각화들이
수천 년 역사를 푸르게 숨쉬며
살아 있다.

7.5미터 길이의 거대한 코뿔소
5미터 키의 코끼리가 암벽을 달리는
이 초대형 화폭은
오오, 엄청난 절망으로
후세 문명인을 압도한다.

야만의 거친 들짐승을 사암 골짜기
벼랑으로 몰아
가둘 수 있는 예술가란
아마 요즈음도, 드물 것이다!

더욱이 그것이
완전 무료의 작업이라면.

맹수를 키우는 마을

사설 동물원에 갇혔던 맹수 한 마리가
어느 날 불시에 우리를 탈주,
행방불명 되었다.
비상경계령이 떨어진 마을 전역은 하얗게 공포에
몸을 떨고
사람들은 두문불출, 나들이를 삼갔다.
거리에는 맹수의 출현을 기다리는 사수들이
밤낮
잠복근무하며
타오르는 긴장감에 목을 태웠다.
전투처럼, 이 불안한 공기 속에서도, 이상하게
마을에는 보기 드문 활성이 피어나고 있었다.
정조준,
격발 직전이었다.

새

새는 날면서 하늘을
노래하고 노래하고 노래하지만
평생 한 번도 새는
그 광활한 자유의 구속을
알지 못한다.

마침내 하늘에 가득히 쌓일 뿐인
보이지 않는 너희들의
뼈와
무덤이여.

또는,
노을이 물든 서녁하늘 위로
구름되어 쓸쓸히 빛나는
오오, 설레며 솟구치던 날의 부푼 날개여.

사랑을 앓고 있는 이들에게

시詩는
시인이 자신을 위하여 쓰는 것인지 아니면
미지의 독자들을 위하여 쓰는 것인지
모른다, 나는.

어둠 속을 고요히 타오르는 별은
제 스스로를 향하여 운명처럼 홀로 빛을 발하는 것인지
또는 머언 지상에서
그 깨어 있는 정신을 지켜보는 사람들을 위하여
찬란히 자신을 소멸하고 있는 것인지를
아직 모른다,
나는.

한 알의 사과의 꿈과 소망이
담겨 있는 쟁반 위를 넘쳐나는 빛깔과 향기라면
그것은 사과 스스로를 위한 것인지,
포크와 나이프로 즐겁게 하나의 죽음을 깨뜨리는 이의
것인지를
나는 알지 못한다.

그러므로 이제 나는
사랑을 앓고 있는 모든 이들에게, 또한 "모른다"라고 말해야겠다.
그것이 마침내 목숨을 앗아가는 독배일 수도 있고
고문의 형틀, 슬픈 철창, 불치의 병일 수도 있는
저 위험한 생각과 감정에 몸을 맡긴 젊은 남녀들에게

어찌하여 기쁨은 고통 위에서 십자가처럼 빛날 수 있는 것인지를 "나는 정말 모른다"라고.

투신

여자의
블라우스 짧은
옷소매 사이로 얼핏
겨드랑이
털이 비치는,

때는 여름.
하얗게 발기하는
파도
속으로 뛰어드는
성난 육체들.

수화樹話의 달

고속버스를 타고
오늘 우리는 전주로 간다.
어느덧 들판엔 해가 떨어지고
산등성이 위론
수화樹話의 눈물 같은 달이
떠 있다.

달은
서울 남산 위에도 떠 있을 텐데
전주로 가는 고속버스 차창에 걸린 달은
서울에 있는 아내와 아이들
얼굴.
그런 그리움이 하얗게 나를 보고 있다.

뉴욕에서
수화樹話가 그린 달도
한국의
달.

나의 고향은

나의 고향은
대청마루를 지나 문지방을 건너 안방으로 들어오면
눈부시고 따사로운 아침햇살에 있다.
새벽이면 어머님이 길어 올리시던 우물
그 두레박 가득 넘치던 충만에 있다. 물빛
맑은 순결에 있다.

나의 고향은
들어도 자꾸만 다시 듣고 싶은 옛이야기로 쌓아올린 돌각담
길게 이어져 간 골목에 있다.
담 너머 집집의 뜨락에 닭들이 쪼아먹던
고요한 마을 평화에 있다. 그 무사함으로 길들여진
단순성에 있다.

나의 고향은
밥 짓는 연기 가물가물 피어오르던 저녁 무렵
배고픈 시장기에 있다.
먼 논밭에서 돌아오는 농부와
나뭇짐을 지게 지고 하산하는 아이들이
잠시 그리운 눈빛으로 서서 바라보던 원근의 보금자리,
그 포근하고 넉넉한 품속에 있다.
아, 어쩌면
지금도 나를 기다리고 있을 듯한.

신부의 방

행복은
파랑새의 꿈이 아니라
마음속 가장 가까운 곳에 있노라고
카알 붓세는 말했죠. 아침을 씻는 은쟁반 위에
반짝이는 물방울 구슬같이.

그래서 오늘은 꽃집으로 가
몇 묶음의 싱그러운 꽃을 사서
일상의 중심부에 가득 꽂고
실내에는 감미로운 선율이 넘치게 하고
사랑하는 이 돌아오는 시간을 꿈꾸며
맛깔진 저녁 식탁을 꾸며야지……

이런 생각만으로도 금방 이마가 환히 밝아오는
그대는, 젊은
신혼의 아낙.

아직은 에이프런을 두른
제 스스로의 모습이 신기해,
거울 앞에 설 때마다
눈부신 나르시시즘에 곧잘 빠지곤 하는.

제7시집

푸른 추억의 빵(1995년)

폐가

빈 산막엔
능구렁이처럼 무겁게 살찐 고요가
땅바닥에 배를 깔고 숨을 몰아쉬고 있다.
흙담이 무너져 내려 썩고, 나무기둥이며 문살이
오랜 세월 비바람에 썩고 썩어
향기로운 부식의 냄새를 피워 올리는,
이 버려진 산막 하나가 고스란히 해묵은 포도주처럼
맑은 달빛과 바람소리와 이슬을 먹고 발효하는
심산의 특산품인 것을.

— 신神이 가끔 그 속을 들여다보신다.

벌레

잘 익은 과일 속, 과핵 근처에
무단 침입자와 같이 벌레 한 마리가 박혀 있다.

과일을 자르던 딸아이는 깜짝 놀라
비명을 질렀지만
나는 가만히, 빛의 한가운데로 노출된
움츠린 벌레의 죽음을 들여다본다.

다디단 맛 향그러운 냄새에 취한
벌레는 그렇게 죽어도 좋았으리라.
녀석은 차라리 과육이라도 되고 싶었겠지.

벌레를 떨어내면서, 나는
언젠가 지상으로부터 나의 죽음을 떨어낼
신神의 눈빛 속에
나는 무엇으로 남아 있을까를 그려 본다.

등나무

등나무는
이 한여름 작업으로
지상의 몇 평 공간에
서늘한 그늘을 마련해 주려는가 보다.
지금, 그 공사가 한창이다.

가늘게 생겼지만 질기고 강한
줄기가 온몸을 비틀어 지주를 숨막히게 감아 오르는
그 욕망이 번식하는 힘을 바라보면,

틀림없이 저 식물에는 정신이 숨어 있고
무성한 잎새들이 비비꼬인 덩굴의 탐욕스런 모습을
감추는 일에도
나름대로의 뜻이 있음을 알겠다.

등나무,
어쩌면 하늘에서 떨어졌을
교활하고 힘센 원죄의 배암처럼.

무릎

무릎마저 잘생긴 미인은 없다.
뼈와 **뼈**가 만나 굽어지는 관절의 성형은
하느님마저도 무척 어려웠던 모양이다.
네가 무릎을 일으킬 때, 어쩔 수 없이, 그곳에 잡히는
그 두텁고 굳은 살결의 주름은
하느님의 고민만큼, 아름다움을 바라는 여인이여, 네가 져야 할
부담의 분량.

추락을 꿈꾸며

최고봉이 수직에 가까운
급경사를 이룸으로써
하늘의 뜻과 가까워지려는 듯,

만년설 덮인
해발 4,478미터의 마터호른 산은
오늘도
은빛 낭떠러지 빙벽에 매달린
알피니스트들을 조용히 거부하듯 밀어내지만

저 죽음의 향기에 마취된 이들은
벼랑이 뿜는 현란한 추락의 상상력에
몸을 떨며
천형天刑처럼 암벽을 기어오른다.

세상의 때를 묻히고 싶지 않은
고고한 산이 날카롭게 세우는 죽음의 벼랑 아래로
아득하게,

죽음에 취한 이들이 걷는 길이 있다.

승천

내 목소리가
저 물소리의 벽을 깨고 나아가
하늘로 힘껏 솟구쳐 올라야만 한다.

소리로써 마침내 소리를 이기려고
가인歌人은
심산유곡 폭포수 아래에서 날마다
목청에 핏물 어리도록 발성을 연습하지만,

열길 높이에서 떨어지는 물줄기는
쉽게 그의 목소리를 덮쳐
계곡을 가득 물소리 하나로만 채워버린다.

그래도 그는 날이면 날마다
산에 올라
제 목소리가 물소리를 뛰어넘기를 수없이 기도하지만,
한 번도 자세를 흩뜨리지 않는
폭포는
준엄한 스승처럼 곧추 앉아
수직의 말씀만 내리실 뿐이다.

끝내
절망의 유복자를 안고 하산한 그가
발길 닿는 대로 정처없이 마을과 마을을 흘러 다니면서
소리의 승천을 이루지 못한 제 한을 토해냈을 때,

그 핏빛 소리에 취한 사람들이
그를 일러
참으로 하늘이 내리신 소리꾼이라 하더라.

신神의 생각

더 가야 할
길이 끝없이 펼쳐진 사막 위로
신神은, 이따금씩 신기루를 보여주면서
단조로운 모랫빛 절망으로부터 공포로부터
다시 사람들을 일으켜 세우듯이,

얼어붙은 시간 속
어두운 새 한 마리 날지 않는
저 극지, 황량한 무인지대와 얼음바다 위로
신神은
전율하는 색채의 오로라를 비쳐주면서
몇 달 간의 밤을 잠들 수 없는
얼음과 눈에 갇힌 사람들을 위로한다.

그렇게 온 천지에
신神의 생각이
들어 있다.

계림을 지나며

계림은
계수나무 가로수와 무관하게
흐르는 리 강 좌우 기막힌 절경의 봉우리들이
마음을 끌어당기고는 놓을 줄 모르는
그 탄식의 시간 속에 있었다, 비 온 뒤
강물 불어나고 더러운 흙탕물 언제나 그랬듯이
오늘은 나와 함께 흐르는데
아아, 저 신神의 작업이 아니고서는 형상을 이룰 수 없는
아름다운 연봉들 첩첩병풍을 이루어
수묵화보다 더 수묵화다운 풍경 속으로 나를 이끄나니,
붓으로 그림을 그리고자 했던 역대의 빼어난 화공들
계림에 와서는 모두 붓을 꺾었으리.
리 강을 따라 흐르는 유람선에 갇힌 서너 시간
실은 나는 유람선에 갇혔던 게 아니다.
그보다는
신神이 펼친 절대미에 절망하는 아픔 속에
그냥 갇혀 있고 싶었던 것이다.

누란

누란은
사라진 이름이 아니다,
천오백 년 전쯤
당신의 눈에서 자취를 감춘 그것을
그러나, 사라졌다고 말하는 것은 옳지 않다.
누란은 살아 있다!

지금
당신의 눈에 떠오른 환영이
비록 저 사막의 신기루처럼 덧없는 것일지라도
그곳에 한때 피었던
인간의
꽃과 같은 삶과 운명과 노동이
함부로 훼손되는 일이 없기를,

누란은
지금도 살아 있다.
우리, 다가올 죽음을 응시하는 조용한 눈빛 속에
흙으로 부서져 내릴
그 가슴 위에.

그리움에 기립하다
— 부산의 김규태, 허만하 시인에게

내 몸의 일부는 당신의 것이다
당신과 함께 나눈 음식,
내 영혼의 일부는 당신의 것이다
당신과 함께 나눈 대화,

당신은 달처럼
나도 달처럼

멀리 떨어져서 더욱 환히 보이는
생각,
푸른 추억의 빵 하얀 스푼

그리운 악마

숨겨둔 정부 하나
있으면 좋겠다.
몰래 나 홀로 찾아드는
외진 골목길 끝, 그 집
불 밝은 창문
그리고 우리 둘 사이
숨막히는 암호 하나 가졌으면 좋겠다.

아무도 눈치 못 챌
비밀 사랑,
둘만이 나눠 마시는 죄의 다디단
축배 끝에
싱그러운 젊은 심장의 피가 뛴다면!

찾아가는 발길의 고통스런 기쁨이
만나면 곧 헤어져야 할 아픔으로
끝내 우리
침묵해야 할지라도,

숨겨둔 정부 하나
있으면 좋겠다.
머언 기다림이 하루 종일 전류처럼 흘러
끝없이 나를 충전시키는 여자,
그
악마 같은 여자.

로데오

말은
그 잔등의 기수를 땅바닥에
팽개치도록 길들여져 있고

기수는
미친 듯이 날뛰는 저 말의 행패를
이겨내도록 단련되어 있어

천방지축
말이 뛰고,
그 뛰는 리듬을 기수가 다스리고 있는
로데오 경기장은

팽팽한 긴장을 곡예하는
군중들이 쏟아내는 열광
도가니.

함성이 터지고
박수가 터져
말과 기수의 원심력과 구심력이 불균형으로
기우뚱거리는 순간을 쾌락으로 즐기는
사람들의 로데오 경기장을

나는 본다,
내가 타고 있는 생生의 말 잔등으로부터

떨어지지 않으려고
죽을 힘을 다해 매달린 채 질주하고 있는
넋 나간 몸짓의 가여운 나를.

물이 풀리면

봄은 먼저
자유롭게 풀리는 물에서 온다.

지난겨울이
어느 날 갑자기 하얗게 굳어버린
결빙의 얼굴로부터 왔다면,
봄은 먼저
비로소 연금을 푸는 저 얼음이나 눈 따위의
해체에서 온다.

보라, 지금
온 산 하나를 겨우내 결박했던
물이 투명하게 그 사슬들을 풀고 있다.
산발치가 푸르게 물에 젖는다.

보라, 지금
온 산 하나를 슬픔의 덩어리로 침묵시킨
물이 영롱하게 자모음의 음절들을 풀어내고 있다.
계곡이 꿈꾸듯 그 소리에 젖는다.

아, 세상에서 가장 부드러운 물이
세상에서 가장 힘든 일 하나를
마침내 이루어내고 있다.

중심의 역학

탑은, 늘
비어 있는 공간의
요지에
자리잡고 있다.

보라!
세상의 모든 탑들은
그것이 자리한 공간의 중심이 되어
사방의 눈길을 충만하게
끌어모으고 있는 것을.

그
요지에서,
침묵의 탑이
큰 힘으로 압도하는 중량을 거느린 채
하늘을 찌르며 솟아올라 있다.

유배일기

유배지의 밤이 깊다,
스스로 택한 형벌로
찾아내려 온
이 먼길 외딴 작은 섬에는

가슴의 벽을 허무는
파도소리만이 울부짖듯 밀려오고 밀려갈 뿐
텅 빈 고적감이 어둠 속에 문득
바위처럼 높이 솟는다.

끊자,
어금니 물어 끊듯
인연의 사슬일랑 모두 끊자,
칼날 선 마음이 돌아앉아 면벽하는
삼경에

아, 그리운 사람처럼
가만히 바깥 뜨락으로 와서 나를 부르는
휘영청 밝은
저 달빛!

그리운 밀림

저 재빠르고 단순한
생각이 깊지 못한 야성의 동물과

그들을 닮아 뜨겁고 성급하며
빠르게 자라나고 일찍 죽는
억센 풀잎, 혹은 나무들과

또한 그들을 울창한 숲에 가두고 키우는
태양과 비, 바람, 구름,
그리고 달과 별이 있는

열대의
밀림
저 독과 향이 가득 피어오르는 원생의 대륙으로

나는 밤마다 날개를 치며 날아간다,
누렇게 뜬 조갈의 들판과 강을 건너
힘없이 지쳐 누운 산맥들을 지나
맑고 푸른 공기 청정한 샘물처럼 용솟음치는
젊은 육체의 땅으로, 숲으로

나는 날아간다, 환희에 떠는 내 심장의 피가
솟고 꺼꾸러지며 폭발하는 하늘에서,
보다 더 멀리.

일본 여자

얼굴이 유달리 흰
여인이
화사하게 기모노를 차려 입고

따스한 햇살의
눈부신 가무음곡 속에
자태를 뽐내며 서 있는

4월,

겨우 며칠뿐인
시한부 생명이 즐기는
비애처럼 화려한 전신 발화

집중

매 한 마리
하늘에 높이 떠 있다.
결코
움직이지 않는다.

이 부동의 위세에 전율하듯
바람이 불어와도
매는
더 까딱도 하지 않는다.

그러다가 일순
날쌘 수직강하의 몸짓이 지상을 향해
무서운 집중으로 번쩍
회오리친 다음,
매는 유유히 하늘 처소로 되돌아간다.

화선지엔 선명한
일필휘지.

만주 아이

눈발이 가득히 흩날리는
저 만주 벌판에서 너는 태어났지.
네 눈동자는 만주를 담고 있다.
황량한 겨울, 오늘도 폭설의 침몰이 진행되는
촌락 사이로는 두절이 오고
그리움만 크게 확대되는 벌판 위에
네가 우뚝 서 있다. 미아,
네게 붙여줄 아름다운 이름.

뉴스 시간

팔뚝에
푸른
문신을 새긴
주먹들이 일렬종대
텔레비전 속으로 걸어 들어온다.

그들은
안방에
잭나이프, 일본도, 쇠파이프 등
번쩍이는 살상의 도구들을 꺼내놓고
다소 귀찮은 듯…… 피곤한 듯한 표정을 짓더니
잠시 후
텔레비전 밖으로 걸어 나간다.

한동안 방안엔
푸른 문신이 일으킨 바람이
풀잎 같은 우리 식구들을 흔들었다.

넋

결가부좌로
올곧은 정신을 지키는
꼿꼿한
조선 소나무,
봄 여름 가을 지나
숲에 나무들 잎 지고 시들어
황폐한 죽음의 그림자 늘어뜨린
회색 공간 속으로
냉혹한 찬바람 눈비 쏟아지는 겨울이 오면
북으로 청청한 가슴을 펴
저 산정 푸른
조선 소나무,
뜻을 굽히느니 차라리 수족이 꺾이자고
혁명 앞에 두 눈을 크게 부릅뜬
고절 선비 넋의
조선 소나무.

음악

바람은 꽃밭을 흔든다
바람이 강하면 꽃들은 일제히 세차게 흔들리고
바람이 약하면 꽃들도 부드럽게 달밤처럼 흔들린다
때로는 바람이 꽃밭의 한 모서리를 흔들어
꽃밭 일부가 일렁이는 경우도 있지만
바람이 기척 없이 갈앉아 숨을 죽이면
꽃들은 또한 침묵으로 조용히 기립한다
바람은 꽃밭을 다루는 멋진 원정,

— 그처럼 지휘자의 손이 오케스트라의 악기들을 흔든다

물 속의 그림

맑은 물에서는
절로
물고기가 생겨난다.

수심을 지나서 그 바닥까지 환히 얼비치는
해맑은 물은
바라보는 신神의 마음을 고적하게 만드니까.

한 마리, 두 마리, 스무 마리, 백 마리……
물고기는 생겨나 발레리나처럼 춤추며
물 속의 움직이는 형상이 되도록
바라보는 신神의 마음 즐거워지도록

맑은 물에서는
절로 물고기가 생겨난다.

섬

누군가
울고 있다, 오래된 듯하다
그 살갗에 검푸른 이끼들 돋아나 있다

누군가의 눈이
머언 바다를 향해 아득히 열려 있다
아니다, 그 눈은 지금
절망의 심연을 들여다보고 있다

누군가의 귀가
무슨 소리 들릴까 봐
하늘을 향해 나팔꽃처럼 열려 있다
아니다, 그 귀
일체의 소리를 거부하고 있다

물결이 밀려오고 밀려갈 적마다
그리움에 살아나고 그리움에 죽는
섬 하나,
오오, 불치의 병 하나

꽃

삼천 궁녀, 낙화암
떨어지다
이를 받는 백마강 슬픈 치마폭

움직이는 정글

일시에 하늘은 새까맣게 흑막을 치고
천둥번개가 상륙여단처럼
앞장서 열대밀림으로 진주하더니

마침내 쏟아지기 시작하는
빗줄기는
그것을 비라고 할 수 없다, 차라리 그건
인해전술로 몰려오는 적 자동소총수들이 뿜어대는
무차별 난사.

이 집중호우의
통치 속에서
불타는 적도 태양볕에 갈증을 참지 못하던
밀림의 나무와 풀잎, 야생동물들은 모두 일어서서
온몸 활짝 열어 빗줄기 포화를 받으며
신음하듯 희열한다.

그리고는 잠시 후,
갑자기 비 그치고
짙푸른 하늘이 다시 열리면서 눈부신 햇살 비치자
싱그러운 물기에 젖은 원시림은 건강한 육체를 드러내며
그 품에 잠시 가두었던 동식물들을 도로 풀어낸다.

모두가 제자리로 돌아오는 사이,
몸을 터는 밀림 일대가 온통
소란스럽다.

옛집

늙은 퇴기退妓 흰 모시옷 입고
서늘하게 툇마루에 나앉아 있다.
몸은 노쇠했지만 젊은 날의 법도는
고스란히 남아 기품을 이룬,
저 깨끗한 노후의 절제 위에
퇴락한 고가 한 채 서 있다.

바다의 표정

저기압권에 든 바다가
불편한 심기를 드러내듯,
파도가 한층 거칠어지자

바다의 생리에 길들여진
갈매기들은
불안한 정서에 시달리며

어두워진 하늘 잿빛 구름과
솟아오르는 겹겹의 흰 파도를 향하여
거부하듯
날카롭게 울부짖는다.

오늘,
그들은
내려앉아 쉴 곳이 없다.

취객처럼 잠들다

분노의 뜨거운 불덩이
뱀처럼
지하를 뻗다

마침내
지층을 뚫고 솟구친 불기둥
하늘을 향해
일어서다

이
무적의 광란 앞에서
불행한 며칠이 울먹이며
흘러가다

드디어
불길 멈춘 날,
산 일대에는
황량한 폐허의 흔적만이 어지럽게
취객처럼 잠들다

개화

번갯불은
푸른 산맥 위를 몸부림치고
우레는 할喝처럼
하늘에서 수직으로 내리꽂힌다.

지상은
폭우……

증거를 모두 인멸하고
완전범죄를 꿈꾸는 자의 눈만이
어둠 속에 가득히
열린다.

권태

저 어둡고 깊은 지하 터널로부터
머리에 환한 불을 켠 강철벌레가 미끄러지듯 기어 나와
약간의 배설물을 토하고 또 얼마쯤의 먹이를 삼키더니
잠시 후, 다시
보이지 않는 축축한 어둠 속으로 빨려 들어간다
문득
지하철역 플랫폼에 낯설게 남아 있는 권태로운 기다림이
형광등 불빛에 섞여, 한 번 더 길게 몸을 떤다

숲의 하루

저 봄날 나무들을 키우려고
신神은
거구를 조금 엎드리어,

천지에 입김을 분다.
하루 종일
바람이 분다.

그러면 나뭇가지들은 흔들리며 자라지만
새로 돋은 잎새들도 흔들리며 커져서
하늘에 반짝
반짝,
은지銀紙를 빛낸다.

그 은지들 부딪치는 소리가
요령처럼 해맑게 숲을 울리는
부신
봄날 하루.

코뿔소를 위하여

코뿔소는
사납게 앞으로만 갈 줄 안다.
고집불통의 자기주장을
일톤이 넘는 몸무게에 싣고
앞으로, 앞으로만 돌진한다.

지금
장갑차처럼 튼튼한 코뿔소가
분노에 씩씩대며 사생결단
전속력 질주를 하고 있다.

부딪치면 깨어질 판도 앞에
사방 초원이 긴장한다.
죽기
아니면 살기!
뿔은 힘껏 상대를 받아 넘어뜨릴 것이다.

저돌적인 힘이
어느 일점을 향해 맹렬하게 뛰는
사바나,
백주의 들판.

시간에 대한 기억

새벽은 언제나 와야 하고
나는 혁명을 떠나야 하는 전사처럼
이별하는 새벽녘에 이르러, 숙명을 몸부림친다.
무슨 말을 너에게 줄 수 있으며
또한 내가 받을 수 있으리,
캄캄한 절망의 벽에 이마를 찍어
가득히 피 흘리는
이런 무모한 짓 외엔 내가 무엇을?
창밖엔
수색대의 불빛처럼, 나를 찾는 새벽이!

여름 영산홍

기생처럼 이름만 화사하게
영산홍일
뿐,
이 여름 영산홍은 영산홍이 아니다.
시퍼런 잡초 잎새들 무성히 가지를 뒤덮은 채
헐떡이며 염천 불볕더위를 건너가고 있는
이 나무를 영산홍이라 부르는 것은 터무니없다.
아아, 지난 봄날, 그 봄날!
붉은 꽃잎들 일제히 부푼 가슴 활짝 터뜨리며
내게 눈부신 황홀을, 견딜 수 없게 하던
그날들, 차마 잊지 못하는데.

비단옷 입고 슬픔과

이제는 비단옷 입고 슬픔과 나란히 누워 잠자리 같이 해도
젊은 날 그때처럼 울먹이는 가락 한 줄 뽑히질 않고
희부연히 날빛 밝아오는 새벽녘 그 파문破門의 시간까지
끝내 단 한 번 성사도 없이, 일으키지 못하는 내 몸

생명

뛰어내리고 싶다.
절대 용서 못할
단죄의
벼랑 아래

바다,
살아 숨쉬는
서늘히 입 벌린 바다,
그
푸르게 뛰는 심장 속으로

불처럼
꽃처럼
화살처럼
내 운명 그대로 날리고 싶다.

파탄은
차라리 깨어 있는 물증,
낭자한 유혈과 참혹한 상처 위에

만날
생명이여!
살아 뛰는
생명이여!

폐차장에서

내가 쓰고 버린 차는
지금
폐차 순서를 기다리며
대열의 중간쯤에 서 있다.

갑자기 나는 저것이 무슨
살아 있는 짐승처럼 느껴지면서
자주 그곳을 향해
눈길을 주게 되는데,

이미 세상의 모든 슬픔과는 무관하게
일상적 노동에 길들여진 폐차장 사람들의
힘찬 팔뚝은
보닛을 들어올리고, 그 속의
기름때 묻은 엔진이며 온갖 부품들을
순식간에 해체시켜 버린다.

마침내 내장이 헐린 채 껍질만 남은 차의
유해들은
눈이 없는 크레인차에 실려
최후의 분쇄장으로 실려 가는데,

나는 지금 멀리서
죽음의 차례를 기다리며 서 있는
얼핏 눈에 익은

내가 버린 승용차를 바라다본다.

거대한 분쇄기가 빙빙 회전하며 불문곡직
차체를 으깨어 잘디잔 쇳가루로 만들어 버리는
분쇄장, 그 앞에는
한때 아우토반인 양 고속질주를 자랑하던
차들의 쾌감이
검붉은 뼛가루로 높이 쌓여 있다.

이제는 더 이상 기쁨이 없듯
슬픔도 없는 이곳 폐차장엔
하얗게 떨어져 내리는 햇살처럼, 모든 죽음이
고루 평등하다.

침묵의 중량

그는 이미
이 세상 사람이 아니지만
생애에 투명했던 그의 영혼은
지금
돌의 형상으로 남아

사랑이 무엇인가를 말한다,
예술은 무엇이며 또한
인간의 삶은 결국 무엇인가를
말한다.

그의 눈동자는
깊이 고착되어 있지만
그의 손은 다만 차가운 돌의 집괴일 뿐이지만

그의 조상影像 앞에서
나는 결코 가벼울 수 없는
침묵의 중량을 받아든다.

부산 갈매기

산에 올라
아득히 눈 아래 펼쳐진 서울 시가지를 내려다보면
때로 그곳은 물굽이 일렁이는 부산 앞바다,
나는 그 위를 유유히 흐르는 한 마리 갈매기가 된다.

10년 전까지,
30여 년을 부산에 살면서도
한 번도 나는 갈매기가 되어 본 적이 없었는데
서울 바닥에서 이렇게 바다 갈매기를 꿈꾸는 것은
이곳에서는 그리도 날고 싶은 일이 많아서일까.

아니면 내 혈관 속에 피톨처럼 떠날 수 없는
부산 사람 본색이 스며 있기 때문일까,

머얼리, 높고 낮은 도시의 지붕들을 파도라 여기면서
나는 떠난다, 저 폐를 부풀리는 숨찬 공기 속으로.

누더기

'누더기'라는 말이
좋다, 얼마쯤 눈물겹게 포근하고
얼마쯤 편안한 여유가 있다. '누더기'라면
오래되어 닳고 허물어졌지만
나를 밖에 서 있도록 그냥 내버려 두질
않는다. 따듯이 자기 안으로 오라, 끌어들이면서
나를 감싸안는다. '누더기'는
그런 모성이다. 연상年上이다. 지순의
사랑이다. 헌신이다.

'누더기'
오오, 어쩌면 어머니 같은.

하늘에는 슬픔이 없다

나는 죽어서
피투성이로 길바닥에 누워 있고

아내는
금방 기절할 듯
몸부림치며 참상 앞에서 울부짖는다.

사람들이
두려운 시선으로 침묵 속에
나의 죽음을 지켜보는
사고 현장

내 영혼의 하얀 새는
가볍게 하늘을 날며
지상에서 일어나는 이 고통스런 인간사를
바라보다가

포르릉, 다른 곳으로 날아가 버린다.
하늘에는 슬픔이 없다.

목포의 눈물
— 최하림 시인에게

유달산은 유정하게
목포 앞 다도해를 굽어보고
나는 그 산 중턱에 서서 불현듯
목포가 고향인 하림을 생각했다.

섬과 섬이
앞바다에 흩어져
떠날 때처럼 그렇게 돌아오기를 기다리는
사람들 마음과 마음을 이어주는 징검다리라면

하림은 하루에도 몇 번을
저 눈물처럼 떠 있는 섬들 보았으리,
그 섬들 사이로 떠나가고 돌아오는
기쁘거나 슬픈 뭇사람들 마음을 읽었으리.

어릴 적 내 자주 바라보던
부산 앞바다는 태평양을 향해 가슴을 열고
이국의 낯선 풍물들만 하얀 무역선에
실어 날랐는데,
점점점…… 섬들 뿌린 듯
곡선의 뱃길 굽이도는 목포 앞바다에는
너무나도 유정해서 슬픈 가락들이
목포의 눈물을 울고, 또 울었다.

마지막 허영

몰락 이전에는
언제나 넘치는 허영이 있다.
슬픔을 가리기 위한
거짓 기쁨의 주지육림 속에
제왕만이 알고 있는
절망이 있다.
울려라, 풍악이여.
비단옷 입은 궁녀들끼리의 현란한 춤이여.
거듭 넘치는 술잔이여.
최후의 시간을 앞두고 한 번 화사해지는
이 허영의 이유를 묻지 말라.

근황

쉰 살이 되니까
나도 반쯤 귀신이 되어가는 모양이군.
자기 죽은 날 옛집을 찾아가는
귀신 눈에는 제사상도 보인다던데
쉰 살이 되니까 내게도
지난 추억이란 추억들이
불을 켠 듯 환히 보이기 시작하는군.
그뿐인가, 쉰 살이 되니까
내가 앞으로 내쳐 가야 할
길도, 어렴풋이 보이기 시작하는군.
옛날에는 점술가한테서나 알아보던 그 길이⋯⋯
이런 일은 정말
몇 해 전만 해도 생각조차 할 수 없었는데
쉰 살이 되니까
나도 반쯤 귀신이 되어가는 모양이군.

못

나무에서는
이제 그 옛날의 향기 맡을 수 없다.
마치 살아 있듯
싱그러운 생기를 뿜어내던
그 목질의 내음 이젠 나질 않는다.

나무는
죽음을 기다리는 노인처럼 메말라
시간 속에 풍화된 육체에
무채색의 침묵을 안고 있다.

그 나무에 오래 전 우리가 깊이 박았던 못들
녹슨 채 쉽게 흔들린다, 나뭇결과 결의
탄탄했던 조직이며 힘의 유대는 풀어지고
흩어져, 더 이상 못을
고정시키지 못한다.

못이 흔들리면
흔들리는 거리만큼 상심해지는 우리는
어느덧 세월 흘러 주름지고 야윈 서로의 손을 붙잡고
못처럼, 그렇게 맥없이
가슴이 흔들릴 뿐이다.

어둠 속에서

점점 어두워지는 방 안에
내가 앉아 있다.
바깥에선 누가 조금씩 빛의 조리개를
넓히고, 넓히고, 넓히고……
그래도 빛이 부족한지
플래시를 찾아 사방을 더듬는 모양이다.

나는 홀로
쇠잔해 가는 빛의 그림자 속에 앉아
기다리고 있지만
늙어버린 친구들한테선 벌써 몇 달째
아무런 소식도 없다.

식어가는 남은 찬밥처럼
이제는 더 이상 변화란 없으므로
그래, 무소식이 희소식일 거야, 아마 그럴 거야.

실명하듯 점점 더 어두워지는 방 안에 앉아
나는 어둠의 뻘이 전신을 아늑하게 감싸줄
최후의 시간을 기다린다,

숨을 쉬지 않는
무반주의 공간에 홀로 남아.

허무의 축제

비장한 몰락 이전에는
늘
미친 듯한 환락과 부패가 있다.

로마가 그랬듯이
백제도 그랬듯이

오로지 황홀한 쾌락을 위하여
환각 속으로의 도피를 위하여
번쩍이는 퇴폐의 형식을 위하여

우리는 높이 잔을 들고
떠들고 웃으며
들개처럼 육체를 풀어헤쳤다.

……아침은 늘 쓰라리게 다가왔다.

깨끗한 풍경

메마른 나뭇가지 위에
하얀 백로들
종이학을 접어 매달아 둔 듯
적절한 배치로 앉아 있다.

어떤 녀석은 동으로 고개를 돌리고
또 어떤 녀석은 서로 고개를 돌려
각기 무엇을 생각하는 듯, 골똘히 응시하는 듯
모양새를 짓고 있는 일이
어느 극중의 한 장면 같다.

새하얀 깃을 접고, 모가지는
옛 축음기의 픽업처럼 움츠린
저 고전적 동양의 새는
번잡이 싫어, 앙상하게 뻗은 다리를
나뭇가지 위에 우뚝 세운
고고한 품성의 조류.

번쩍이는 세상 소음과 스캔들을 멀리 떠나
맑고 투명한 공간 속에 오롯이
꿈꾸듯 앉아 있는 그들, 외로운 서식이
때로는
침묵의 긴 주둥이처럼 슬프기도 하다.

손

추우면
손은
절로 모인다

모여서
손은
서로의 한기를 부벼 삭히는
따스한 둥이
되고

한 손에
또 다른 손을
꼬옥 쥐어 보는,
그 모처럼의 일체도 된다

하지만
더러
얼음장이 단단한 침묵으로 굳어지는
혹한의 파도가
몰아치면

손은 또 어쩔 수 없이
서로 헤어져야 한다
각자 제자리로 돌아갈 수밖에 없다

그 후로……

손 하나가
헤어진 손 하나를
그리운 눈빛으로 부르는,
차디찬 겨울 새벽 두 시쯤의
별과 별 사이

영웅 세냐*

세냐는 죽고
그를 사랑하던 브라질은
검은 리본의 더할 수 없는 슬픔에 깊이 싸여
사흘 밤 사흘 낮을
울고,
또 울었다.

마침내 하늘에서 조포가 터지고
그를 실은 운구 행렬이 영면의 땅을 향해 움직이자
브라질은 다시 한번
그와의 아름다웠던 추억에 오열하며
마지막 이별을 거부하였다.

세냐,
그는 죽었어도 영원히
브라질을 떠날 수 없는 이 나라의 국민적 영웅,
살아 있는 신화, 온 겨레의 연인,
그러므로 오늘 그는 떠나는 것이 아니라
조국 브라질의 심장 위에 찬란한 보석으로 새겨지는 날.

그러므로 서른네 살 젊음에 비명으로 갔어도
세냐,
그대는 참으로 행복하다.
그대를 사랑하는 조국 브라질은 행복하다.

나는 영웅을 갖지 못한 나라의 쓸쓸한 시민……

* 세냐는 자동차 경주의 황제로 불리우는 브라질의 국민적 영웅. 그는 지난 '94년 3월
  30일 이탈리아의 산 마리노에서 열린 자동차 경주대회에서 불의의 차량 충돌사고
  로 숨졌다.

서글픈 사랑

닭장차들이
나무그늘 아래에서 편안히 쉬고 있다.
오늘은 아무 일도 일어나지 않는
모처럼의
무사무사한 날,
닭장차 안에서 쉰 땀내를 푹푹 풍기며
썩고 있는
시퍼런 젊음.

내 사랑, 죄 많은 청춘.

역사 속으로

무장해제된 이라크 병사들이
웃통을 벗고 두 손을 머리 위에 얹은 채
일렬종대
사막의 지평선을 넘어가고 있다.

그것은 그들의 운명의 방향인가? 아니면
그 역인가?
적막한 사막을 밟으며 묵묵히 걸어가는
배경엔 장엄한 일몰이
해열의 시간처럼 붉게 떨어지고

역시 운명인지, 또는 그 역인지를 알 수 없이
미군 병사들이 포로를 감시하며
걸어가고 있다.

……어느 아득한 날의 역사 속으로.

고백

너를 처음 본 날
나는 저만치 먼 거리에 떨어져 있었지만
너를 바라보는 기쁨만으로도
나는 혼자 흔들렸다.

다음에 또 너를 본 날
나는 보다 가까운 자리에서 너를 만날 수 있었지만
오히려 그 거리는 처음보다 더 먼 듯
안타깝기만 하였다.
운명처럼 네게로 다가서고자 하는 나를
보이지 않는 어느 힘이 붙들고 있었으므로
너를 향한 나의 그리움이, 때로는
슬픔으로 뒤섞이곤 하였다.

그 다음에 다시 또 너를 본 날
나는 아주 가까운 자리에서 너를 마주할 수 있었다.
숨막히는 황홀을 힘겹게 다스리며
나는 꿈인 양 너를 우러러보았다.
그리고 내가 처음 너를 본 그 순간의 흥분과 설레임이
결코 착각이 아니었음을 확인하면서

내 마음속에 이미
지울 수 없는 병 하나 생겨나고 있음을
깨달았다, 그날 이후로……

너를 가두고 풀어주는 내 마음 감옥이여.
내 스스로 그 속에 들어가 앉은 불행과 고통,
고통으로 맛보는 숨찬 희열이여.
오오, 홀로 가득히 넘치는
적막한 밤의 술잔이여!

부끄러움

8월
도시의 거리, 시멘트 블록 담장 위로
마침내
기어오른

푸르고 둥그런 호박 잎사귀들
등정의 기쁨으로 몸을 떨며 환호하는
숨찬 그 열락
사이로

호박꽃도 꽃이라고……
눈총을 받을까 봐 살며시
부끄러운 듯 고개 내민 노오란 호박꽃
바라보면

요즘은 시골에서도 저런 처녀 없을 거란
생각 든다.
그 부끄러움 어찌나 애틋하고 사랑스러운지,

길을 걷다 말고
마음을 온통 빼앗긴 채
모처럼 품어 보는 젊은 연정.

구전

어젯밤에는
성난 광풍이
내 사는 아파트 옆 산비탈을
마구 짓이기는 소리 들었다.
울창한 숲의 나무들이
거친 바람에 부대끼며 흘리는 전신의 신음을
나는 그저
듣기만 했다.

이른 새벽,
흐릿한 미명 속에 베란다로 나가
지금은 고요해진 숲을 바라다본다.
새벽잠에라도 깊이 빠진 듯
넋을 잃고 푸른 정적에 싸여 누워 있는 산은
어쩌면
혼자 사는 여자 같기도 하다.

바람은 무슨 떠돌이 사내처럼
어디론가 흔적 없이 떠나버리고……

테러리스트를 꿈꾸다

벽처럼 높은 철문
앞에
자물쇠 하나, 녹슨 채 커다랗게
걸려 있다.

서로 넘어올 수도
넘어갈 수도
없게
둔중한 금속 물체가
불가항력의 폭력으로 가로막고 있는
이 공간은

생각의 비약을 일체 거부한다,
오로지
차디찬 실체만이 있을 뿐이다.

그것이 때로는
나를
죽음을 뛰어넘는 테러리스트가 아름다운
꿈을 꾸게 만든다.

너는, 그럴 수 있다

그 이름
듣기만 해도 가슴
현란해지는

루비, 다이아몬드, 연옥, 사파이어, 에리나이트,
이런 보석들의
붉고 푸르게 빛나는 광채 앞에서

마음 허물어지지 않는 사람 어디 있으리
심장은 숨막힐 듯 고통스럽게 뛰고
우리들 눈은 쉽게 어두워지리.

대체 어떤 인연이 있어
기막힌 눈맞춤을
하고 있길래……

헤아릴 길 없는 깊은 땅속 외로운 자리에서
그토록 오랜 세월 짓눌리며 다져 온
고독의 단단한 결정체라면

이제는 눈부신 광채로 이 세상에 나서서
우리들 혼을 모두 빼놓은들
그게 어떠리.

신神의 계절

겨울은
신神의 계절,
아직도 사람들은 지난 봄 여름 가을의
일들을 못 잊어 하지만
지금 지상의 풍경들은 모두
신神을 닮아 가고 있다.

보라, 저 은빛 사유의 이마로
한결 조용해진 음률 위에 흔들리는
바다와
죽음보다 깊은 침묵으로 흐르는 강,
허위의 옷을 벗고 원형의 몸짓으로 누워 있는 산,
품 속에 슬픈 바람을 키우는 들……
이 모두 신神을 닮았으니

찬바람 불고 눈 내리는 날의 한없는
축복이여,
결빙의 시린 손 붉게 만드는 시간의 은혜여,
사랑이여.
고통일수록 더욱 충만해지는 기쁨의 함량이여.

겨울엔
혼자여도 결코 외롭지 않다.

가을편지

네가 오는 것은
눈물겨운 나의 기다림만으로도 족하다.
늘 그렇게 생각한다. 이별은 상처처럼
깊이 두렵고
가슴 저미는 일이지만
너는 왔다간 금세 가야 하니까.

내 마음 위로 한 잎 바람기 같은
뜬소문 같은 흔적이나 남겨 놓고
머물렀던 몇날 밤 쌓아올린 정분에도 미련 없이
서둘러야 하는 발걸음처럼, 총총 떠나버리는 너.

그래도 너를 기다리던 지난여름 숱한 날들을
달력에 금을 긋고 바닷물의 간만을 지켜보며
한없이 즐겁고 떨리기만 하였는데……
그것만으로도 족하다. 더 이상 바람이란
품어서는 안 될 허튼 나의 욕심.
네가 잊지 않고 찾아와 주는 것만 해도
얼마나 고마운 일인데.

아, 젊은 정부처럼
잠시 머물렀다간 훌쩍 가버리는
가을.

대낮 유인원

유인원은 몸집이 거대하고
털이
온몸을 덮었으면서도
얼굴은 흡사
사람이라 한다.

그렇게 짐승 같기도
사람 같기도 한 유인원이
무슨 생각으로 사람만 보면 피해 달아나는지를
나는
알 수 없지만

사람들 시선을
무서운 직관으로 알아채는 유인원은
어디론가 흔적도 없이
사라져 버린다고 한다.

제가 짐승이면서
사람탈을 쓴 것이 부끄러워선지
아니면
사람이면서 짐승모양을 한 것이 부끄러워선지
나는 그 잠적의 비밀을 알 수 없지만

세상에는 짐승이면서 사람탈을 쓰고도 부끄러워하지 않는
유인원들이
대낮에도 거리를 활보하고 있다.

우주 쓰레기

쓰레기는
우리가 지난여름 다녀온
그 계곡 으슥한 곳에만 있는 것이 아니다.

쓰레기는
밤낮 지옥연기 피워 올리는
한강변 난지도, 그 유형의 땅에만 있는 것이 아니다.

뜻밖에도 쓰레기는
우주 안에도
있다.

지상 수만 킬로미터
천연순수한 그 신神의 놀이터에
인간은 쓰레기를 갖다 버린다. 버릴 뿐
수거하는 일이라곤 없다.

그래서 오늘도 우주공간에는
눈에 파아란 독기의 불을 켠
3백만 개 이상의 인공물체들이
충돌하는 순간의 완전파멸을 꿈꾸면서
초고속 비행으로 질주하고 있다.

그리고 아무 일도 없었다

신神의 총구가 사방으로 무섭게 불을 뿜더니
가을은
일망타진,

겨울산이 죽음의 전쟁터처럼 적막하다

철거

강철주먹만 있고 눈이 없는
포크레인이
거칠게 팔뚝을 휘두르자

얇은 판장과 시멘트 블록이 지켜주던 낡은 집은
그 속의 가족들이 신앙처럼 믿었던 지붕이며
벽과 기둥들을, 더 이상 지탱하지 못하고
허물어져 내려

별이 뜬 밤하늘이 방바닥까지 쑥 내려왔다.

어둠 속에 남아 있던 실뿌리 같은 생명들이
격정을 일으키며, 한참
흔들렸다.

흔들리는 가을

앞으로 또 다시 추운 겨울이 오리라는
예감 때문에
스스로 옷을 벗는 나무들,
물이 마르는 강바닥,
추수로 비어 가는 들판,
하늘마저 끝없이 맑고 푸르니.

잠시 무슨 전야의 등불처럼
우리들 마음 어수선히 흔들리고,
나는 무한정 네가 그립고,
바람 따라 어디론가 훌쩍 떠나고 싶고,
하얗게 밤을 세워 나누고 싶은 얘기도 많으니.

오늘 겨울에는 눈 막고 귀 막고 입 막고
그저 깜깜하게 어둠으로만 살자,
아무것도 가진 것 없으면
뼈를 깎는 형벌도 두렵지 않으리니.

제8시집

눈부신 마음으로 사랑했던(2000년)

한 번 만의 꽃

대나무는 평생
좀체로 꽃을 피우는 법 없지만
만에 하나
동지 섣달 꽃 본 듯, 꽃을 한 번
피우기라도 할 양이면

온 대밭의 대나무마다 일제히
희대의 소문처럼 꽃들 피어나지만,
그 줄기와 잎은 차츰 마르고 시들어
결국
죽고 만다고 한다.

꿈같은 개화의 한순간을 위하여
스스로 죽음을 선택해야 하는 대나무, 오오
눈부신
자멸自滅의 꽃.

오래된 기억

나이프는 폭력처럼
쟁반 위에 놓여 있고

그 옆에 붉은 사과 한 알
단죄를 기다리듯 놓여 있다.

성숙을 기다리던 날들이
비 내리고 번개 치고 햇빛 빛나던
지난 오랜 기억 속에 까마득히
감춰져 있다. 과육에 박힌 씨앗들이
그것을 알고 있다.

지금
그 꿈의 실체를 열어보자는
것이다. 나이프를 든 손은.

차갑게
사과의 중심부가 열리고 있다.

다시 보는 나무

거대한 공룡을 지상에서 사라지게 한 것이
공룡보다 더 사나운
짐승이나 파충류, 또는
인간이 아니라

공룡이 배고프면 마음대로 뜯어먹던
쥬라기나 백악기, 그 큰 나무 숲의
부드럽고 말없는 식물이었다면

무서워, 나무는, 정말
겉으로는 유순하게
바보처럼 우두커니 서 있을 뿐이지만

그 침묵 뒤에 비수의 칼날 움켜쥐고
으드득 사무치는
불타는 복수의 일념 있다는 것

그래서 나는 다시 보네,
지금까지 보던 나무와는
전혀 다른 나무를

눈에는 눈, 이에는 이—
보복의 본능으로 가득 숨죽이고 있는
저 나무 흔들리지 않는 고요의
깊은 함정을!

어쩌다 한 번씩 달과 마주치면

달은
늙은 본처本妻
간혹 찾아보면 늘 그 자리를
말없이
있다

사막의 꽃

폭염에 말라 바스러진 모래알
지평이
지팡이를 잃어버린 맹인처럼 지쳐
누워 있는

사막,
그 까칠한 구강口腔
늘어진 혓바닥 위로

장엄하게 죽음을 애도하는
레퀴엠처럼
멸망의 대지를 위로하듯, 혹은 거부하듯
단조로운 모노크롬 벌판을 붉게 뻗어오른

꽃,
꽃,
그것은 까마득한 지옥의 장식
사막이 어두울수록 너 아름다워!

증인

거친 물구비의
날들이었다.

때로는 몰아치는 비바람에
넘어지고 피 흘리며,
통곡하는 시대의 뒷골목을 걸었다.

빈 밥그릇의 소름 치는 굶주림을
덮고 자던 긴 밤들,

그리고 때로는 몸을 일으켜
비늘처럼 솟구치던 기쁨을 환호하는 날도 있었으니

하늘로 튀어오르는 물의 상승처럼
가슴을 한껏 차오르던
저 희망이라는 것, 기쁨이라는 것,
또는 내일이라는 이름의 화사한 망령들……

그런
격류로 짜여진

지금은 마른 껍질 쭈글한 육신으로
사라진 문명의 지문같이
오랜 세월의 증인으로 침묵하며 서 있는 그를,

나는
'아버지'라 부른다.

절벽

직립은
화해하지 않는다

고고한 그의 전신이
타협을 거부한 채
오롯이
하늘을 향하여

날카로운 입지를 세우고 있다
그가 주위를 버리는 것만큼
주위로부터 그가 버림받는 불행을,

그는 오히려
즐기고 있다

강물에 취하다

강은 아득한 마취,
수묵의 고요와 단순성이 에테르처럼 번져
나는 꿈꾼다, 강가에서
생각을 지우며 사는 나날을.

나목裸木의 노래

저의
고난을 바칩니다.
마른 몸을 십자가처럼, 차디찬

겨울 하늘에 걸었습니다.
칼바람 채찍을
내려주소서.

죽음만이
찬란한 부활의 길임을
믿고 있기에

가혹한
피의 고문,
그 출혈을
차라리 달디달게 받겠습니다.

그러나……
지난 봄, 여름, 가을을
눈부신 마음으로 사랑했던 죄
죽어도 후회하지 않으렵니다.

밥보다 더 큰 슬픔

크나크게 슬픈 일을 당하고서도
굶지 못하고 때가 되면 밥을 먹어야 하는 일이,
슬픔일랑 잠시 밀쳐두고 밥을 삼켜야 하는 일이,
그래도 살아야겠다고 밥을 씹어야 하는
저 생의 본능이,
상주에게도, 중환자에게도, 또는 그 가족에게도
밥덩이보다 더 큰 슬픔이 우리에게 어디 있느냐고.

죽은 자의 노래

어서 내 몸뚱아리를
연옥의 혓바닥 날름대는
저 뜨거운 불구덩이 속으로 던져다오.
솟구치는 불길 내 살과 뼈에 닿을 적마다
정화의 쾌감으로 내 몸은 떨며, 기름겨서 이글거리고
이승에서 지은 죄들 타닥타닥 튀어올라
큰 소리로 울릴지니,
이 장엄한 소멸의 향연에 나를 풀어놓고 싶다.
마침내 불길 사그라들고 흰 뼈 몇 개 어둠 속에
생애의 유품으로 남겨질 때까지—
그러니 산 가족이며 친구, 친지들은 그토록 오래 울지 말고
내 주검을 지키는 야밤의 장등長燈일랑 철수하라.
내 본시 깜깜한 어둠에서 왔으므로, 이제
다시 무명의 적멸을 향하여 떠나리라.

깃발은

깃발을 보면
깃발처럼 마구 심장이 펄럭이던

때가 있었다. 바람에
깃발이 펄럭펄럭 구겨지듯
나의 심장 또한 구겨져서

푸르고 싱싱한 모습으로 휘날리고 싶었던
때가 있었다. 그때,
나는 먼 길을 떠나는 젊은 강이었다.

오늘도 파아란 하늘 높다란 장대 끝에서는
전신을 몸부림치듯
깃발이 펄럭인다. 그러나

나는 지금 양탄자처럼 한없이 부드럽고
조용한 심장을 지녔을 뿐이다.

내 눈빛 속에 깃발은
분명 힘차게 요동치지만
예전처럼 나의 심장은 숨 가쁘게 휘날리질 않는다.

나는 이미
저무는 바닷가에 닿았거니와,
오랜 세월 깃발은
자주 나를 속여왔으므로.

꽃잎처럼

그냥 그대로
죽고 싶을 때가 있다
더 이상을 바라지 않을 시간
더 이하를 바라지 않을 시간에
그대로 멈춰,
꽃잎처럼 하르르 마르고 싶을 때가 있다

여름산

여름산은
내 어릴 적 바라본
젊었던 아버지.

푸르고 힘찬 육체가
능선을 이루며
누워, 편안히 휴식하고 있다.

내가 곁에서 웃고 울고 소리 질러도
부딪치며 기어올라도
그저 귀여운 듯, 미소 지으며 가만히 바라보시던
아버지.

그 아버지에게 나는
어린 짐승처럼
한낱 여리디여린 생명체일 뿐이었다.

지금
짙푸른 여름산엔
야생의 산짐승과 날것들이 푸드득거리고
녹음을 먹은 깊은 계곡에선 물소리가
한창이지만,

젊은 아버지 같은 여름산은
능선이 구비치듯

크고 건장한 육체로 누워
산 속에서 일어나는 온갖 몸짓들엔 꿈쩍도 않는다.
그저 한두 번 눈을 떴다
감았다, 할 뿐이다.

자물쇠 소고

세상에는
주인 목소리를 들으면
절로 몸을 푸는 자물쇠가 있다.

보통 자물쇠와는 비교도 할 수 없이
고감도 센서를 내장했을 그 자물쇠는
하늘 아래 한 사람
주인만 안다.

만약 주인이 죽기라도 한다면,
영영 제 몸을 풀지 않고
옛 주인의 비밀을 간직한 채
이 세상에 마지막으로 남아 있을

그 자물쇠의 평생 수절은
아름답게 들리기도 하지만,

오직 한 사람의 목소리에 제 운명을 가둬버린
그런 자물쇠는
불행하기도 하다.

아무 열쇠로든 쉽게 열리는 자물쇠가
살기 좋은 세상.

산수화

세상 물정 어두운 산 하나와
제 갈 길에 취한 계곡물 하나가
서로 잘 만나
단란한 일가를 이루며 사는 곳.
남루도 이쯤이면 괜찮다,
수척한 배낭 메고 입산하는 중늙은이
하나
가물가물 흔들리며 가는 한중閑中.

단조

우리들의 노래는
물과 기름,
서로 섞이지 않는다.

나는 육, 칠십년대쯤의 낡은
쉰소리 나는 목관악기 속에 있고
너는 영롱한 푸른 리코더나 최신의
신디사이저 속에 있다.

건널 수 없도록 깊은 강이
이미, 우리 사이에 있다.

우리는 함께 노래 부르지만,
노래 부를 수 없는 것이
또한 함께 있다.

17년 만의 여름

이 여름을
한 번 울기 위하여
매미 유충은 땅 속에서
17년 간의 세월을 보낸다고 했다.

깜깜한 지옥 어둠과 고독을 이겨내며
한철을 위한 준비가
기도처럼 오래오래 이루어졌으리.

지금
한여름 불볕 뜨겁게 내리쬐는 한낮
거리의 가로수에 매달려
매미는 17년 동안 숙성시킨 침묵의 향기를
저 쨍쨍한 울음소리로 토해내고 있다.

여름 지나면
목숨도 그칠,
짧은 생의 핏빛 절창이
8월 염천을 건너고 있다.

조문

머리가 돌에 맞았나,
돌이 머리에 맞았나,
돌과 머리가 꽝 부딪치는 순간
번쩍이는 경악과 타오르는 절망의 휘황한 불꽃 너머로
그 청년을 향해 날린 돌팔매의
성급한 분노가 얼른 몸을 숨긴다.
참을 수 없는 공포에 비명으로 얼어붙은 입들이
하얀 조화처럼
하늘 위로 가득 떠오르는,
더러운 이 시대의 골목길.

* 96년 8월 시위대가 던진 돌에 맞아 숨진 어느 의경을 생각하며.

천년의 사랑

산이
깊은 호수에 잠겨 있습니다.
호수가 산을 그 가슴으로 조용히 끌어안고
있습니다.
천년 세월 그러합니다.

이따금
선착장을 떠난 쾌속보트가 흰 물보라를 날리며
호수 위를 씽씽 달립니다.
천년 호수의 눈동자에 한 줄기 그림자가 흔들립니다.
그러나 잠시…… 그뿐입니다.

다시 산이
깊은 호수에 잠겨 있습니다.
호수는 지아비를 우러러보는 지어미처럼
산을 그윽한 눈빛으로 바라보고 있습니다.

아름다운 교합의 풍경입니다.

전생 체험

굴은 어둡고 따뜻해.
어머니의 자궁처럼, 나
다시 그 속에 눕고 싶어.
불을 켜지 마,
말하지도 마,
말하지도 마,
그냥 그대로……

원시 침묵을 삼킨 채 굳어진 사방 석벽
굴곡진 통로를 따라 안으로 안으로 들어가면

야, 거기, 전생에
나 살던 곳
아무도 말해주지 않던 곳이 바로 거기 있네.

저녁 무렵의 시

자신이 살고 있는 숲을 한 번도 떠나 본 적이
없는 새는 눈 감아도
그 숲의 사계를 알고

자신이 살고 있는 늪을 평생 떠나 본 적이
없는 물고기는 잠을 자는 동안에도
그 늪의 조류를 느낄 수 있다.

그러나, 새는
더 큰 숲의 이야기를 알지 못하고
물고기는 더 깊은 늪의 흐름을 헤아리지 못한다.

그러나, 또한
안다는 것은 무엇인가?
더 많이 안다고 하는 것은?

오늘은 하늘에
무덤을 만드는 새 한 마리
빠르게 해가 지는 쪽으로 떨어지고 있다.

느티나무
— 사진작가 박화야 씨에게

해 묵은 느티나무 둥치
그늘은 한없이 깊고 푸르러, 그곳으로
사람들은 쉬러 모여든다. 유서 깊은 마을의
옛이야기 들을 수 있다.

공중목욕탕 여탕에는
허리가 굵어져 느티나무 고목이 된
여인네들의
자식 손자 얘기가 한창이다.

끗발

만원으로 불룩해진 시내버스에
빈 자리 하나 생겼네.
빈 자리 앞엔 두 사람
40대 남자와 50대 남자,
서로 먼저 앉으려다 잠시 멈칫하며
화투장 끗발 재듯
상대편 얼굴 바라보네.
그래, 40대가 죽고 50대가 앉으려는데
바로 그 순간
느닷없이 끼어드는 패가 있었네.
꽉 찬 승객 틈을 비집고 재빨리
빈 자리를 차지한 사람은
머릿결이 온통 새하얀 70대 할머니,
우와, 장땡이다!
두 남자는 그만 꼼짝 못하고
물러났네.

우리는

신神의 눈꺼풀이 무겁게 닫히자
세상은
절벽 같은 밤으로 굴러 떨어진다.
그리하여 제각기 단독자가 된 우리는
어둠 속에 서로를 찾아 헤매듯, 열망의 손을
거친 뿌리처럼 뻗는다, 안타깝게도
서로
닿으려고……

비탈거미

비탈거미 어미는
제 새끼들에게 몸을 내어준다.
그것이 제 어미인 줄도 모르는
새끼들은
어미 몸에 올라탄 채 그 살이 맛있다고
뜯어먹는다. 제 어미를 먹는다. 그렇게
어미를 죽인다.

죽어가는 살신의 모정은 제 죽음 하나로
자자손손 번창해 나갈 것을 믿으며
오로지 그것이 기뻐, 제 몸을 내어준다.
팔다리도 몸통도 머리도 모두 내어준다.
그리하여 그 몸은 완전분해되어 사라진다.
어미는 없다.

저녁 무렵엔
하루 종일 해를 뜯어먹는 사람들이
어둠의 바다를 헤치며 집으로 돌아온다.
해를 뜯어먹는 기운으로 밤에는 새끼를 가지리라.

합수

한 손이 다른 제 한 손을 멀리 부르며
숨찬 그리움으로 어둠 속을 벋으면
다른 한 손 또한 분신인 제 짝을 찾아서
애오라지 그리움만으로 어둠 속을 헤쳐가는
이 크나큰 지상의 슬픔을 아시나요? 희망을 아시나요?
백두대간 허리 감도는 대수帶水의 비극을 아시나요?

애시당초 우리는 하나였지요.
그러기에 숙명처럼 떨어져 있던 두 손이 하나가 되는
양수리에서의 우리 만남이야
차라리 현란한 슬픔의 절정이었습니다.
물길은 물길과 만나 범벅을 이루고, 전신을 뒤척이며
목마르게 합수의 기쁨을 신음하였습니다.
낮과 밤 천지간에 온통 울음뿐이었지요.

양수리에서 팔당을 거쳐 덕소로 오는 100리 허에
이렇듯 기쁨과 슬픔은 뒤섞이며, 또 하나의 수로를 만들었습니다.

오늘도 한강은 흘러, 흘러갑니다. 서울쯤에서 보면
이제 그 강물은 상봉할 때의 격정은 웬만큼 진정된 듯
물살 한없이 맑고 부드럽고 잔잔합니다.
서해로 향한 발걸음이 가볍게
잠실을 지나 여의도 거쳐 강화 연안으로 내려갑니다.

폭설의 이유

오늘
하늘은
긴급작전 수행 중.
시야를 완전차단하며 폭설은 쏟아지고
그 거대한, 겹겹의, 백색 휘장 너머로
하느님의 부대이동이 한창이다.

연탄

겨울, 문밖에
허옇게 삭아 있는 연탄 한 장
검은 몸이 뜨겁게 열 낸 다음
더 이상 열정도 희망도 없이 사그라져
담벼락 밑에 내다버려진, 쭈그리고 앉은,
초라한 행색의 연탄 한 장
기온은 점차 떨어지고 오늘 밤엔
또다시 눈이 내릴 거라는데
허어연 삭신이 어찌할 수도 없이
절망의 열아홉 구멍만 하늘로 열려 있는
오오, 늙어서 폐물 같은 나의 어머니!

국경의 도시

국경을 넘어오는 사람들을 맞고
국경을 넘어가는 사람들을 보내기 위하여
뜬눈으로 밤을 새는 국경의 도시는
낮에야 잠이 든다, 야행성이다.

밤이 깊어지면 수런수런 살아나는 들녘 바람소리
띄엄띄엄 스쳐가는 재빠른 인기척 소리
팽창하고 축소하는 어둠의 소리
별빛소리, 달빛소리, 자욱한 강물소리……

그 소리와 소리들 탓으로
국경의 도시는 밤마다 깨어나
유랑의 무리를 맞으며, 또 떠나 보낸다.

스스로 어디론가 미지의 땅으로
떠나고 싶은
욕망은 제자리에 재갈 물린 채 국경의 도시는.

애월

제주에 가면 꼭 한 번 가보라던
애월, 그 바닷가 마을은
결국 가보질 못했다.

파란 바닷빛이 눈부시게 아름답다던
네 말이 무슨 비망록처럼 자주 떠오르곤 했지만
제주가 초행인 아내를 위해서는
성산일출봉과 민속촌, 정방폭포, 산굼부리 등속의
관광명소를 먼저 보아야 했으므로
결국 그곳은 가볼 수 없었다.

하지만 그것은 오히려 잘된 일,
애월은 이제 '다음에……' 라고 내 가슴 깊이 묻어둘
애틋한 그리움의 한 대상이 되었으므로
미지의, 선연한 푸른 바다를 그리워하는 마음으로
오랜 날들을 나는 즐겁게 시달리리라.

애월, 가슴에 품고 싶은
작은 기생 같은,
그 이름 떠오를 적마다.

억새

너희들을 누가
거기 세웠니?

누가 너희들을
사람들이 지날 적마다 손 흔들라고
시켰니?

쓸쓸한 초겨울 여행길
외진 산등성이에서 만난
억새들,

몸부림치며 눕고
몸부림치며 일어서서
내게 인사했지만

아, 나는 그저 바라보기만 할 뿐
그 절절한 몸짓의 언어를
미처 깨닫지 못했는데

버스가 한참 지나고 나서야
나는 그것이 온통
눈물이었음을 알았다.

여의도 적송

강원도 어느 산맥 구비치는 비탈에 서 있었을
그 붉은 적송, 잘 생긴 소나무들이
지금 여의도 광장 시민공원 조성지에
우뚝우뚝
장신으로 서 있다.

푸른 숲 바람의 세례를 온몸으로 받던
맑고 영롱한 산새 울음에 새벽잠을 깨던
그 자연이
이제는 도심 아파트 군락 사이로 옮겨져,
조경을 위하여
제 위치를 배정받은 다음
곱게 매무새를 가다듬어 가고 있는

그것은 너의 희망인가? 불행인가? 또는 알 수 없는
생生의 운명인가?
여의도 시민공원의 역사적 준공 및 대공개를 기다리며
낯선 도심지에 하루하루 토착의 뿌리를 내리고 있는
적송,
너희들 침묵의 이주일기를 나는 적고 있다.

완성

통일이 오면
저 빛나는 국토분단 비극의 시들은
죽어야 한다.

화인처럼 뜨거운 가슴, 가슴으로
우리를 몸부림치게 하던

불멸의 위업으로
우리를 목놓아 암송하게 하던

저 절대 비장미의 시들은
통일의 이름으로 죽어야 한다.

죽어야 한다,
드디어 사랑이 이루어질 때
아름다웠던 연애시절 추억이
모두 죽어야 하듯.

겨울, 저 연못

눈 감고 꽝꽝
입 막고 꽝꽝
귀 닫고 꽝꽝
연못 하나 소름치게 얼었습니다.

분노의 몸짓, 저항의 몸짓으로
하늘 향해 제 몸의 문을 닫았습니다.

은빛 칼날 도륙하듯
번쩍이는
혹한 점령지,
죽음의 껍질만이 드문드문 흩날리는
불길한 고요의 습지, 엄동 들판에

연못 하나 팽팽하게 살아 있습니다.
제 몸을 결박하며 살아 있습니다.
주먹처럼 솟구칠 듯 살아 있습니다.
죽자고 깨어질 듯 살아 있습니다.

어느 날의 샹송

작은 드럼 위로
두 손은 가볍게 춤춘다.
서른한 살 여가수 비아*는
비련을 노래하고

가을은 간다, 푸른 입술의 애무도 끝나고

건조한 죽음의
눈동자, 깊이 고정되어 있는
저 11월 유리창 가에

하얗게 사라지는 손, 자꾸만 솟아오르는 눈물
슬픔으로 부푸는 너의 두 가슴.

* 비아Bia : 1967년 브라질 태생의 샹송 가수.

절필

드디어
마음에 들었는가,
마지막 일점을 찍고, 서서히
붓을 뗀 다음

안에서 뜨겁게 끓어오르는 희열을
힘겹게 눌러 압박하듯
그는
화선지 위에, 선명하게도 붉은
제 들뜬 마음의 문양을 새기었다.

수많은 불면의 밤에 뿌렸던
겹겹의 파지, 그 절망과 고통
끝에서

원없이 이젠
죽어도 좋았다.

지상에 붓 한 자루

― 소평 박대성 화백 말하기를

내 붓은 어디 있는가?
단 하나뿐인 묘법을 풀어낼
내 붓은 지상 어디에 있는가?

일천 개의 붓을 버렸어도
끝내 답이 오지 않는,
답은 있어도 결코
스스로 제 모습 드러내지 않는,

저 캄캄한 화두를 면벽하라.

마침내
청이 아버지 그날 눈뜨듯 번쩍
그렇게 답은 왔으니
오오, 초필
가슴을 치고 싶은 붓 한 자루여.

그러나 그 붓 내 마음과 연줄이 맞으려면
기다리며 눈 맞추는 시간 또한 있어야 하리.
참고 참으며 그 순간을 기다려야 하리.

지상에 단 한 자루의
초필, 그 위로
두둥실 이 마음 실을 때까지.

노인 1
― 옹고집

나이 드니
고집밖에 없다.

고목에 핀 옹두리처럼
몹쓸 인상으로 굳어져버린

저만의
자폐 공간.

독거하는 심술이
대창처럼 푸르고
꼿꼿하다.

노인 2
— 치매

그 전야에
어떤 치열한 공습 있었나?

이튿날 새벽
바라보는
원근의 황량한 오브제처럼

죽어버린 풍경들
잿빛 기억의 잔해 너머로
떠오르는

여기, 한 사람
눈먼 갑충류의 걸음걸이로
어디론가 방향을 잃은 채 표류하고 있다.

종신형처럼
아득하다.

오리, 혹은 오리가 되지 못한

차가운 겨울 떨어지는 은빛 햇살 아래
강물은 심장처럼
두근거리고,

그 두근대는 맥박에 가슴을 맞대고 있는
청둥오리들은
고국을 떠나 이역만리 흘러온
계절의 유민들.

그들은 낯선 이주지 풍경에 하루 빨리 적응하려는 듯
하늘이며 강기슭에서 편대의 비상을
연습하기도 하고, 또는

점점이 강물 위에 떠서
흐르는 물살과 친숙해지는 법을
배운다.

혹한의 겨울 지나면 그들은
그리운 제 고국을 향해 다시
벅찬 귀환의 기쁨을 날개쳐, 날개쳐 날아가리.

그러나, 새봄이 와도
제 고향을 찾을 수 없는 사람들 있다.
IMF 비상계단에 모여 불행한 겨울을 떨고 있는
저 익명의 무리들은.

달과 구름

남자도 좀 아는
40대 초반 여자와

여자도 좀 아는
40대 중반 남자가

어쩌다 우연히 만나면서부터
눈빛으로 서로 마음이 잘 통해
의기투합 끝에
주점에 들러서는 몇 잔 술도 주거니 받거니
나눠 마신 다음,

달 밝은 밤
좁다란 골목길을 비틀비틀 어깨동무한 채 걸으며
나 오늘 밤 연애할까, 말까
두 남녀 제각각 이런 생각하는 사이—

달은 구름 속으로
달은 다시 구름 밖으로

꿈꾸는 저녁

오늘 저녁에는 반주를 한 잔 해야지.
뺨 위로는 볼그란 달이 떠오르고
마음은 현란한 도원경에 누워
달빛 흔들리는 호수 하나 만들어야지.

더러운 시대의 얼룩진 때는
물줄기 세찬 샤워로 씻어내고
뜨거운 열탕 깊숙이 들어앉아
비몽사몽 정신을 앗긴 다음

마주하는 저녁상은 짜릿한 쐬주 한 잔,
술의 취기로 떠오를 열락의 저녁을
꿈꾸는 마음의 빈자리가 없다면

낮은 캄캄한 백색의 지옥!

거인의 잠

거인은
천년의 잠을 자고 있다.

그가 지금 누웠는
사방
석벽石壁의 방은
한없이 깊고 푸르다.
서늘한 그늘이 그의 이마를 덮어
거인의 잠은 흔들리지 않는다.

곁엔
목숨처럼 아끼는 준마 한 필,
당대에 빛나는 진검 하나,
충직하게 그를 따르는 수족 같은 병사들, 그리고
세상에서 가장 그를 아끼는 여인이
한시도 자리를 뜨지 않고
심원한 그의 잠을 지키고 있다.

거인은 아직 한 번도
눈을 뜬 적이 없다.
지난 천년 동안,
아마
앞으로 다시 천년이 흘러도
그는 잠에서 깨지 않을 것이다.

거인이 잠들기 전이나, 그 이후나
한결같이 그의 삶이 그대로 이어지기를
간절히 바라던 사람들은 그의 잠에
영생을 불어넣고자 했던 것이다.

천년 전에.

불탄 집

검게 탄 내벽
형체를 알 수 없이 뒤틀린 몇몇
가재도구들, 침묵의 귀면鬼面, 그리고
사람들은?

하룻밤 사이
너무나 낯설게 멀어져버린,
이 불탄 집 적막하다, 어느 심연의
폐허처럼

주검처럼

침묵의 언어

입을 꽉 다문 채 슬픔은
말을 잃었다.
눈만이 퀭하게 열린 그의
깊은 실어증의 세계.
(이보다 더 큰 외침 있으랴.)

곁엔
아무 말도 건네지 못하는
또 하나의 크나큰 슬픔이
그처럼 지금 실어증이 되려하고 있다.

병실 한 모퉁이
흐릿한 불빛 아래
한 젊은 부부의 고통이 핏덩어리처럼
침묵하고 있다.

5월 나무처럼

사춘기
소년소녀들처럼
5월 나무들은 성큼 푸르러
녹음 연대를 이루기 시작하느니,

그렇게 뿜는 힘 도도하고
하늘로 솟을 듯 즐겁고
당당해,
세상이 마치 저희들 것처럼.

그 나무들 바라보며
차츰 엽맥들 무성하게 피어나면
내 눈엔 띄지 않을 그들만의 비밀세계
늘어날 6월 오고, 또한 7월 올 것임을

나는 생각하네, 내게도 아름다웠던
지나온 길들을.

성급한 알피니스트들에게
— 맹인 3인의 히말라야 정복 뉴스를 보며

히말라야는 아직 한 번도
정복된 적이 없다.
정복을 믿는 알피니스트들이여,
정복자라면 그대들 그렇게 바삐
서둘러 하산의 발걸음 재촉하진 않았을 것이다.
산정에서 그렇게 허둥대며
정복의 흔적을 남기려 애쓰지도 않았을 것이다.
알피니스트들이여,
히말라야는 아직 한 번도 그 누구에게
만년설 아래 제 내밀한 속살을 보여준 적 없다.
믿지 말라, 히말라야는 아직 한 번도
정복된 적이 없다. 그 몸은 성녀처럼
언제나 맑고 차디차고, 또한, 푸르다.

태엽을 감으면

팽팽하게 태엽을 감아주면
너는 달 차듯 배가 불러오고
그득한 포만감도 생기는 거니, 시계야,
매일 아침마다 태엽을 감으면
네 몸에 희열을 채우는 일의 기쁨과 흥분으로
내 마음 역시 쩌릿쩌릿해진단다, 시계야.
구식 수동시계야.

붉은 혀

몸은 태우고
어둠 속에 살아남은
붉은 혀.

낼름거리는 혓바닥이
제 입술을 찾아
어둠 속을 헤매는,
죽지 않고
끝내 죽을 수 없는,

저 광기, 타오르는 불꽃
네가 그리도 하고 싶었던 말은 무엇?

파도가 저렇게 밀려오는 이유

드디어,
찬란한 별들은 쏟아져 내렸다.
바다가 고개를 묻고
누운, 그 알몸 잔등 위로

일제히 은빛 침들이 떨어져
꽂혔다. 온 바다에,
쏟아진 침들은 펄떡펄떡 뛰면서
여린 바다의 살을 찔렀다.

아아아아 —
입 밖에 낼 수 없는 비명,
그 온몸의 고통과 환희를 참으려고
바다는 해변 모래톱 위로 길게
하얀 통증을 밀어 올렸다.

알바트로스를 기다리며

알바트로스는 바다를 지키는 새,
공포의 거대한 날개를 활짝 펴
거친 바다 물살과 함께 흐르는 새,
항해하는 뱃사람들이 고개를 들어 얼핏
수호신과도 같은 그의 비상을 바라보며
비로소 안심하는 새.

오, 저기, 알바트로스가 있다!

그래, 저기 알바트로스가 있다.
제왕처럼 침착하고 부드러운 몸짓으로
유유히 나는
그 새는 바람 속을 수평으로 흐르다가
순식간에 급히 솟구치고, 날쌔게 뛰어내려
경악하는 뱃사람들의 눈빛 속에 가득 찬다.

오, 저기, 알바트로스가 있다!

지금 우리는
알바트로스의 신화적 몸짓이 자꾸만 그립다.
불안한 설레임으로 흔들리는 삶의 바다 위에서
우리들의 손은 파도처럼 하늘을 향해 떠오르며,
갈구한다.

알바트로스, 너처럼 그리 힘찬 비상이 보고 싶다.

달의 기억

어릴 적엔 그리도 정겨웁던 달이
지금은 봐도
시큰둥하다.

아파트 건물과 건물
사이로 열린, 밤하늘에
어느 날의 분실물처럼 떠오른 달.

이젠 누구도
잃어버린 물건을 찾으려 들지 않는다,
잃어버린 것은
잊어버린 것!

그래서 달은 저 혼자
쓸쓸히 밤의 캐비닛 속에 잠겨 있다가
새벽이면 날빛 바다 속에 제 몸을 던진다.

알약처럼 물 속에서 달이 흩어진다.

초당 한 채

마음에
초당 한 채 짓자
혼자만, 혼자서만 있고 싶은 시간
은밀히 드나들게
마음의 변두리 어느 한적한 터에
불빛도 없고, 기척도 없는

파파라치에게

파파라치여,
우리를 몰래 카메라로 찍어 다오.
은밀하게 우리는 사랑의 쾌락을
나눠 가지면서, 그러나 내겐
감추고 싶은 욕망만큼 노출하고픈 욕망
또한 함께 있으니
파파라치여, 너는 그 눈 깜짝할 순간을
제발 놓치지 말아다오.

그 순간은
우리 두 사람만의 절대비밀을
만들어내는 시간,
우리 두 사람만의 영혼과 육체 아닌
그 어떤 우상도, 그리움도 세우지 않는 시간.
나는 그 순간을 숨기면서, 또한 그 순간을
세상에 널리 알리고 싶다.

그러므로 파파라치여, 너는
우리를 선망하는 뭇사람들 눈빛과 가슴 위에
우리의 이 은밀한 만남을 공개해다오.
네가 없으면, 세상에
우리 사랑 그토록 눈부실 수 없다!

돌의 비애

모처럼의
신神의 작품처럼
생겼지만, 그것이
강이나 바닷가 또는 계곡이 깊이 묻혀 있을 때는
그 주변의 돌처럼
그냥 그런 돌일 뿐이었지만,

어느 날
경악한 눈빛의 그의 손에 잡혀
이 도심의 가옥으로 옮겨진 날부터
그것은
그냥 그런 돌일 수가 없었다.
돌은, 이미 과거의 이름이 되었다.

주인은
결 고운 나무로 좌대를 짓고
뜨겁게 끓는 물에 목욕시킨 다음
온몸 빛나도록 기름을 발라주었다.

그 날 이후로 그것은
안방 깊숙이, 그 집 가보가 되었다.

이제 돌은
지난날의 그 돌 아니다.
이따금씩 그것은 카메라 앞에 선 모델이 되고

뭇사람들 황홀해진 눈빛을 애무하듯
옷을 벗는다. 그러면 사람들은 한없이 감탄하고
그들의 감탄만큼 주인은 그것을 더욱 소중히 모시지만

아,
그러나 돌은 울고 싶다.
저 들녘 개울터에서나
강이나 바닷가, 또는 어느 깊은 계곡에서
시린 물에 잠겨 있던 화평한 그날의 잠자리로
그만 돌아가 눕고 싶다.
돌이 아닌 돌의 자리를 떠나
누구의 눈길도 받지 않는 푸시시한 돌무더기 사이로 끼어 들어
저 무명의 자유, 무명의 기쁨에
가슴 열어 한껏 울고만 싶다.

흑백

상가는
흑백이다.
밝음과 어둠의 대립이
극한이다.
하얀 소복 차림 여인네들과
검은 상복 남자들이
비애를 짜는 그물처럼, 촛불 속을 침묵으로
서성인다.

상청 몇 걸음 바깥에서는
더러 술 취한 문상객들이
왁자히 떠들거나 웃고 수인사를 나누며
이승에 살고 있음을, 흥겹게
잔치한다.

병풍 너머 망자는
차갑게 돌처럼
눈이 굳었는데……

아득한 거리

고장난 기기는
첨단제품,
우리 같은 구식은
접근 사절이다.

싸늘한 정교함이
냉정하게 드러내고 있는
불만과 배타적 우월성은

지금 내 앞에
보란 듯 멈춰 서서

어리석은 나의
구시대적 발상과 행동 일체를
전면 거부하고 있다. 비웃고 있다.

나의 소유이면서
나의 소유이기를 저항하고 있는

저 고장 난 첨단제품과의 거리가
광년처럼 멀다.

언제쯤

오늘도 여의도광장은
서민들 집단 민원으로
스피커가 뜨겁다.

바짓가랑이 사이로
썰렁한 한기가 차오르는 지금은
12월
초순이지만,

핏발 선 구호가 난무하는
광장 아스팔트 위엔
겨울이 없다.

언제쯤 이런 세월이 끝나나?
언제쯤 성난 가슴들의 연대가 풀어지고
붉고 푸른 플래카드가 사라질 것인가?
언제쯤……

창밖으론
이마에 불끈 띠를 두른 얼굴들이
함성을 일으키며 궐기하는데

12월 가로수엔
잎새 한 장 없다.

멀어지는 풍경

내 마음의 퇴폐업소에 걸린
붉은 등 하나,
비단옷 물결치는 발걸음 바삐
이 유혹의 불빛 아래로 찾아들기를
기다리지만

어디서든
기적은 없다,
더운 열기의 날들 썰물처럼 빠져가고
길은 늘
새로운 입구를 향하여 열리므로

이제, 길 밖에 서 있는 시간의 낯설음을 마시며
나는 게으른 비만을 꿈꾸어야 하는가,
자꾸만 등을 떠밀리며 걸어가야 하는
그 번화가의 보행처럼 어쩔 수 없이, 어쩔 수 없이

그리하여
나는 네게로부터 차츰
멀.어.진.다.

제9시집

꽃나무 아래의 키스(2007년)

오체투지

몸을 풀어서
누에는 아름다운 비단을 짓고

몸을 풀어서
거미는 하늘 벼랑에 그물을 친다.

몸을 풀어서,
몸을 풀어서,
나는 세상에 무얼 남기나.

오늘도 나를 자빠뜨리고 달아난 해는
서해바다 물결치는 수평선 끝에
넋 놓고 붉은 피로 지고 있는데.

백야몽

물이 빠진 개펄은
옷을 벗은 여자 누드모델처럼
제 몸의 굴곡을 드러낸 채, 가만히 엎드려 있고

그 발목쯤에서 물결은 찰랑거리며
갈증 나는 밤의 적막을 자디잘게 깨물고 있다.

이 썰물의 시간에 살며시 땅으로 내려온
달은
눈부시게 빛나는 개펄의 알몸을 품어 보기도 하고,
부드러운 손길로 쓰다듬어 보기도 하고, 긴 혓바닥으로
핥아 보기도 한다.

개펄의 몸이 간혹 부르르 떨리는데
그럴 적마다 밤바다 물결소리가 높아지곤, 높아지곤
한다.

꿈인 듯 생시인 듯 알 수 없는,
집중의
시간.

별이 뜨는 이유

오늘 하루 투망도
헛일이다.
바다 물고기들은 죄다
그물을 뜯어놓고 달아나고

허무의 어구漁具를 싣고 돌아오는 슬픈 귀항길엔
눈물 같은 황혼만
가득 내렸다

어제도 그러했지
내일 또한 그러하리라……

하늘엔 오늘 밤에도
검은 관 하나를 짜려는 듯
반짝반짝 쇠못 같은 별들이 뜬다

임종

요리사의
칼날이 등줄기의 살점을 발라갔는데도
아직 꿈틀거리는,
생선의
명줄.

— 나를 먹고 배불러진 너는
살이 쪄서
훗날 또 누구의 좋은 먹이감이 될 것이니.

요리상 희고 큰 쟁반 위에
실물 크기대로 누워
몸 보시의 때를 기다리고 있는 생선 한 마리의
점멸하듯 꿈틀대는,

유언 같은.

아직 우리는 말하지 않았다

나는 강물에 한마디 말도 하지
않았다. 강물도 내게 한마디 말하지
않았다.
우리가 본 것은
순간의 시간, 시간이 뿌리고 가는 떨리는 흔적,
흔적이 소멸하는 풍경……일 뿐이었다.

마침내 내가 죽고, 강물이 저 바닥까지 마르고,
그리고 또 한참 세월이 흐르고 흐른 다음에야
혹시, 우리가 서로에게 하려고 했던 말이 어렴풋이
하나, 둘 떠오를지 모른다. 그때까지는

우리는 서로 잘 모르면서, 그러면서도 서로
잘 아는 척, 헛된 눈빛과 수인사를 주고받으며
그림자처럼 쉽게 스쳐 지나갈 것이다. 우리는
아직 한마디 말도 하지 않았다.

예불

절로 흘러넘치는 물이
있다.
절로 절로 흘러넘쳐서
제 몸을 세상에 내다버리는
물이 있다.
내다버리고 내다버리고 또 내다버림으로써
종일토록 보시하는 물이 있다.
그 물 속에
천수관음 옷자락이 펄럭인다.
그 물을 절간의 동자승이 꼴딱꼴딱 잘도
들이마신다.
절로 흘러넘치는 시간 속에
아직 생각을 벗지 못한 젊은 비구니의
파르란 머리가 벽을 향해 운다.

아직,
한참이다.

길일吉日

보도블록 위에
지렁이 한 마리 꼼짝없이
죽어 있다.
그곳이 닿아야 할 제 생의 마지막 지점이라는 듯.

물기 빠진, 수축된 환절環節이 햇빛 속에 드러나
누워 있음이 문득 지워진 어제처럼
편안하다.

부드럽고 향기로운 흙의 집 떨치고 나와
온몸을 밀어 여기까지 온 장엄한 고행이
이 길에서 비로소 해탈을 이루었는가,
금빛 왕궁을 버리고 출가했던 그
고타마 싯다르타 같이.

몸 주위로 밀려드는 개미떼 조문 행렬 까마득히,

하루가 간다.

당신의 천사

천사는 양 어깨에 날개를 달고
천사는 뽀오얀 우윳빛 살결을 드러내며
부드러운 발성의 그의 이름처럼
아름다운 맨발을 가졌지만
천사는 늘 말이 없고 표정을 깊이 감춘 채
오로지 완성된 그의 순수만을 보여준다.

하늘에서 내려온 천사는 이 땅에서 차마
범접하기 어려운 미묘한 상징과 은유로써
전신을 감싸 안고
복되도다! 지상의 사람들을 위로하지만
그러나, 나는 그런 천사가 싫다.

저 군더더기 없이 완벽한 몸매와 얼굴의
마네킹 같은, 상투적인, 그리고 하늘과 땅의 비밀을
모두 알면서도 모르는 척 내색하지 않는
그 용의주도한 냉정함이 나는 싫다.

차라리 머리에 뿔이 돋은 징그러운 악마와
술잔을 부딪치며 가슴을 열겠다.

바다의 혀

바다의 혀는
왼종일
육지의 몸을 핥는다.
쉼 없이, 정성을 다해, 핥는다.

지성이면 감천이라지만
그러나 나는 아직 한 번도
육지가 바다의 청을 들어주었다는 풍문을
들은 적이 없다.

마치
불가사의한 일이 기적의 샘물처럼
왈칵, 솟구쳐 오르는 날이 오기를
꿈꾸고 있기라도 한 것일까.
바다의 혀는 오늘도
육지의 온몸 구석구석을 핥고 있다.

제가 좋아서 그러는 것처럼
아니, 아니, 제가 싫어도 그러는 것처럼.

들끓는 고요

짝짓기하는 큰넓적송장벌레 한 쌍이
들켰다.
온갖 꽃이며 풀들 만화방창 피어나는 숲속
도도한 녹음의 물살 한가운데서도 흔들림 없이
폭염이 날려보내는 불의 화살에도 끄떡없이
오로지 사랑에, 사랑에만 몰입한 나머지

누가 옆에서 보는지도 모르고
봐도 그냥 어쩔 수 없다는 듯이
황홀한 열애의 구덩이에 빠져 있는
저 끝없이 단순하고 후안무치한 것들 탓으로

고요 속엔
불온한 뜨거움이 끓고 있다.

빈집

뒷마당의 몇 그루 대추나무엔
빠알간 대추열매 가지 무겁게 열렸건만
따는 사람 없어 사람의 것이 아닌
하늘의 열매 같고

사립문 늘 열린 채 경계를 지운 빈집에는
이 방 저 방 기웃거려 보는 아이들 앞에
머리 가득 푼 처녀귀신 나타날지 몰라
삐걱거리는 방문 소리에 쭈룩쭈룩 하얗게 소름끼치는

이 집에, 그러나 벌레들 편안한 거처 마련되고
손 닿지 않는 뜨락엔 잡풀들 소리치며 돋아나
폐허의 아름다운 향연 한창 벌어지고 있으니

빈집, 그 쓸쓸함, 기막히게 좋은 맛이다.
빈집, 그 황폐함, 눈부시게 좋은 눈요기다.
빈집, 그 적막함, 가슴 저리게 좋은 위안이다.

지금, 빈집 한 채 화사하게 버려져 있다.

드라마, 드라마처럼

하늘 양어장에서 키우던 물고기들
참으로 오랜만에
오늘 방출이다.

백 마리, 이백 마리, 오백 마리……
천 마리, 만 마리, 수십만 마리……

양은 점점 불어나
백만 마리, 오백만 마리, 수천만 마리……

은빛 비늘 번쩍이는 싱싱한 물고기 떼를
하늘은 지상으로 한껏
풀어놓는다.

터질듯이 크게 벌린
대지의 아가리 속으로
허겁지겁 빨려 들어가는
살점 좋은 하늘의 물고기 떼들.

몇 달째 칼칼한 한발로 핏발 서듯 붉어진
대지의 눈자위에
지금,
눈물 그렁하다.

박수근의 나무

박수근의 나무에는
잎새가 없다.
잎새란 잎새 모두 하늘에 준
가지,
그 가지 떠받친 줄기만 있다.

나무 아래로
아낙네 하나가 지나간다.
겨울을 팔고 봄을 사러가는 그녀 발걸음이
동쪽을 향하고 있다.
그녀의 치마저고리가 몽톡하다.

길가엔
강아지 한 마리가 서 있다.
나무와 여자와는 좀
떨어진 곳,
강아지는 겨울나무를 쳐다보고 있다.
아니다, 강아지는 아낙네를 보고 있다.
아니다, 강아지는
그림 속에 없는 제 어미를 찾고 있다.

잎새를 떨친 나무 한 그루,
종종걸음 걸어가는 아낙네 하나,
강아지 한 마리뿐인
박수근의 겨울 풍경 연필 드로잉은

하얗게 시린 그의 무르팍처럼
식음을 전폐해 버린 그의 세간처럼
간결하다.

그냥,
울고 싶은 듯이……

늙은 여자

건질 것 없는 땅에서 광부들 모두 떠나고
그 입구로 가는 탄차 선로는 붉게 녹슬었다.
아무도 기웃거리지 않는 폐허의 터널,
거친 잡풀만이 한참 웃자란.

배후는 따뜻하다

길 옆
자전거보관소에
몸이 뜯긴, 오래된, 주거불명의
자전거 몇 대 버려져 있다.

안장이 사라지고
체인이 풀린
타이어가 땅바닥까지 함몰된 자전거들이
구겨진 풍경의 액자를 만들며
어둠 속을 비스듬히 누워 있다.

오랜 무관심에 길들여진 편안함이
어느덧 그 심연에
맞닿아
나태와 궁핍이 제법 반질반질하다.

이제는 더 이상 뜯길 것 없으므로
자유가 너희를
화평케 하리라!

날마다 이맘때쯤 찾아오는 그늘이
친구처럼 유정하게 툭, 툭,
바큇살을 건드리는 오후

자전거들은

왕년에 달리던 기세를 되살려
저렇게 뻗어나간 아스팔트길을
씽씽 내질러보고 싶은 푸른 욕망에 진저리치며
한 번씩은 꿈틀,
해보기도 하는 것이다.

결핍도 때로는 눈부시다

전통가옥 보존구역 내 한옥들은
전신에 흙먼지를 털지 않은 채 고스란히
삭아내려도 유구무언이라는 듯,
시간의 발자국 아래 깊이 찍히고 있다.
그 일대만이 도드라지게 폐허로 함몰되는
결핍이 상호商號처럼 눈부시다.

내 마음 안에 구릉이 있다

대지는 하늘을 향해 높이
솟구치려 하고
하늘은 대지의 상승욕구를 힘껏
억누르려 하고

상승하려는 그 힘과
억압하려는 또 하나의 힘이 부딪쳐
서로
화해를 이루지 못한 채 굳어버린

산맥은
하늘과 땅 사이에 맺어진
슬픈 휴전지대,
그날의 욕망과 고뇌가 깊이 주름살로 멈춰
서 있는 것을

나는 알지,
내 마음 안에도 잠든 옛 구릉들이 있기에

흐느낌

천재는 일찍 죽고
나는 오래 살아
삶도 부질없이 바보가 되네.
나날이 희미하게 낡아가는, 오랜 냄새 나는
서책書冊이 되네.

침묵으로 들끓고 있는 미열의 먼지가 되네.
아이들이 더럽다고 소리치며 달아난 자리에
한 번 풀썩 솟구쳤다가 가라앉는
먼지,
그 누런 치아를 가진 늙은이의
버림받은 정강마루 뼈가 되네.

종일을 움직이지 않는 그림자
속의
슬픈 구석방.

틈

문틈 사이로
처음엔 너무나 아귀가 잘 맞아서
좋은 궁합이었던 문틈 사이로
어느새
틈이 벌어졌다, 화해가 먹혀들지 않는다.

둘 사이를 힘껏 끌어다 붙여도
절대, 다시는
재결합하지 않겠다는 것이다.
오랜 세월이 부리는 심술
별거의 틈새가 사납다.

영원히 함께! 약속으로
입맞춤할 수 있는 일 아무것도 없다.
눈부시게 천년 누대를 떠받쳐온 종탑도
수백만 년 견뎌온 저 산 암벽덩어리도
결국은
균열 가고, 틈이 벌어지는 것이니

서로 멀어질 수밖에 없다.

젊은 날 피로써 사무쳤던 붉은 인연이여!
맞이하자, 기꺼이,
저 치밀하고도 집요하게 시간이 밀어내고 있는
우리 사이 슬픈 틈새를.

자화상

제 몸을 부수며
종이
운다.

울음은
살아 있음의
명백한 증거,
마침내 깨어지면 울음도 그치리.

지금
존재의 희열을 숨차게 뿜으며
하늘과 땅을 건너 느릿느릿 울려 퍼지는

종소리,
종소리,
그것은 핏빛 자해의 울음소리.

끝

끝이 있다
칼날처럼
섬처럼
비명처럼

끝이 있다
기다려온 새벽처럼
썩은 난간처럼
지옥 화재처럼

끝,
끝이 있다
벼락처럼
상처처럼
해일처럼

사랑아,
내가 먼저 그곳으로 가려 한다

내가 보고 싶은 눈

하루살이는 입이 없다.
속은 아예 비어 있으므로
가벼운 몸은 날아라, 초침처럼 짧은
생을 위하여.

물가에서 너를 낳은 네 어미는
겨우 하루 남짓 산 것이 생의 전부
너 또한 그럴 것이다, 죽음은
선명하게 예고되어 있으므로.

너는 불마저 두렵지 않다, 차라리
불꽃에 활활 몸을 태워 죽는 환희의,
사치한 꿈이 여름밤 불빛 주위를
저토록 난무하는 춤으로 채색되고 있다.

내 사랑,
남은 시간이 얼마 되질 않아요.
절망하는 시한부의 생이 미친 듯이
허공을 날고 날아
이윽고 탈진의 시간을 기다려야 하는
하루살이, 너를 만든 이의 잔혹한 눈을
나는 꼭 한 번 들여다 보고 싶다.

풍경을 읽다

골목시장 노점상 할머니 앞
우묵한 다라이 안은
꾸불텅꾸불텅 미꾸라지들 온몸으로 쓰는 육필이
선연하다.

물 맑은 어느 수로에서 미끄러지듯 길을 만들며
물 향기를 들이키던 족속이
지금은 그늘진 고무 다라이 안 얕은 수심에 갇혀
아수라로 한판 뒤엉켜
서로 먼저 대가리를 밀어넣으려고 죽기 아니면 살기!
한사코 안으로 안으로 파고든다, 부글거리는 거품을 밀어 올리며.

이미 할머니는 남아 있는 미꾸라지를 떨이로 팔아
오늘 하루치 장사를 막 접으려는 참인데
죽음의 예약이 임박한 줄 모르는 저 경골어류硬骨魚類들은
해 그림자 떨어지는 시간의 경계 밖으로
펄떡펄떡 달아나려 한다.

할머니,
당신도 누군가의 손에서 지금
일몰의 떨이로 나와 있지는 않은가요?

열애

때로 사랑은
흘낏
곁눈질도 하고 싶지.
남몰래 추억도 만들고 싶지.
어찌 그리 평생 붙박이 사랑으로
살아갈 수 있나.

마주 서 있음
만으로도
그윽이 바라보는 눈길만으로도
저리 마음 들뜨고 온몸 달아올라
절로 열매 맺는
나무여, 나무여, 은행나무여.

늦가을부터 내년 봄 올 때까지
추운 겨울 내내
서로 눈 감고 서 있을 동안
보고픈 마음일랑 어찌하느냐고

네 노란 연애편지 같은 잎사귀들만
마구 뿌려대는
아, 지금은 가을이다. 그래, 네 눈물이다.

꽃나무 아래의 키스

더 멀리
떠나왔나 보다
밀교의 단호한 문을 여러 겹 건너
비바람과 눈보라 사이를 숨차게 헤쳐
바위처럼 금 간 상처 내려다보며
그래도 두렵지 않다 두렵지 않다, 서로
위로하면서
몇 백 날을 그렇게 달려왔지
은닉한 쾌감에 메마른 주둥이를 대고 싶어
피 흐르는 육체의 윤곽을 덮어 지우면서
저 감옥 속으로,
감옥 속으로

구절초

저 꽃잎이며 잎새들
퇴색으로 무너지는 가을 들판에
저만 홀로 하얀 소복으로 서 있는
구절초.

죽은 내 친구의 마누라쯤 되나?
마주 대하기 난감한 거리를 두고
새하얀 슬픔으로 정갈하게 정장한 채
눈물 나는 이 계절의 문간 앞에 서서
다소곳이 고개 수그리며 날 마중하는,

아,
꼭 그런 문상길 같은
어느 가을 아침.

폐허의 노래

이리 오시라

와서
천년을 마모된 내 얼굴이며 손발,
몸뚱어리를
눈으로 보시라, 손으로 한 번쯤 만져 보시라

문둥이처럼,
흡사 문둥이처럼 문드러진 내 코며 입술,
눈두덩이며 귀, 그리고 **뺨**을
가까이 다가와서 만져 보시라

더러는 팔이 부러지고
더러는 목이 부러진 채
천년을 어느 외진 산자락에 서 있어도
나는 너그럽게
가녀린 미소 하나로 영원을, 영원을 품고 있어라
그러므로

오늘은 마음 상한이여
그대는 하루쯤 경주 남산으로 와서
깊이 나를 보시라, 문드러진
불화의 내 육신 옆에 서거나 누워

잊으시라, 저 미물 같은 세상 온갖 희비를

어느 밤의 누이

한 고단한 삶이
내 어깨에 머리를 기댄 채
혼곤한 잠의 여울을 건너고 있다.

밤도 무척 깊은 귀가길,
전철은 어둠 속을 흔들리고……

건조한 머리칼, 해쓱하게 야윈
핏기 없는 얼굴이
어쩌면 중년의 내 이종사촌 누이만 같은데
여인은 오늘 밤 우리의 동행을 아는지 모르는지
내 어깨에 슬픈 제 체중을 맡긴 채
송두리째 넋을 잃고 잠들어 있다.

어쩌면 이런 시간쯤의 동행이란
천년만큼 아득한 별빛 인연일지도 모른다는
생각에 이르자 나는 잠시 내 어깨를 빌려주며
이 낯선 여자의 오빠가 되어 있기로 한다.

전철은 몇 번이고 다음 역을 예고하며
심야의 지하공간을 달리는데……

늦은 날

등 하나 눕힐 땅을 찾는 일이
오늘, 눈뜨고 온종일 악악대고
밤이면
처참한 고달픔을 껴안은 채 잠이 드는 일.

몸에 박힌
이백육십 개의 **뼈** 방바닥에 가지런히 눕히고
어둠 속으로 저린 육신을 구겨 넣으면
그 낮에 차마 울음으로 터지지 못했던
슬픔의 한 단 띠로 묶지 못했던 한이
울컥울컥 목울대를 타고 붉은 핏물처럼
넘어오는 것을,
그냥 그대로 삼켜버려야 하는 것을.

알지,
사방에 귀가 달린 적막한 내 방은
눈을 감아도 더 잘 보고 있는 내 방은
잠결에 소스라치며 무너지는 한 사내의
우두둑, 꺾이는 슬픈 꿈을.

적과 동지

나에게
모든 적들은 아무쪼록 오래 살아서
내 스스로 그들 앞에 무릎 꿇고 투항하는 일이 없기를,
그리하여 내가 그들과 맞서 이기기 위하여
수많은 불면의 밤을 가슴 끓이며 노심초사하는 잠자리가
거듭 이어지기를.

오, 그들은 나의 가장 완벽한 동지이자 또한 적이니
그들을 애틋이 사랑하는 마음으로 미워하고
그들을 불같이 미워하는 마음으로 사랑하자.

그들이 없으면 나 또한 없는 것,
나의 중심에 그들 빛나는 적을
세우리.

견인되다

견인차가
불법주차 승용차 한 대를 끌고 불이 난 듯
급하게 달려간다.
앞 범퍼가 견인차 후미에 덜컹, 얹힌
승용차는
제 주인에게 피랍 사실을 알리지도 못한 채
어디론가 행방이 감춰지고 있다.

죄를 지었으므로
체신은 볼품없이 구겨졌으면서도
두 손이 단단하게 결박당한 채
견인차가 가자는 대로
가고 있다.

내 죽은 다음
저승사자가 내 생애의 죄를 물어 저렇게
유계幽界의 사방천지를 끌고 다닌다면,
어쩌지?
꼼짝없이 사지를 포박당한 채.

하긴 살아서도 지금까지 영문도 모른 채
어디론가, 어디론가
끌려오긴 했지만.

사랑의 기쁨

오,
사무치는 절정
끝
처참한 몰락 있네.

불꽃 생명 환희
그 다음
죽음의 나락 오고 마네.

나는 알지, 그들
서로 뗄 수 없는
한 몸인 것을.

사랑, 단 한 번
핏빛 목숨 같은 사랑이여.
네 쾌락 속에 든 사약을
함께 나는 마시리.

그리움

이 개 같은 그리움을
시詩라고 하자.

그래, 시는 마침내
죽음의 바다에서
나와 함께 죽는다.

한참 후—
망각을 부르는 시간의 거적이
내 머리끝까지 깊숙이 덮이리라.

노예가 사는 법

나는 오늘 따귀를 몇 대 얻어맞았다.
그의 손바닥의 불 같은 성깔이
광폭한 바람처럼 무방비로 열려 있던
내 **뺨**을 세차게 밀어붙였다. 순식간에

부드러운 피막에선 숯불의 열기가 터져 오르고
뇌수는 위험한 벼랑 끝으로 밀려갔다.
두 눈의 흐릿한 시야 속으로
귓바퀴의 멍멍해진 이명 속으로
나는 팽개쳐졌으며, 주위 사람들은 모두 멀어져갔다.

나는 몇 번 악을 썼으나 전혀 울림이 없었다.
그리 슬프지도 않았다. 오히려,
저 아득히 낮은 곳에서 정처하는 자만이 맛볼 수 있는
평온의 물결이 밀려와, 달콤했다.

나를 마소와 다름없이 다루는 주인으로부터
따귀를 맞는 일, 구둣발에 짓밟히는 일 따위는
종종 있어 온 일이었다.

나는 더러운 노예의 근성을 먹고 자랐으므로
비루함은 내게 편안한 옷, 배부른 식사와도 같은 것이었다.

나는 오늘 따귀를 몇 대 얻어맞았다.
주인의 분노를 샴페인처럼 터뜨리며, 힘없이 무너지며, 그러나 나는
웃었다. 너무나 행복했다.

상처와 만나다

인도고무나무 손바닥 크기만 한 잎사귀들이
고개 싹 돌린 채 변절해 있다. 오늘 아침
몇 날 밤의 한파가 겨우 기세를 꺾은 다음
베란다로 나가는 창문을 열었더니,

잎사귀들 사력을 다하듯 따스한 햇살폭포 쪽을 향하여
해바라기 한 것이 하도 아픈 뒤틀림이어서
저런 배신이라면 아무 탈 없이 긍정해 주어야 한다고,
부드럽게 용서해 주어야 한다고,
이파리마다 나는 부드러운 눈길로 쓰다듬어 주었다.

머잖아 봄이 와도 저 불구의 몸짓은
쉽사리 복원되지는 않을 것이다. 아마, 그럴 것이다.
좌우 균형을 잃은 체형이야 어찌되었든
살아야 한다고, 살고 싶다고, 제 육체를 한껏 비틀어
버릴 수밖에 없었던 저 단말마의 비명이
베란다 차디찬 타일 바닥 위로 떨어져 뒹굴고 있다.

내 입을 닫게 하는
고통의 극점이
이파리마다 기념비처럼 굳어 있다.

동창생

젊었을 적엔 보라는 듯 도도하게
자태 뽐내던 붉은 장미꽃,
누가 손댈까 봐
줄기엔 가시마저 새파랗게 세우고 있더니.

그래서 꽃 따는 유혹도
피 흘리는 아픔 두려워
서성였는데.

이제는
밤에도 문 열어놓고 자는
너는 할미꽃, 초로의 부인.

낯뜨건 육담도
걸쭉한 웃음으로 받아넘기는
빗장 없는 너의, 눈부신 변신.
세월이 입힌 인생의 더께.

일몰의 노래

나를 붙들지 마라
너의 허황된 눈빛의 바람으로
떨어지는 이 비탄을 가로막지 마라
그러나 나는 울지 않는다, 묵묵히
신의 제단에 나의 하루를 바칠 뿐
나는 전신으로 투하한다, 어김없이
저 바다 열광하는 손뼉 사이로

빙하의 표정

빙하는 제 몸이
녹을 사이에 벌써 얼고
얼 사이에 조금씩
몸을 푼다.

수천 년을
그렇게 녹으면서 얼고
얼면서 녹느라
부지기수로 세월만 허송해 버린 것이다.

그렇게, 어찌어찌 세월을 놓쳐버린 노인들이
관광버스를 타고 멀리서 찾아온
빙하의 협곡 얼음폭포 낭떠러지 아래에서
남은 생의 증빙서류처럼 기념사진을 찍는다.

웃는 듯이,
우는 듯이.

희고, 둥근 하품

그녀의 하품은 크고, 희고, 둥글다.
고래가 콧구멍에서 흰 물줄기를 하늘을 뚫고
분기噴氣하듯이
그녀는 노폐한 게으름의 진액을 공기 속으로 오래, 토해낸다.
아 —
통통하게 살 오른 그녀의 볼이며 구강이 뒤틀어지고
얼굴은 송두리째 힘없는 보자기처럼 구겨지는 것을.
만약 이때 그녀의 애인이 보기라도 했다면! 벌어진 그 입 속으로
찢어진 색종이 조각들이라도 날려버리고 싶었을 것이다. 그만큼,
하품은 지금까지 그녀가 지켜온 우아한 품격과 질서를 송두리째
무너뜨린 것이다. 잠시 후
그녀의 입이 도로 닫히자, 환상적인 시간의 막간은 치워지고
대신 텁텁한 습기를 먹은 여름날 기류가 훅,
그녀의 전신을 감싸 안는다. 더러운 정부처럼.

이따위, 라고 말하는 것들에게도

물이 스미지 않을 적엔 스스럼없이
쉽게 떨어졌지만
그 몸에 물기가 점점 번져들자 종이 두 장은
마주 달라붙어, 서로를 견인하게 되었다.

축축해진 두 몸이 혼신으로 밀착하여
한쪽을 떼어내자면 또 다른 한쪽이
사생결단,
먼저 자신을 찢어 놓으라는 것이다.

이따위 종이 쪽지에도 이별은
고통 없이는 없나 보다.

길고양이

놈은 필시
소용돌이치는 역사의 격랑에 치어
원통하게,
원통하게 숨진 어느 사대부의
넋의 재현임이 분명하다.

밤의 컴컴한 화단이나
아파트 주차장 숨죽인 차들 사이에서
느닷없이 불쑥 나타나는, 무슨 자객 같은
놈은 나와 맞닥뜨리는 순간 멈칫하는 듯도 싶지만
그러나 결코 도망가는 법 없이, 민첩한 몸을
천천히 움직이는 것이다. 날카롭게 나를
쏘아보며.

이제는 어떤 위협에도 굴하지 않고
당당히 보복하리라는 일념만이
놈의 저 검은 등줄기 위로 털을 꼿꼿이 일어서게 하고
적의에 떨리는 몸을 바짝 웅크리게 하고
동그란 두 눈엔 인광처럼 새파란 불을 켜서
저주의 불꽃을 날리게 만드는 것이다. 길고양이,

오늘 밤에도 삼생三生을 건너뛰며
어둠의 내부를 샅샅이 뒤지고 있는
저
불운한 피의 테러리스트!

또 다른 생각

뭉개지는 것도 방법이다.
세상을 사는 데에는
내가 각을 지움으로써 너를 편안하게
해줄 수도 있다. 선창에서
기름때 절은 배들끼리 서로 부딪치듯이
부딪쳐서 조금 상하고 더러 얼룩도 생기듯이
그렇게, 내 침이 묻은 술잔을 네가 받아 마시듯이
네 숟가락 휘젓던 된장국물을 내가 마시듯이
그렇게,
서로 친밀해지는 것이다.
자, 자, 잔소리 그만하고 어서 술이나 마셔!
취한 기분에 붙들려 버럭 소리도 내지를 수 있는 것이다.
그렇지만,
그래서는 안 되는 시간도 참으로 필요하고
그래서는 안 되는 관계도 소중하다.
시퍼렇게 가슴에 날을 세우고
찌를 듯이 정신에 각을 일으켜
스스로 타인 절대출입금지구역을 만들어내는 일,
그리하여 이 세상을 배신하고 모반하는 일은
네게는 매우 소중한 덕목이다.
안락한 일상의 유혹을 침 뱉고 저주하라, 그대
불행의 작두 위를 걸어야 할 시인이여.

다디단 비밀

매가
한순간 먹이를
노리듯,

파파라치는
은밀한 순간 포착을
숨어 노린다.

피의 향기에 미친
맹금이
쏜살같이
먹이를 향해 덮치듯,

순간
노출된 비밀의
살점 위에
파파라치는 날쌔게 침을
꽂는다.

비밀스러울수록 다디단
그의
흡혈.

회전문

대형빌딩 입구 회전문 속으로
사람들이 팔랑팔랑 접혀 들어간다
문은 수납기처럼 쉽게
후루룩 사람들을 삼켜버리고
들어간 사람들은 향유고래의 입 안으로 빨려 들어간
물고기 떼처럼 금방 잊혀진다
금방 잊혀지는 것이 그들의 존재라면
언젠가는 도로 토해지는 것은 그들의 운명,
그들은 잘 삭은 음식찌꺼기 같은 풀린 표정으로
별빛이 돋아나는 시간이나, 또는 그 이전이라도 회전문 바깥으로
밀려난다
그렇다니까, 그것은 향유고래의 의지 때문이 아니라
빨려 들어간 물고기 떼의 선택 때문이지
오로지 그들 탓이라니까
그러나 대형빌딩은 이런 무거운 생각과는 멀리 떨어져
하루 종일 팔랑팔랑 회전문을 돌리면서
미끄러운 시간 위에서 유쾌하게 저의 포식을 노래한다
룰루랄라 룰루랄라 룰룰루……
지금은 회전문의 움직임이 완고하게 멈춘
시간, 대형빌딩은 수직의 화강암 비석처럼 깜깜하게
하늘에 떠 있다
낮에 삼켰던 사람들의 머리에서 쏟아져 나온 생각과
말들, 일거수일투족의 그림자, 그들의 홍채와 지문까지
다시 기억을 재생하고 판독하고 복사하고 지우면서
대형빌딩은 눈을 감고도 잠들지 않는다
회전문은 묶여 있어도, 그렇다고 쉬는 것도 아니다

늪이 잠시 흔들렸던 기억

뻘 속에 갇힌 그의 두 눈꺼풀이 가엾게도 꿈벅,
꿈벅, 기포처럼 여닫힌다.
지금 그의 몸은 욕망의 탕기처럼 들끓는 진흙 수렁에
깊숙이 매몰되어 점점 굳어가고 있다.

그를 가득히 삼킨 뻘의 짙고 푸른 육체는
더욱 기름지게 살아 꿈틀대고
오랜 날들을 뻘을 가두고 키워온 늪은
환희의 이스트를 크게 부풀려 올린다.

이제 그의 죽음은 안타깝게 분초를 다툴 일이지만
늪가를 둘러싸고 있는 울창한 숲도, 숲을 세차게 뒤흔드는 새들도,
바람도, 그리고 태양도
그를 압박하듯 조여드는 뻘의 완강한 집착을 모르는 척
애써 외면할 뿐이다. 어쩌면 그들은 공범인지도 모른다.

지금 한 사람은, 그 언젠가 또 다른 한 사람이 그랬듯이
뻘 속에, 뻘의 빛나는 자양분으로 그의 피와 살과 뼈를
모두 질펀하게 풀어놓을 것이다.

힘겹게도 그의 눈꺼풀이 한 번 여닫힐 적마다
전체 늪의 표정이 한껏 밝아지고 있는,

어느 목숨의 눈부신 파멸.

삼각관계

작은 아이가 고무풍선을 불고 있다.
동그란 입술이 공기 속으로 한참 빨려 들어가 있다.
벌겋게 달아오른 아이의 빰, 정면을 바라보며 굳어 있는 눈알이
한창 위독하다.

풍선은 자꾸만 뒤로 밀려나면서 아이의 입술을
빨아들이고, 즐겁다는 듯이 구경하는 아이 엄마는
자꾸만 제 젖가슴을 문지르며, 고통스럽게 부풀어오르던
열여섯 사춘기의 옛 골목길로 줄달음질친다.

아마, 곧 풍선은 터지겠지, 터질 거야, 퍽! 하고.
눈 깜짝할 사이 파열음과 함께 흘러내리는 풍선의 몸이,
늘어진 고무의 피막이, 아이의 손에 차고 시들하게
뱀처럼 감겨오겠지. 그 냉정해진 시간이 올 때까지
온 힘을 다해 아이는 풍선 속으로 빨려 들어가고.

최대한 부풀어오르는 지점과 터져서 찢어지는 지점이
점점 더 가까워지면서 주위의 눈들이, 입들이, 가슴들이
불에 뜨겁게 달궈진 그릇처럼 팽팽한 긴장에 묶여
어서 빨리 터져라, 터져라, 빠른 손짓을 흔들고 있다.

풍선과 아이가, 사람들과 풍선이, 한순간에 집요하게
서로 묶여 있는 지금.

전철은 마침 낙성대역을 지나고

그 옛날
별들은 무슨 뜻으로
한사코 이곳으로 제 몸을 던지려 했던 것일까

밤하늘 저 멀리
찬란한 별들의 추락을 잔칫날 행사처럼
황홀한 눈빛으로 떨며 지켜보던
이편 마을 사람들의
심중에서 끝없이 타오르던 의문을 향하여

나는 오늘 천천히 몇 걸음 다가서본다.
악,
악,
악,
별들이 소리치며 쏟아져 내린다.

아득한 추모

혹독한 고뇌의 깊이는
잃어진 고향*을 향하여 무릎 꿇고

불면의 밤을 건너온
새벽은
이마를 벽에 찍어 흘린 피로
가득하다

행동이 없으면 얻을 것 또한 아무것도 없으리!
무너진 뼈를 추려
시를 쓰고
높고도 당당하게 허무의 광야를
홀로 우뚝 걸을 수 있었던 이
오, 육사陸史

나는 마음으로도 쉽게 그의 근처에 이르지 못하여
까마득히 그는 멀고,
눈부실 뿐이다

* 이육사 시인의 미발표 유작시 제목

손

불꽃 속에는
바깥으로 뛰쳐나오기를 열망하는 손들이
있다.
그 손들은
굵은 쇠사슬로 채워져
불꽃이 흔들릴 때면 그때마다 늘
무겁게 쇠사슬 끄는 소리가 난다.

그 소리를 들으면
세상의 어머니들 가슴은 철렁,
천길 바닥으로 떨어져서
몸부림치듯 두 귀를 막아야 한다.
두 눈을 질끈 감아야 한다.
하얀 공포에 질린 입만을 공기 속에 가득 열어둔 채로
저 쇠사슬 끄는 소리를 따라가야 한다.

펄럭이는 불꽃 속에는
죽음의 담벼락을 가파르게 기어오르는 운명의
핏빛 손들이 있다. 부드러운 손, 앳된 손, 아름다운 손,

그러나 자신의 믿음에는 끝없이 단호한
저 손.

껍질은 속보다 더 깊다

세상의 모든 껍질들아
너희들은 왜 그렇게 딱딱하니?
왜 그렇게 두껍고
질긴 거니?

새콤달콤하고 향긋한 이 살을 드셔보세요
고소하고 영양가 많은 이 속을 드셔보세요
부드럽고 감미로운 이 알몸을 드셔보세요

아시겠죠, 이젠?

당신께 지상의 아름다운 열매 바치고 싶어
이 몸 하나 딱딱하거나
두껍거나
질긴 가죽이어도 좋았던 것을!

불꽃의 시간

관현악이 일제히 숨을
멈추자
바이올린 독주자는 발끝을 들어올린 채
끊어질 듯한 음계를 오르내린다.

그의 심장과
폐, 내장이 먼저 불붙기 시작하더니
끝내는 그의 온몸이 송두리째 화염으로 타올라
무대 위에는 유일신처럼 독주자만 있을 뿐,
나머지 오케스트라 단원들은
없다.

격렬한 조명 앞에 하얗게 노출된
그는, 순교자처럼 비장하다.
한 발자국 물러설 수 없는 발걸음을 디뎌
완벽하게 죽음의 벼랑 끝을 밟고
지나가야 한다.

펄럭이는 불꽃
그늘이
침묵하는 청중들의 가슴 위로
철렁, 내려앉는다.

나쁜 피

강화 석모도로 떠나는
외포리 선착장 카페리 고물에는
수많은 갈매기들 윤무가 한창이다.

사람들은 좋아라 새우깡을 던지고⋯⋯

배가 물길을 갈며 앞으로 나아가는 동안에도
인간의 식품 맛에 길든 이 바닷새들은
너훌너훌너훌 춤을 추면서
뱃길을 따라 무리 지어 날아온다. 오늘도 어제처럼.

던져주세요, 우리에게 제발
그 맛있는 과자를!
대신 우리들은 그대들의 눈과 마음 즐겁도록
이렇게 춤을 추어드릴게요.

사람들이 던지는 먹이에 이미 빠져버린
갈매기들은 바다에서 찾던 그들의 먹이를 잊고
노란 부리로 날쌔게 새우깡을 낚아채며
활강하고 또한 상승한다. 아기 울음을 끼룩거리면서.

바다 위로,
비루한 생의 곡예가 한창이다.

파열

지하 통로
뱀 한 마리 미끄러지듯
전율하며 달려가고 있다.

오로지
표적을 향해
맹목의 정신으로 줄달음치는
저
일촉화살처럼,

불타는 살의는
미친 듯이 씩씩거리며
제 얼굴에 부딪치는 암흑의 벽면을
깨뜨린다, 무지하게.

뱀이 스쳐간 자리에는 피투성이,
피투성이 되어 넘어진 적막의 살점들이
살아
퍼덕인다.

꽃은 부드럽지 않다

꽃은
네가 말하듯, 그렇게 아름다운 추상이
아니다.

꽃은 지금
절박한 실존으로
제 생의 위태로운 극단 위를
피어나고 있다.

꽃이란 꽃 저마다 다른 꽃을 딛고
우우우, 봉오리를 높이 일으켜 세우고 있는
저
치열한 경연장과도 같은,
꽃들의 광장으로 가서 보라.

층층이 만발한 그들은
저 하나 우뚝 피어나기 위해 옆옆의 꽃을
밀치고 누르거나
혹은 짓밟으며
불꽃 튀는 관능의 빛깔과 향기와 자태를
하늘 가운데 눈물겹게 드러내려 하고 있다.

아, 실은
꽃들은
저리도 제 피를 말리면서
시들고 있다.

비몽사몽

삼월 하순 여의도 윤중로는
천도재 지내려는 사람들
분주한 설레임으로 대웅전 앞마당에 모여들 듯
길게 인파 행렬 늘어서 가는 길
비몽사몽 하얀 벚꽃 개화에 묻혀 있다.

혼백이 아니면 무엇이냐, 저것은
원통히 죽은 사람들 혼백 죄다 불붙어서 피어나듯
이 봄날 저 나뭇가지 가지마다 억울하게 되살아나
하얀 꽃잎으로 떨어질 제 눈물 보라는 것이다.

슬픈 넋 아니라면 결코
저리 눈부시게 아름다울 수 없는 법.
생애에 뼛속 깊이 한과 고통을 저며 넣은 이들만이
죽어서 산 사람들의 넋을 송두리째 뺄 수 있는 것이다.

삼월 하순 여의도 윤중로는
천도재 지내려는 사람들
바쁜 걸음으로 대웅전 앞마당에 모여들 듯
죽은 사람들 혼백 흘리는 하얀 눈물 받으려
긴 인파 행렬 저리도 눈부신 개화에 묻혀 있다.

죽은 자에 대한 예의

서바이벌게임은
여러 참가자들이 어울려 공동체 생활을
이루어가는 것이지만,
결국은 한 사람만 남기고 모두 중도 탈락해야 하는
비정한 놀이.

내가 살아야 하고 너는 죽어야 하는,
내가 떨어져 나가지 않기 위해 너를
힘껏 벼랑 끝으로 떠밀어내야 하는,
게임의 법칙이 이미 설정되어 있는 이상

우리의 공동체 생활은 처음부터
반反공동체의 모랄에 철저히 복무하는 것이어서
겉으로는 우리 웃고 떠들지만 속으론 은밀하게
서로에게 치명적인 손상을 입히려는
모반의 시간을 꿈꾸어야 하는 것이다.

그리하여 최후에 남은 한 사람의 생존자는
자랑스럽게도 어마어마한 상금을 받게 되고
불처럼 뜨거운 흥분을 가슴에 끼얹으며 며칠간을
숨죽이며 TV와 신문을 통해 지켜보던 사람들 앞에
마침내 그가 화려한 조명을 받으며 등장했을 때는

그동안 그에게 떠밀려간 공동체의 가족들이
어떻게 캄캄한 절망의 블랙홀로 빠져 들어갔는지는

이제 누구의 기억에도 비망록에도 남아 있질 않아서,

서바이벌게임은 그저 단순한 게임이 아니라
어쩌면 그것은
오늘 우리가 적고 있는 역사서歷史書의 형식일지도 모른다는
불길한 힌트를 씹어보게 만드는 것이다.

누가 제트기를 보았는가?

팽팽하게 펼쳐든
파란 비단을
한 줄기 예리한 비수로 찢고 가는
가을 하늘 제트기
편대.

그 무법의 굉음에 몸 낮춰도
사정없이 흔들리는
지축,
바들바들 온몸 떠는
지상의
온갖 빛나는 우상들.

이윽고
제트기가 시야에서 멀어지면서
하늘에 하얀 보푸라기처럼 비행운이 풀어질 때,
비로소 다시 고개 드는
이 땅의 비천한 눈빛들. 살아 있었노라고, 죽을 뻔했노라고.

참으로 우습지만
결코 낯설지 않은,
이런 풍경들.

가는 세월
— 박의상에게

친구여, 우리는 벌써
할아버지라는 말이 쉽게 나오고
손자 손녀 얘기를 자랑스럽게
거리낌 없이 하게 되었으니
하얀 구름 위에 앉을 날도 그리 멀지 않았나 봐
그렇지, 가랑이 사이에서 불알은 힘없이 축 늘어지고
당당했던 어깨는 기울어 이미 노년임을 말해주고 있으니
우리가 처음 만났던 그 20대는 지금
어느 먼 바다 위에서 어질어질 헤매고 있을 것인가
친구여,
앞으로 또 40년 세월이 흐르면
그때는 우리 각자 어느 외딴 산비탈에 호젓이 누워
스쳐가는 바람소리에 서로의 안부를 전해들을 것인가
풀잎 위에 떨어지는 새 울음소리에 문득 전언이라도 들을까 싶어
땅 속에서 푸시시 뼈를 일으켜 세울 것인가
그러니 친구여, 살아 있을 동안 우리
더러 만나서 히히덕거리세
자네는 술을 잘 하니까 많이 마시고, 대신
나는 약하니까 조금 마시면서
우리 그렇게 만나 가슴을 열고 히히덕거리며
남은 생을 줄여 나가자구!
가는 세월*이야 그 누구도 잡을 수 없기에
가라고, 가라고, 그냥 내버려두면서

* 가수 서유석이 부른 박의상 시인의 18번 애창곡.

544

수색역

느긋하게 한숨 자고
가득한 포만으로 식사를 끝낸
젊은 노무자들은
합숙소를 떠나 일터로 향하는 길
천천히 발걸음 옮긴다.

충전된 힘으로 그들은
오늘도 일을 만나
무섭게 들소처럼 제 몸을 던지리라.

그리고 이 시간쯤엔
휴식을 위해 합숙소로 돌아오는 이들도
있다. 그들 가슴은
기력을 탕진한 이후의, 나른한 피로에 젖어
펄럭이고

더러는 남아 있는 기운이
거친 슬픔과 뒤섞이며, 때로는
기분을 받아줄 대상도 없이 제 스스로에게
씨팔,
욕설이라도 내뱉고 싶을 것이다.

널따랗게 열려 있는 수색역 차고지를
묵묵히 드나드는
빛나는 검은 육체, 젊은 사내들 같은

열차, 그리고 열차들.

어떤 기도

나는
세상에서 가장 아름다운 기도를
본 적 있네.

어느 조그만 시골 마을을
기차가 지날 무렵
얼핏, 차창 밖으로 보이던

야트막한 교회당 낡은 지붕 위로
아이들 장난감처럼 생긴
나무로 만든 십자가 하나,

지상에서 가장 낮게 엎드린 채
다시는 고개 들 줄 모르고 올리고 있던
한 가난한 손의
기도를.

뉴 타운

정든 사람들은 떠났다.
집집이 외부 벽면의 붉은 페인트 글씨는 공가임을 알리고
사형수의 마지막 남은 며칠을 떠올리게 했다.
처처에 방들은 텅 비었다. 씨팔, 이왕 뜯길 집,
이주민의 손발이 거칠게 다룬 자취들이
역력하게 남아 있었다. 파경이었다.
그들은
한 푼어치도 뒤돌아보지 않았다. 몸을 섞으며 살던
그 오랜 날들, 떠나 있으면 더욱 그리워지던
당신, 보고팠어요, 보고팠어요, 그러나
이젠 부질없었다. 늙고 병든 육체만이 폐허의 공간에서
긴 가래를 삼키고 있었다. 사람들은 이미
눈부시게 떠오를 신생의 아침을 거듭 말하기 시작했다.

처음으로 사랑을 들었다(2010년)

쇠재두루미 떼를 따라 날다

쇠재두루미 떼가 히말라야산맥 가파른
직립의 고도를 넘어가고 있다
계절을 나기 위해 이동해야 하는 습성,
떼는 대오를 지어 날며 생명의 상형문자를 저 높은
하늘벼랑에 찍고 있다
연회색 날개가 퍼덕이며 소리 내어 읽는 일련의 문장들이
점점의 약호가 되어 뿌려지는,
시퍼런 장천

운명은 이런 것이다 결연함만이 우리를 살게 하거나
혹은, 깨끗이 죽게 할 수 있다
따뜻한 상승기류를 타고 쇠재두루미 떼가 날아오르는 동안에도
어느 순간 폭풍과 난기류가 유령처럼 와락 나타날 수 있으므로
검독수리의 날카로운 주둥이와 발톱이 그들을 덮칠 수도 있으므로
날갯짓 하나하나는 운명을 건 약속, 물러설 수 없는 길을
바로 지금, 시간의 바퀴에 굴리며 가야 한다

만년의 침묵 하얗게 내뿜는 히말라야산맥
고산준봉 너머로
쇠재두루미 떼 행렬이 유랑의 무리처럼 까마득히 물결치며 날고 있다
새들과 산맥 사이의 공간에, 생사를 건 팽팽한 대치가
서로를 긴밀하게 빨아들이고 있다, 아니, 밀어내고 있다
가깝게, 때로는 멀리 파도 치는 그들의 윤무가, 바로 생이다!

50인치 모니터 화면을 덮고 있는 장대한 백색 풍경

550

속에서 나는, 멀어져 가는 쇠재두루미 떼의 날갯짓을 떠받치고 싶어
기를 쓴다
탁자 위 유리컵이 굴러 떨어지며 소리친다

간월암

낮에는 간월암 오지 마라

간월암은 달이 숨차게 빛나는 밤에만 있으니까

서해 바다 밀물 지고 그 작은 암자

흔들리는 바다 위에 부평초처럼 떠 있을 때

속절없이 갇힌 몸이 물 위에 앉거나 드러누워

천의 파도 위에 달빛 새겨져 있음을 바라볼 때

마음속에 한 송이 연꽃처럼, 돌아오는 한 척 배처럼

눈부신 그림자 피어오르는

그런 밤이라야 간월암은 있는 것이니

그대, 낮이거든 눈먼 발걸음으로 여기 오지 마라

환한 햇살 아래에선 그 암자 아무 데도 없다

고양이 엘르

고양이 엘르는 강한
눈빛을 번쩍이며, 앞으로 조금
옆으로 조금
살펴보고 있다, 바짝 고개를 수그린 채
고요히 떠오르는 물체를 향하여, 소리 죽여

부서질 듯 어금니
꽉 물고
이번 만이야, 달아오르는 유혹에 가득 침 흘리며
조금씩 더 앞으로, 조금씩 더
앞으로
움직이는

고양이 엘르
폭신한 이불 위에서 느긋하게 눈뜨다가, 덤벼드는
어린 아이의 장난감을 물어뜯기도 하고
얼른 제 몸을 옆으로 뒤집기도 하고, 함부로 껴안기도 하면서

시간은 수평적으로, 좌우 방향 없이, 뒹굴어가는 것이라는
사실에 혼곤히 적셔진 채, 목적도 없이 부드러운 제 살결을
자꾸만 어루만지던, 그 어리석음과 나태함을 멀리 떠나서

뛴다, 엘르
폭풍처럼
순간의 기미를 놓침이 없이

저 앞서 달리는 날쌘 쥐의 등 쪽을 내려칠 듯이
파닥이는 가슴 쪽을 바싹 후려갈길 듯이
처음으로 다가서는 비릿한 약탈의 냄새 후루룩 끼치며
오른발로 쥐를 붙들어
맨다

한 번 만에!
너의 무서운 본능이
뛰쳐나왔다

용서할 수 없는 자

나는 함부로
칼을 다룬 적 없다
함부로-라는 말을 쓰는 것은
칼의 위대한, 섬뜩한 피의 본능을 잘 앎으로써
칼의 독립적인, 보복해야 할 굶주림의 뜻을
가슴에 부릅뜨고, 힘껏 되새기고 있음으로써
칼은 고요히 저 칼집에 감춰져야 할 것임을
믿는다.
그동안 검객의, 무서운 피가 뚝뚝 떨어져 내리는,
위독한 죽음의 멈춤과 나아감의, 어두운 격전지에서의
땅속에 묻히는 자들의 목마름이,
피비린내 나는 칼의 전사라면
이와는 반대로
깊숙이 칼은 말없이 꽂혀 있음으로써, 보다 더 큰 힘을
가슴에 새겨 두자는 것이다.
무거운 칼날을 쓰지 않는, 오랜 벼랑 같은 침묵이
더욱 크고, 묵직하다.
칼!

처음으로 사랑을 들었다

한 여성은
드디어 고막이 터져버렸다네, 깊고 캄캄하게,
너그러운 휴식을 맞이했다네, 아무렇게나 들을 수 없는
편안함이 그의 몸속으로 흘러들면서, 오래오래,

처음으로 그는 세상의 소리를 들을 수
있었다네, 처음으로 그 세상의 남자가
여자를 만나서 온몸과 마음을 울리며 하던 말,
참으로 눈부신 열애의 고통을 떨어뜨리며
울부짖던 말, 한없이 숨 가쁜 사랑의 묘약이
백 년이고 이백 년, 삼백 년을 거듭 견디며 내뱉던 말,
황홀한 눈물 없이는 차마 못 들을 그런 말, 말, 말,

강렬한 입맞춤은 귀의 내이 사이에서 공기압력에
불균형을 가져와 고막이 터져버린다는 것인데,
그런 '푸' 하는 소리와 함께 세상의 모든 소리들은
꺼지고 사라지고 말아, 그럼으로써 한 여성은 참으로
세상에서 들을 수 없는 소리를 들을 수 있게 되었다네,

오래오래 무너져 내려야 할
거대한
저 사랑의 지옥 같은 것!

두렵지 않다

찬 바닥에 누워서 잠드는
나의 무릎, 어깨,
팔은
바다보다 춥지 않고
붉은 혓바닥에 갇혀 있는 침은
겨울보다 메마르지 않다
천천히 더듬으며, 하얗게 말을 이어 갈 수 있는
몸, 따뜻해!
북풍이 몰아칠 가혹한 날들, 저 무위한
바람막이 같은 쓸쓸한 추위, 더 기억해야 할
부적의 날들 있으나
참고 살자
뼈를 포갠 채 살아갈 날,
나는 두렵지 않다

로드 킬road kill

어둔 밤 길가 숲에서 나와 고속도로를 횡단하던 한 마리 토끼가
야행성 맹금류 수리부엉이에게 꼼짝없이 붙들렸다.
억센 수리부엉이 발톱이 토끼의 한 줌 몸집을 움켜쥐고
그 날카로운 주둥이가 여린 살점을 물어뜯으며
막 야밤의 포식을 즐기려는 참인데

멀리서 하얗게 불빛을 쏘며 달려오는 자동차 한 대의
맹렬한 질주가 팽팽하게 고속도로를 끌어당기고 있었다.
잠시 후, 불빛이 정면으로 눈부시게 밝아오자
다급해진 수리부엉이가 날개를 쳐서 비상하는 순간
전속력으로 달려온 차가 그 일대를 바람처럼 훑고 지나가려는 힘과
정면으로 부딪쳤다.

외마디 비명도 없이,

수리부엉이는 차체의 한 모서리에 충돌하면서
어둠의 아가리 속으로 튕겨 들어갔다. 그러나
그까짓 일쯤은 아무것도 아니란 듯, 차는 이미 전방을 향하여 질주
했다.
토끼의 버려진 죽음과, 잠시 떨어진 곳에 방금 참변을 당한
수리부엉이의 찢긴 날개와, 움직임을 멈춘 눈알과, 박동이 끊어진 가
슴이,
운수 사나운 날의 간밤 꿈 조각처럼 뒹굴고 있었다.

이렇듯 때로는

옆구리를 툭, 치고 가는 만큼의
그런 가벼움일 뿐인 죽음에
길은 조금씩 길들고 있었다.

물 폭탄이 왔다

강풍에 아파트 창문이

너무나도 크게 시달렸다. 잿빛 불운에 떨었다.

새파랗게 넘치는 비바람 속에 머리를 내민다는 건

어리석은 일. 죽음이 폭력처럼 밀려와

그의 빈 가슴을 우지끈 파버릴 텐데. 그냥 가만 있어 봐.

15미터 길이의 전봇대 무참히 길바닥에 널브러져

순간, 시퍼런 불꽃칼날이 휘날리었다.

세상이 온통 캄캄해졌다.

육중한 나무들 뿌리째 뽑혀 천근만근 휘늘어진 채

일어설 줄 몰랐다.

우리는 서로 가깝게 끌어안고, 숨을 죽이면서, 한사코

살인마의 이 고통을 꼿꼿이 기억하고자 했다.

결코 죽지 않을 것이다. 한 번 더 오래, 오랫동안.

생가

저 집이다
그 사람이 태어나고
어릴 적에 꿈을 먹고 자랐으며
대저 큰 꿈을 찾아 도회지로 떠났던

유적으로 빛나는 저 집
수십 년 전 그 자리에 그대로 앉아
누가 일으켜 세워주지도 않으며
아니, 제 뜻으로 그렇게 앉아 있는

퇴락한 흙벽
말간 나뭇결이 힘줄처럼 비치는 마루
아-하고 입을 벌린, 그늘진 몇 칸의 방과
부엌
작고 단순한 마당으로

이끼 낀 적막에 싸여 있는 그 집
해묵은 혼령의 찌꺼기 냄새와 빛깔을
고스란히 안은 채
줄 잇는 방문객들 앞에서 포즈를 취하는

그 집, 앤티크 상품처럼
고고한

나무에게 말 걸기

나무는
뿌리가 땅속으로 어느 정도
박혀 있음으로써
그것이 처음, 세상을 향하여 발길질해 나올 때처럼
푸릇푸릇 꿈을 먹은 듯하지만

글쎄, 그 나무가 자라는 것을 보면
높이높이 떠오를수록 나무는 점차 뿌리가 작아져서
사람들은
줄기와 잎사귀, 꽃잎에게서 활짝 발화하는 흥망성쇠의
눈부신 주류와 개별적인 빈부를 한창 그려낼 뿐

혹은 구름, 바람, 빗줄기들이 던져 줄 터무니없는
시중 루머나 스캔들에 온몸 달아올라
사람들은 그런 일로만 나무를 늘 기억할 뿐
그리하여 한 번 다시, 나무를 죽여 버리기 위해 나선다는 것을

나는 생각하네, 저 뿌리의 힘으로 말해야 할 것들
거친 숲에 휘감겨서 우중충하게 말 못하는 것들
여전히 살아 있듯
뿌리가 없으면 세상에 더 일어설 수도 없다는 것을
한 번 더 보여주자는 듯

나는 나무를 글썽이며, 이야기하네

꺼져라, 봄

내 젊었을 적엔
봄날에도 신록이 보이지 않았다.
새순의 연푸른 숨결 뒤척이는 소리도
그 자잘한 파랑 같은 웃음도
들리지 않았다, 내 젊었을 적엔
나 또한 무섭게 푸르게 빛나는 신록
우리는 동류항으로 함께 묶여
서로 구분 없이 물들어 있었다.

지금, 거칠고 메마른 손길로 나는
4월에 피어오르는 신록의 잎새들을
조금씩 문질러 본다.
향기롭게 피어나는 냄새를 코로 맡아 본다.
까르륵, 웃는 그들 웃음소리 귀에 대 본다.
이미 우리 사이 닿을 수 없이 아득히 벌어진 거리가
그 향기, 그 웃음, 그 숨결을 환히 밝히고 있다.
너희들은 이제 나와는 멀리 있구나.
그래서 뚜렷이 보이는 구나.
그래서 내가 나를 보게 하는구나.

오오,
꺼져라, 봄!

숯

그들은
단단한 사고뭉치였다.
깨뜨릴 수 없는, 힘의 강한 어깨를
가진
패거리 중의 패거리였다.
그들이 한번 뭉치면
일은 터져서 막무가내로
수습이 어려웠다.
까마득했다.
오늘은 어찌하려는가, 며칠째 억센 불등걸에
몸을 지진 사내들을 끄집어내어 보았을 때
아직 시퍼렇게 발기해 있는 욕망의 튼튼한 근육이
잡혀 왔다.
정말,
힘이 세었다.

위로 솟구치는 꽃들

네 동백꽃이
땅으로 떨어졌다고
슬픈 일 아니다.

네 동백꽃이
땅으로 떨어져서
지상의 아름다운 화음이 되었다는 것을
알면,
그 처음 화사한 꽃망울의 부신 자멸을
축복해 주어야 한다.

동백꽃은 참으로
위에서 떨어지는 것이 아니라
아래에서 위로
아래에서 위로
솟구치는,
번쩍이는 상승의 욕망이 있음을 알아차린다면
그것은 이미 4월에 끝나는 것이 아니다.

동백나무
오, 떨어져서 피어나는 꽃들
선운사에
가득하다.

사하라, 사하라

모래 함정이 숨겨져 있다
드러나지 않은 채, 끄나풀이 한순간
풀리면서
무서운 열화를 견디고 있다
희고 붉은 바탕 위에 아로새긴 죽음의
문양을 바라보고 있듯이

매일은 차갑게 단련되었다
우리는 어제의 공포 속으로 흘러들어 갔다
다시 한 번, 또다시 한 번, 숨죽여
모래의 폭풍 속으로 뛰어들거나 숨이 막히거나
거친 암석에 시달리면서
온몸을 단단히 섞어야만 했다
초토화된 밤 같은데서 우리는 차마
고단하게 잠을 이룰 수 있었으므로

오, 횡단은
거의 끝이 났다

아픔이 있는 살점, 당신의 살점, 그리고
나의 살점,
이 모든 거룩한 고통 위에
우리의 불행했던 과거는 막을 내린다
물고기의 서늘한 아가미처럼 펑펑, 축포는 터뜨려질 것이다
마지막으로,

우리가 받을 거대한 불화는 어떤 것인가
나는 즐겁게 그것을 기다리고 있다

옛 향기

전보화재*가 지나간 터에
가만히 서 있어도 이름 날 절 하나가
불쏘시개처럼 그냥! 사라져 버렸다
세상에, 세상에, 그 유명한 일급 사찰이
왜 그리되었느냐고 우리들 중 몇몇은 기가 막혀
차갑게 식어버린 산등성이를 향하여 대들었지만
그렇다, 사라진 것은 그냥 사라진 것일 뿐,
아직도 세상을 눈부시게 빛낼 수 있는 것 있다면서
우리들 마음을 뜨겁게 끌어 모으던 사람들이 몇 모여
대웅전 석가모니 부처님부터 서서히 불사를 일으키자는 것이었는데

아, 과연 어떤 것이 좋을까, 붉고 푸른 탱화의 설렘부터
환하디환하게 열린 법당마루며 나한전, 명부전, 삼성각까지

또는 일주일 지나 천왕문, 불이문 요사체, 탑을 지나기까지
맑고 새로운 틀은
한없이
펼쳐질 것인데

참, 오래된 절간 괴괴하게 슬픈 모습에서 옛 향기를 맡던
사람들은, 좀 섭섭하겠다, 싶은 생각도 얼핏 드는데

* 전보처럼 신속하게 확산되는 화재를 이름.

적을 누르는 법

늙어서
나는 지혜롭네
성급하게 쥐를 물어뜯는
고양이처럼 앙칼지게 성깔을 고스란히
드러내어 자랑하지도 않고
내가 이길 수 있는 양만큼의 힘을
조용히 풀어놓음으로써
저절로 싸움의 권위를 유리하게 세워 나가는 전략을
즐긴다네
나는 도무지
엉터리 같은
그런 게임의 원칙에 순응하면서
슬며시 적을 눌러 이기는 법을
제일로 친다네
어디, 나를 한 번 이겨 봐?
물컹한 잇몸으로 힘없이 쓰러져 버리는 내가
제법 고수라는 걸 자네가
알게 된다면

붉은 말

붉은 말이 달리고 있다
붉은 그 피가 뛰고 있다
붉은 혓바닥이 한없이 펄럭이고 있다
좀처럼 멈출 것 같지 않은 그 말의 재빠른
건각이, 죽음을 훨씬 벗어나 성큼성큼 물어뜯는
부푼 말의 기운이, 결코 화해할 수 없는 그 말의
시퍼런 절망이
앞을 건너뛰며 던지는 나의 질문에
답할 수 있을까, 없을까를 알아보기도 하는 것이지만

참으로 붉은 말이 달리고 있다는 것
붉은 그 피가 뛰고 있다는 것
붉은 혓바닥이 한없이 펄럭이고 있다는 것이
너무나도 울부짖는, 자유 같아서!

연극처럼

화염 하나가
훨훨
팽창하듯이 타올랐다

사방에 퍼진 열을
모두 씹어 삼킨
그것은, 최후의 순간을 향하여 뛰어든
맹렬한
자폭

나는 서서
귀를 꽉 틀어막고
눈을 감고
고개를 아래로 단호히
꺾고

터질 듯한 욕망을 부순다
으깨어진 사금파리 같은 지독한 편애가
숨어 있었던 듯
개처럼 왈칵 달라붙는다

나는 뒤로 벌러덩 드러눕는다

날자, 지옥같이 눈부신 천지

나를 뚫고 지나가는 화살은
아직도 화살이다
후륵, 후르륵, 나를 뚫고 꿰매듯
날아가는 화살은
최초의 한 지점을 향해 돌진하는
불굴의 아우성을 지니고 있음으로

한 번의 겨눔으로 손을 떠나는
화살은
제 목표를 찾아 발화하면서
저의 올곧은 정신 대번에 보여주자는 듯
그것은 맨 처음 절규하던 시간, 피 끓어오르던 욕망을
참아낼 수 없다는 사실만으로도……

그러나 이미 솟아 오른 화살은
처음에 삐끗, 하면서 날아갈 방향도 정해져 버려
그때는 벌써 뒤늦은 결과를 바라보며
한순간에 모든 비극이 환히 드러나 보인다는,
이 어쩔 수 없는, 제 스스로 수습해야 할 일 때문에

화살은 지금 새로운 세상을 비비며 호흡하고 있다는
사실, 천만뜻밖에 너무나 알 수 없는 미적분의
순수한 대상을 바라보고 있다는 사실, 또는 참으로 낯선
소통이 부풀어 터질 듯 황홀하게 온몸을 어루만지고 있다는
사실, 핏줄과 핏줄이 팽팽하게 몰린 채 이 지옥같이 눈부신

천지를 들여다보고 있다는 사실만으로도

날자! 화살은 참으로 기막힌 절창 하나를
뽑아야 할 것인데

가면처럼 슬픈

장난 삼아 남의 머리를
쥐어박는 사람이 있지, 옆구리를 쿡 찌르거나.
그에게는 그런 일이 대수롭지 않은
한낱 가벼운 몸짓일 뿐이겠지만
이유 없이 쥐어박히는 이에게는 그런 아픔도
표정을 감추기 어려울 만큼 진지할 때도 있다.

내가 그것을 아픔이라고 말했는가?
그렇다면 그것은 육체적인 아픔을 뜻하는 것,
아직 나는 정신적인 고통, 혹은 비애에 관하여
말하지 않았다. 그의 자존심에 관하여.

길가의 돌멩이를 할 일 없는 발길이
툭, 건드려 보고 힘껏 멀리 차 보는
그런 경망함이 자신의 머리를 쥐어박았다는 사실에
그의 분노는 끓어오를 수 있다. 내부적으로,
자신의 존재가 가면의 얼굴처럼 슬퍼지는 것이다.

그래서 그는 가슴에
오래전부터 칼을 하나 벼리고 품는다.
무심코 제 머리를 쥐어박는 예의 그 손을 향하여
피 끓는 보복을 던지는 날이 오기를

울면서 다짐하는, 크나큰 약자의 부릅뜬 손.

반달이

물고기는
벌떡벌떡,
살아 있어서

물고기는
제대로 잠다운
잠을 이루지 못하면서

물고기는
재빠르게 나의 수행자로
머물면서

물고기만큼
물고기만큼
파천황의 꿈을 일으키는 것이 또
있을까

물고기, 한 번 크게 번쩍이면서
번쩍이는 동안 밤과 낮의 찬란한 비유로
떠 있는 것을

알지, 나는
물고기라는 말, 그 따뜻한 벽에
기대어 서서

말할 수 없는 슬픔

— 케테 콜비츠를 위하여

어제는 끊임없이 죽음에 관한
이야기만 하였다
그리고 끝으로, 눈이 많이 내렸다

눈이 내리자
사람들은 입을 봉한 채
가까운 이웃과 낯선 사람들의 운명을
극적으로 관찰하기도 하였지만

언제나
자기 자신만 남아서
움푹 슬픔으로 빠져, 내린 눈이
한없이 선량하였으니

변두리 마을
위로 솟구치는 손, 그리고 그곳에 서서
나의 무덤을 팠다!

번개 치는 날이여, 아무쪼록
오래 계속되기를

갑자기 실명처럼

그리고 어느 날, 끝이 왔다
전란과 같은 황폐한 어두움이
내 폐부의 벽을 깊숙이 긁어 내렸다

붉은 울음의 강을 건너뛰며, 한사코 나는
네게로 달려가려 하였지만
너는 빛나는 차디찬 돌의 감각으로
점점 더 움츠리며 굳어 갔을 뿐이었다

난해한 갑골문자의 흔적 앞에서
나는 옛 사랑의 비문을 떠올린다
이제 나는 말할 수 있는 혀가 없다, 시퍼런 눈알이 없다,
들을 만한 귀가 없다, 쩡쩡한 가슴도 없다
죽음에 대한 편애만이
검푸르게 나의 내면을 소용돌이치며 흘러갈 뿐이다

네 발자국이 사라졌다,
어느 날
오! 갑자기 실명처럼

선택

과녁을 향하여
정조준을 끝낸 화살을
띄운다
마지막—이라는, 필생의 한판
승부를 위하여
저 먼 하늘 끝으로 시위를
날린다

날아가는 일은
지금의
운명,
포기할 수 없는 힘에 갇힌 중력으로
한번 거칠게 부딪쳐 보자는 듯
더 높이 떠오르는 일의 불굴의 욕망만으로
그의 입은
가득해진다

마침내,
떨어져 내려야 할 충격적
시간이
조금씩 조금씩 가까이 다가오면서
불의 주둥이에 갇힌 크나큰 고통이
두려워지기 시작한다

그는

끌어당기는 하강의 속도로
파르르 떨리면서
한순간에 힘을 쏟아야 할 시점에 이르러,

그것은
폭풍 같은 명중으로
가슴을 치면서 우뚝 서 있거나
또는 어처구니없이 텅 빈 나락으로 굴러 떨어지는 일
그중에서 하나가 될 것이므로

오,
마지막 선택이
시작된다

피어오를 때

그것은
까마득히 죽어 있었다고
믿는 사람들의, 바보 같은 어리석은 흐느적거리는
뉘우침이 있었다 아주 새파랗게
발에 차인 돌멩이처럼 저렇게 물속에 들이박힌
채, 고개를 수그린 한 잎의 푸성귀처럼

그리고 잊혀짐, 또는 아득한
파멸이 왔다
우리는 얼음 위에 수직으로 된 붕괴와 절망을
셀 수 없이
그려 넣었다

문득 눈을 떠서
아득히 바라보는, 처음 보는 것들이
이상한 향기에 묻혀 있었다, 우루루 일어섰다
나는 두 팔과 다리의 꺾인 뼈를 세우며
그것을 분노처럼 격정처럼 혹은 아우성처럼 온통
휩싸인 채

맑은 피가 용솟음치는
벅찬 심장을 들이켜면서, 혹은 가득히 뿜어내며
숨을 쉰다, 나는 하늘로 힘껏
뛰어오를 것만 같다

전쟁

탕,
탕,
탕,

나는 거꾸러졌다. 푸들푸들
흔들리는 손아귀, 움츠러드는 하얀
앞가슴, 험악하게 찌그러 드는 늑골의
뼈들, 일어서야 한다고
일어서야 한다고 믿는, 바보 같은, 그 어리석음에 대하여

나는
쏜다, 정면으로
나의 일어설 수 없는 힘이
땅바닥에 무릎을 꿇고 엎드리면서
메마른 혓바닥을 길게 늘어뜨리면서
파충류처럼 오래오래 한없이 흔들리면서

전쟁이여, 어서
끝나기를

이상한 나라

나는
한 줄기의 뼈 속에서, 불덩이처럼
타올랐다, 그리고 드디어 하얗게
녹아내렸다

끝없는 침몰이 커다랗게 벽을 허물어뜨리는 순간

살점은
없었다, 피의 울부짖음으로
끓어오르던 죽음에 대한 애착, 절망,
또는 그런 모호함으로
단단하게 나의 몸이
말해주었다

그저 숨죽여 흘러갈 뿐이었다, 재빠르게
시간은 펄럭펄럭 지나가고, 당신은 골똘하게
살아 있는 목숨에 대하여
다소 엄숙한 시간을 가져다 주었다

그렇게 어느덧
환히!
불이 켜졌다

웃음으로 말하기에는 너무나도 슬픈
슬프다고 말하기에는 너무나도 기쁜

이 이상한 나라에 내가 와 있다, 마치
얼떨떨한 표정을 감추지 못한 채 당신은 나를

나를 내려다보고 있다

비둘기를 만드는 법

너는 이미 나의 결점을 잘 알고 있네.
내 눈을 빨아들이는 너의 거침없는 손짓과
그 손에 들린 소품들은 단호하게
너의 솔직함을 증명하려 하지.
내 눈빛이 면밀히 탐색하는 공간에선
일말의 의문도 품지 않도록
너는 보여주네, 불빛 속에 환히
한 장의 푸른 보자기와 텅 빈 나무상자, 또는
매듭이 없는 로프들을
보라며 내 눈앞으로 가득히 밀어내네.
그때부터 시작된 나의 어리석은 고정관념
사이로 너의 세련된 춤은 뛰어들어
완벽하게 연기하며 나를 안심시키네.
자주 궁금한 곳을 열어보라는 듯 비춰주며
그리고 이미 들켜버린 나의 결점을 희롱하듯
너는 제멋대로 나를 이리저리 데려가며 유혹하지.
얼마나 나는 사랑스럽고 멍청한가.
너의 현란한 춤사위에 붙들려 쉽게 이끌려가는
나의 맹목, 그 달콤한 방황이 이어진 끝에, 드디어!
너는 내게 기상천외한 카드를 꺼내 보여준다네.
보자기 속에서는 하얀 비둘기가 솟아오르고
방금 피어오른 불꽃이 꽃송이로, 꽃송이가 다시 후루룩
종이가루로 흩날리고
나무상자 속에서 사라진 여자가 돌연 나무상자 밖으로
유유히 걸어 나오는 것을.

그리하여 나의 오래된 결점으로부터 완벽하게 탈출한 너는
나의 놀라움과 어리석음을 바라보며 중얼거린다네.
우리는 잠시 완벽한 파트너가 되었노라고.

바보처럼

지도는 흘러간 그만큼
세상에 없다
흘러간 그만큼 이 세상에 붙들어 두려고 한
나의 마음을 알기나 할까
그랬다면 조그만 나의 흐느낌은
남아 있기라도 할 것인데, 그렇지 못하므로

나는 남아 있지 않다 나는
무변이다 나는 둥그런 원형이나
삼각형 사각형 또는 오각형 육각형으로
서 있을 수 없는 삶의 부스러기,
초라한 육체의 기둥을 겨우 딛고 서 있을
뿐이므로 나는 세상에 한 번도 지도를 그려 본
적이 없으므로

입 속으로 나를 외우려는 자 헛되고
헛되도록 캄캄하여라 어느덧 땅은 흘러가 버려
참으로 무의미한 것이 조금씩 떠오를지 몰라, 그래도
바보처럼 바보처럼 나를 기억해 주려고 한다면

긴밀한 접촉

그것은
사랑이 부풀어 오를 때의 그 어떤
결합 사인보다도
두사람이 배타적으로 그들만을 위해
우리 사이를 부러지게 딱 갈라놓는다

저리 가, 안 보이게끔, 저 멀리
따로 가,

그들이 원하지 않는 다른 세계를
멀리 돌아섰다는 것을 말하며
서로의 입술 위에 깊고 따뜻하게
키스하고 때로는 아주 가볍게 눈을 감음으로써
두 사람이 전혀 다른 활동을 할 수 없도록
하자는 것

뜨거운 촛농이여,
너는
바로 녹는다

앰뷸런스

부르르,

떨리는 순간이 먼저 왔다

아니야, 이건 정말 아니야, 정말로……

얼굴 위에 차가운 기름을 쏟아 부은 듯

튕겨 나가려는 말과 꼼짝하지 못하는 말의

그

사이에서

세상에 이런 일이, 넘어설 수 없는 일이, 이렇게……

난생처음 당해 보는 푸르른 칼자국과

그를 피하려는 무참한 저항의 몸부림의 끝

그

사이에서

참으로 금방, 나는 사라졌다

따뜻한 밥 한 그릇처럼

내가 물고기를
잡는 순간,

물고기는 나를
잡았다

나는 물고기를 놓치지 않겠다며
낚싯대를 끌어올리는데
이건 마치
한 마리 물고기의 밥이라도 된 것처럼 나도
물 위를 따라 올라왔다

아아쿠, 이놈!
내가 큰소리를 버럭 지르자
물고기는 그때서야 스르르 나를 풀어
놓아주었다

어젯밤 따뜻한 밥 한 그릇처럼,
우리는 서로
그리하였다

밀려와서, 흠흠

저기 흐르는 물살은

오늘 처음인 듯 내게는 눈부신

광채를 주룩주룩 흘리며

어두운 곳에서 방금 핀

무수한 아름다운 소란을 던지고 있으니

오, 언제

하얀 찬물의 설렘을 너는 맡은 것이냐

어제까지만 해도 울퉁불퉁한

폐허를 드러내던 황막한 땅은

지금 금싸라기 은싸라기 같은 물보라만이

밀려와서, 흠흠

거듭 밀려와서

길은 죽음을 욕망한다

길은 처음 산에서
있는 듯 없는 듯 스며 있었을 것이다
있는 듯 없는 듯한 그 길을
따라 짐승들이 지나고 드문드문
유령 같은 인적이 밟았을 것이다
그러다가 마침내 길은 살며시
들판으로 내려와 마을 오솔길이 되고
꼬불꼬불 논둑길이 되고 장터로 향해 가는
달구지길이 되었을 것이다 조금씩 그리로
사람들 그림자도 붐비기 시작했을 것이다

지금은 산에서 산으로, 들에서 들로,
터널에서 터널로 이어진 사통팔달 길에는
속력의 쾌감을 마시며 차들이 질주한다
모든 길은 정면과 측면으로 가없이 뻗어 있고
가속페달은 제한속도를 거부하고 있다
길은 이제
죽음에 도전하는 폭력 코스가 되어 있다

길에 길들면서 사람들 또한
욕망한다
브레이크 없는 질주에 몸을 내던지고 싶다고
마침내 저의 길을 끝내고 싶다고
끝없이 끝없이 사라지고 싶다고

궁극

그들은
험준한 산악지대에 갇혀 있다
뒤쫓는 무리들을 돌아보며 그들은
이제 최후의 거점에 머물렀다, 궁극이다
마른 손아귀로 꽉 움켜쥔
AK-47 소총은
차단된 퇴로에서 함께할 유일한 신념 또는 운명
죽이지 못하면 죽으리라,
황량한 풍경 속으로 던져지는 그들의 결의가
이 천지의 햇볕보다 더 뜨겁다
흙먼지가 죽음의 대지를 쓸며 지나간다
눈앞은 삭막하지만,
내일은 격정처럼 흘러올 것을 믿는다

총알은

총알은
너를 뚫고 지나간다
총알을 한 번
맞은 가슴은 벌집 쑤신 듯
꼼짝하지 못한 채 죽음을
수습함으로써
그 전, 또는 그 후에 있었던 일체의
약속을
뒤집어 버린다
그것은 처음의 약속처럼,
총알은 오직 한 번으로써 일체를
끝낼 뿐이다

악, 하는 순간을 오래 비워 둔 채
총알 하나가 지금 지나간다
금세
잊혀진 이름처럼

명검

이 명검은 아직 한 번도
써본 적이 없다
아직 한 번도 내 손목에 휘둘리어
무슨 적의 가슴을 콱, 하고 찔러본 적이
없다
명검은 오로지 명검일 뿐
수백 년간 내려온 누대 조상의 역사가
첩첩 아로새겨져 있을 뿐
그 조상이 누군가의 목숨에 피를 뿌린 적이 있는지를
나는 잘 알지 못한다
아마 그런 적이 몇 번 있을 것이라고 믿으면서
그런 확고한 신념이 내게 내려준, 하나의 꼿꼿한 징표를
정당하게 생각한다
오늘도 칼날이 반듯한 명검을 조심스럽게 꺼내본다
누릇한 칼집에서 푸른빛을 발하는 칼의 눈빛이
잔인하게 눈부시다
그 칼로 휩쓸어 내어야 할 몇몇 수상한 인물이 눈앞에 있다면
그러나, 아무나 쉽게 죽일 수 없는 명검의 논리가
따로 있다
명검은 다룰 수 있는 자가 선택해야 할
최후의 당당한 무기이다
나는 명검을 오로지 즐기기나 할 뿐이다

그 순간

고속버스 휴게소에는
방금 소변을 보고 난 남녀들
몇몇
하체를 스치는 냉기를 어쩌질 못해
으스스 으스스 떨며 서 있는데

그런 외마디 비명은 어디 또 있을까
금세 오줌통을 마구 짜내듯
염치없이 방사에 힘껏 몰두하던
당시의 나는,
또한 당신은,

오줌 줄기가 드디어 하얗게 가늘어지자
욕망의 뿌리를 다 채웠는지 거둬 올리면서
헛헛한 마음으로 핑 돌아서는 것을
알기라도 했는가,

참으로 고속버스 휴게소는 머나멀다

발다로의 연인*

이탈리아 북부
만토바 부근에서
5, 6천 년 전 신석기 시대를 살았던
유골이 발견되었다.

그들은 남녀였고
두 사람은 **뼛속** 깊이 포옹하고 있었으므로
보는 이의 모든 감정의 기반을 송두리째
뒤흔들었다.

열애는 반만년을 건너왔으며
그때까지 그들을 품었던, 파헤쳐진 붉은 흙더미는
사랑을 끝까지 지키지 못한 탓을 어쩔 줄 몰라 했고
현장의 고고학자들은 이 생생한 물증 앞에서
입 안 가득 탄성을 머금었던 것이다.

죽어서도 깨뜨릴 수 없는 사랑을……

그리하여 나는 상상한다,
너무나도 쉽게 사랑을 만들고 부수어 버리는
후세 사람들에게
그 죽음의 형상을 완벽하게 남겨 5, 6천 년 후로 밀어 보낸
사람들의 뜻이 얼마나 무거운 것인가를.

세상에는

결코 새로운 일은 일어나지 않는 것이다.

때를 놓치다

거리에는 세모가 출렁거리고
성탄 캐럴은 은빛 종을 흔드는데
우리 아파트 화단에는
한 해를 그냥 넘겨야 하는 올해의 미제사건들처럼
감나무 가지마다 아직 감들이
주렁주렁 매달려 있다.

이미 저들은
황금기를 훨씬 지나쳐버린 데다
영하의 한파까지 다녀간 뒤여서
감들은 거무스레한 빛깔 속에 갇혀 한껏
음울해 있고
탄력을 잃은 껍질은 조금씩 내부로 윤곽을 드러내면서
앙, 하고 그만 울어버리지도 못한 채 입만 비죽거리는
아이처럼
제 슬픔을 몰래 견디거나, 혹은 감추며 있다.

까맣게 잊힌 마음 위에 벼락같이 솟아난
12월 하순의 저 쓸쓸한 감들이여,
아파트 주민들이 너희 앞을 수없이 지나쳤어도
감탄만 가득 머금었을 뿐, 손대지 않은 것은
너희를 아름다운 영혼으로 지켜주기 위한 뜻이었다면
차라리 스스로 때를 알아 땅 위로 곤두박질치며
빛나는 추락을 한 번 크게 소리 냈어야 했던 것을.

어쩔 것인가,
바라보는 이 마음도 너희처럼 민망스럽기만 한데
이미 늦어서 곶감도 될 수 없는 무력한 감들이여,
이제는 혼기를 멀리 놓쳐버린 마흔 너머의 처녀처럼
겨울 하늘의 차가운 빛과 바람과 눈보라 속에
오로지 정결하게 너를 지키며
그 가지 끝을 불꽃같이 타오르고 있을 일이다.

어느 날, 툭 ―
네 꼭지가 허공 속에
아주 손을 놓아버리는
무심한 순간이 오기까지는.

즐거운 날

신발을 훌쩍 벗어던지고
편히 쉬는 발이 있다
맨발이 된 자유, 그 맨발의
정신이
땅바닥에 제멋대로 그를 눕힌다
그는 천리 밖 먼 하늘을
깊숙이 들여다보고 있다

숨을 들이켜면 하늘은 그의 가슴께로 흘러들어
비 오는 날 웅덩이처럼 가득 넘쳐, 쿨럭이며
출렁거린다
뻗어내린 그의 두 다리는 길 안에서 길을 잃고
한때 시달리던 불의 욕망과 도로를 모두 잊었다
가벼운 질량이 그를 띄운다

그는 지금 꿈에서 그리던 유년의 바닷가 햇살 빛나는
까만 조약돌이 되고
높이 솟았다가 즐겁게 무너지는 모래사장이 되고, 혹은
산정에서 펄럭이는 돌개바람이 되어 공중을 회오리치며
번쩍이면서, 터지기도 한다

오!
숨을 쉬는 일을
이렇게 온몸으로 느끼는 날이
처음 이곳에 와 있다

한 잔만 더,

술잔을 앞에 두고
그는
늘 한 잔만 더, 달라고 했다
이미 술잔을 수없이 비운 다음이어서
그만두었으면 좋을 텐데, 한 잔만 더,
달라고 했다

그는 술을 좋아하기도 했지만
술이 그를 취하게도 만들었지만
마시고 마시고 또 마신 뒤의, 끝내 풀리지 않은 마음이
어지럽게
술판처럼 나뒹굴고 있었다

그러면서 그는 엉엉,
소리 내며 울었다, 비분강개
오늘의 더러운 일본제국주의의 상상력을 내팽개치고
내일은 오로지 힘찬 파괴를 위하여
갇힘이 없는 자유와 건설을 위하여
나아가야지

암, 그래야지
만해 스님 오늘 밤
술이 세다

아슬아슬한 포도밭 풍경, 그 안과 바깥

순수한 빛의 알갱이들이
벌집처럼 뭉개진 채
매달려 있다
터져라! 터져라! 터져라!
라고
끝없이 내부를 향해 부르짖지만
차마 터뜨릴 수 없는 빛나는 불꽃 뭉게구름
하나,
떨어질 듯 떨어질 듯
하늘이 무섭다

반항

〈위험물질 접근금지〉라는 글씨 크고 붉게 쓴
트럭 위로
우루루 가스통들이 실려 가고 있다
집중단속에 걸려든 조폭들처럼
실려 가는 동안에도 반성 없이 그들은 툴툴거린다
어디, 우리를 건드릴 테면 건드려 보라구!
세상 하나쯤 왈칵 뒤엎어 놓을 수도 있다는 듯이

평화를 위해

평화를 위해
총을 든다고 한다.
평화를 지키기 위해
성난 탱크를 밀어붙이고, 저 먼 바다로
함정을 급파하고, 미지의 하늘에는 초음속
전폭기를 띄워 보낸다

평화를 위해
전장에서 목숨 잃은, 침묵하는 병사의 무덤 앞에
헌화하며
그 묘비에 흔들리는 붉은 오열을 아로새기고
평화를 위해
산 자와 죽은 자 사이로 아프게 숨막히는
레퀴엠을 울려 퍼뜨린다

그러나 다시 평화를 지키기 위해
저 불타는 전쟁터로 병력은 끝없이 증파되어야 하고
의회는 파병안을 승인하고
전선으로, 전선으로 실려 가는 너무나도 순수한
피들

평화를 위해
이토록 몽유병자처럼 우리 주변을 어슬렁거리는
파멸의 망령, 오오
헛된 춤

늦은 점심

당신의 몸이
하얀 뼈로 타오르고 있을 동안
우리는 화장장 구내식당으로 찾아가서
늦은 점심을 함께 했지요
당신은 이미 이 세상 사람이 아니라고
우리끼리 설렁탕을 시키고, 육개장을 시켜 먹으며
남아 있는 목숨을 건사했지요
소주도 한 잔씩 돌렸어요
당신이 화로에서 살과 뼈를 태우고 있을
동안이 아니면 영영 식사시간도 놓치게 된다면서
빠른 동작으로 점심 한 그릇을 뚝딱 비웠지요
당신과 함께 나눈 식사가 바로 며칠 전이어서
생각하면 가슴이 메어 숟가락을 내려놓아야 했는데도
아아, 당신은 이미 이 세상 사람이 아니라는 사실을
거역할 수 없는 일로 받아들이면서부터
슬픔보다는 눈앞의 공복이 더욱 절실했거든요
이런 우리가 밉지는 않았나요?

누님

벽화

으흐흐,
사내가 음침하게
소리 죽여 웃었다
제 손 안에 들어온 흰 팔목의
여자가 말도 못하는, 숨이 꽉 막힌,
온몸이 감전된,
피투성이 같은 몸짓으로
불빛 속에 제 앞가슴을 훤히 드러내 보인 채
아득하게 전신이 흔들렸다
으흐흐,
사내가 크게 움찔거릴 적마다
그녀는 온통 피가 붉은 벽화가 되어 갔다

여항산

내 안에 평생 여항산 있다
770미터 그 산 울창한 숲, 수정처럼 맑은
계곡물, 시원한 바람소리 있다
꽃며느리밥풀, 은마타리, 구렁내덩쿨, 취오동
피고 지는 피고 지는 야생화 있다

고향을 떠나온 지 이미 오랜
세월
지났어도
나는 한 번도 날 낳은 여항산 품을
잊은 적 없다
그리로 흐르던 산골물이 내 핏줄 되었고
그리로 흐르던 깨끗한 공기가 나의 폐를
키웠으므로

경남 함안군 여항면 주서리 274번지,
눈감기까지 버릴 수 없도록 푸르고
질긴 인연을 내게 준 고향은
영원한 내 영혼의 지번,
또 하나 내 몸의 유적, 그것은
오늘의 나를 이끄는 오래된 힘이 되었으므로

어서 가자, 가자
숨죽여 부르는 피의 노래를

당신을 지우려고

대교의
일부 상판 사이에 예리하게
균열이 하나 지나갔다, 안 보일 것처럼

그것은 막을 수 없이
주먹으로
그의 가슴을 탕탕 거칠게 쳤다, 매우 성급하게
뼈아프게, 뉘우침으로써

길이가 50미터 정도인 상판 밑면 곳곳에는
진행된 물증을 지우려고 한 흔적들이
보이기도 했다

참으로 긴 파멸이 입을 벌리고
기다리고 있는 줄 모르고, 혹은
그러지 않기를 바라면서
우리는 오래오래 입맞춤을 했다, 당신의 몸에 굶주린
나를 밀착시키려고 했던 것처럼

건강한 하나의 육체의 태어남을 위해서
열어야 할 바닷길은
한 번 죽고 또다시 태어나는 거대한 폭풍 같은 아침을
만나야 한다고 믿으면서,
그것을 지우려고

사람의 그늘

말할 때는 목소리가 카랑카랑하고
송곳니처럼 날카롭게 논리를 주장하던 그가
눈매에는 늘 차가운 위엄이 박혀 있어
말없이도 좌중을 압도하던 그가

지금, 소파에 기대어 잠들어 있다.
사지를 함부로 늘어뜨린 채 고개를
모로 젖히고
깊이를 알 수 없는 잠의 늪에 빠져 있는 그는
죽은 물고기처럼 입을 벌리고
게으르게 입가로 침을 흘리면서
때로는 악몽에 가위눌리는 양 부르르 온몸 떨며
숨겨온, 그의 본색의 일부를 드러내고 있다.

소파 뒤 벽면에 걸려 있는 금빛 시계는
정교하게 시간의 물길을 길어 올리고
그 물을 먹으며 피어나는 꽃들은 방 모서리에서
오늘도 밝게! 화사한 표정을 지어 보이는데

그는 언제 한 번
구겨지고 싶은 꿈을 꾸었던 것일까,
반듯하게 절제하는 타성으로부터
규칙적인 일상의 금기로부터 온전히 풀려나기를
끊임없는 허기와 갈증으로 온몸 부릅뜨며 무릎 꿇고
빌어 본 적이 있었던가.

창 너머 햇살이 길게 그림자를 키우는 오후의 실내
포근한 소파에 몸을 기대어 그는
낯선 풍경 속에 던져진 폐기물처럼
익숙한 관계를 끊고, 저 혼자, 어느 낯선 시간의 표적 위를
느릿느릿
부유하고 있다.

가끔씩 드르렁거리는 콧숨 소리를 빈방에 토해내며
해독할 수 없는 그만의 중얼거림 끝에 입맛 다시며
가랑이 사이로는 욕망의 무게를 늘어뜨린 채

세상에서 가장 바보나 된 것처럼, 지금 그렇게.

침묵

물은 까마득히 말랐다
말랐다고 하는 순간이 여러 번 있었다
그러다가 정전처럼 물의 흐름이 끊긴 것이다

듬성듬성 지나가는 대형트럭의
숨찬 바퀴소리가 바람의 언덕빼기를
핥고 지나갔다
검은 본능이 소용돌이치는,
붉은 들짐승이 하나가 되어 이루는 절정이,
무척 깊었다

아무도 말하지 않는다, 누구도
하얀 보자기에 둘러싸인
메마른 고통이 어디로 흘러갈 것인지에
대하여
침묵이다

오, 완성된 침묵!

하루

무덤에선 몇 마리의 붉고 긴 뱀이

흘러나왔다

멧돼지가 포도나무 아래서 주둥이로

깊게 흙을 팠다

별에 쐰 남자의 전신에는 자주 화염이,

화염이 솟구쳐 올랐다

하산하는 길은 거친 잡목들의 불심검문으로 끝없이 지루했다

마을 저수지에 둘러빠진 초승달 허리뼈에

시퍼렇게 금이 갔다

불길한 꿈을 환약처럼 삼키고 있는 무성한 들판

따뜻한 입술

참, 어서 모였구나. 너희들
오랜만에 만난
나의 아들과 딸, 사위, 며느리 그리고
아리따운 손녀들과의 만남, 혹은 그런 이유로

함께 점심식사를 나누자고
보고 싶은 겨울 풍경 하나씩 떠올리며
얼어붙은 한강을 결빙의 아버지*로 부르던
그때, 그 시절을 이야기하면서

그런 다음, 정말
나는 아무런 말을 꺼낼 수 없었다.
우리의 차는 강북강변도로에서 여의도 방향으로
접어들며
무슨 희미한 기억들을 떠올리곤 하였으나, 나는
한마디 말도 뱉어낼 수가 없었다.

놀란 아내와
아들, 며느리와 딸, 사위 앞에서
응급환자실의 재빠른 몸짓 속에서
나는 떠오르는 별처럼 순간 잠잠하였다.
무엇으로 하여 크게 흔들렸다, 그러곤
오래 침묵했었나 보다. 그럴 것이다. 정말 아무것도
알 수 없었다.

드디어
내가 눈을 떴을 때
세상은 깜짝 놀란 빛으로
나를 쳐다보았다.
불안한 심박의 물결을 거슬러 오르던 한 남자의
숨찬 입술이 거기에 놓여 있었으므로.

오!
참, 따뜻했다.

* 한강에 뜬 얼음을 자식의 몸으로 생각하며 몰래 덮어주던 아버지의 따뜻한 마음을
  그린 나의 시 「결빙의 아버지」.

산해이용원

이용원은 꽝꽝, 문이 닫혀 있습니다.
그 속에 허연 거미줄 몇 토막 유령처럼
떠돌고 있습니다.
아무렇게나 삐어져 나온 못대가리들
주체 없이 헤매고 있습니다.
적층식 가옥구조와 미로 같은 골목길을 따라
아래로 흘러내리는 동네에는
길이 너무 좁아 두 사람이 마주 지나칠 수 없습니다.
바라다보이는 바닷가 선창에는 아득하게
60년대 옛사랑이 흘러갑니다.

이 마을 곳곳에 피어난 낡고 쇠락한 공간을
건드려 볼까요?
아니, 아니, 그냥 그대로 두십시오. 그것은
시간만이 해결해 드릴 것입니다.
폐가들 위로 무너져 내리는 폐가들, 그 위에
아름답게 쌓이는 폐가들, 눈물짓는 폐가들,
고장 난 TV와 커다란 곰 한 마리, 찌부러진 우편함이며
아이들 헌 공책, 철없이 자라난 나무들까지

그것은 우리의 자랑스러운 상속입니다.
우리는 부채를 짊어지고 살아갑니다.

휘적거리다

그는
코 성형수술을 잘못 받았음.
코 속에 손댈 수 없는 거대한 불화가
끓어오르기 시작하여
매일 그는 삶과 죽음의 부패한 건널목 위를 휘적거리며
걷고 있음.

아무래도 손을 대지 말아야 할 분야에
손을 댄 것 같음.
그것이 누구의 잘못 때문이었는지를 말하기가 쉽지 않으며
결국은 자기 자신에게 돌이켜야 할 것임을
알기에
LA 베벌리힐스의 병원 속으로 몰래 숨어드는 그를
측은지심으로 바라보고 있음.

그는 올해 나이 쉰 살,
세상에 최상으로 빛날 화려한 목소리의 배역들을 거느리면서
눈부신 스텝으로 그는 이 자리에 등장해야 할 터인데
하, 정말 무슨 이런 일이?
유난히 창백해진 입술, 붉게 손을 물들이는 염증, 심하게
부어오른 뺨으로 차마 말할 수 없는, 그는 실어증 환자처럼
급히 더듬거려 대고 있음.

감염증은
자칫 살을 파먹을 수도 있으므로

추후 관찰을 요함.

* 2009년 6월 25일 오후, 마이클 잭슨은 우리들 곁을 떠났다. 세기의 신화를 이루었
  던 팝 황제의 죽음은 그를 아끼는 수많은 팬들에게 절망감, 그 자체였다.

봄에게 붙들리다

불두덩이
제법 울긋불긋하다
아직 한 번도 맡아 보지 못한
파릇한 냄새
새봄을 따라 화들짝 피어날 것이라는데
옹골차게 맺은 주렴
하르르, 하르르 풀릴 것이라는데
저 겨울을 건너온 손이 봄에게
눈부시게 배턴 터치할 것이라는데
나는 이런 기다림만으로라도 쩔쩔 매여서
아무것도 할 수 없는 봄,
봄, 봄,

죽변항 어부 김씨의 취언

파도가 일어서는 몸짓만 봐도
알고
해수 빛깔만 봐도 나는 알지,
바닷속 어디에 고기 떼가 모여서 흐르는지를.

니 애비는 일찍이 어군탐지기를 본 적 없고
어획이라는 힘든 말도, 정보도 들은 바 없지만
열여섯 살, 배를 처음 탈 적부터
그저 바다를 몸으로 느끼면서 고기 잡는 법을
배웠단다.

내가 그렇게 배웠듯이, 아들아
너도 그렇게 배워야 한다.
장인의 손끝에서 비로소 징소리는 유순하게 결이 잡히고
쇠북소리는 신묘한 울림의 집을 짓듯이
세상에서 제일 좋은 법은 계량하는 데 있지 않고
온몸을 부딪쳐서 느낌으로 만나는 것.

그러니 아들아,
새벽 일찍부터 해 저물고 밤 깊은 시간까지
저 바다 넘실거리는 물소리에 네 귀를 크게 열어라.
파도가 이뤄내는 온갖 모양과 강약, 그 고저며 장단,
멈춤과 소용돌이의 기교 하나하나를
너는 바닥에서부터 배워 가야 한다.

또한 햇빛 아래 청청하게 펼쳐진 물 빛깔이
시시각각 변화하는, 그 명도의 흐름을 잡아내야 한다.
수면 저 아래로도 층층이 바다의 길은 열려 있어
계절 따라 이동하는 고기 떼의 몸뚱이와 빛깔,
지느러미, 꼬리에서 튕겨내는 생명의 불꽃 파장을
네 몸이 받아서 그대로 읽어내야 한다.

아들아,
참으로 네가 어부가 되려거든
네 머릿속에 바다를 지배하는 우상을 짓지 말고
네 온몸이 먼저 바다가 되어야 한다.
거침없이 바다가 네 안으로 솟구치며
들어서야 한다.

자만심

몸집이 거대한
잿빛 거죽을 두텁게 쓴 코끼리는
사육사가 굴려주는 공을 힘껏 발로 차서
그것이 전방 10미터쯤 떨어진 골문 안으로 쑤욱
골인되자
자신의 기다란 코를 감아올리며
둔중한 체구를 음악에 맞춰서 흔들며, 제법
골 세리머니까지 하는 애교를 부렸다.

수천 킬로그램의 막강 덩치에도
눈은 겨우 단추 구멍 만하게 달린 녀석이
하! 골문을 제대로 알아본다는 것,
또한 골인을 분명히 알고 있다는 것이
참으로 신기하고 기특해서 즐겁다는 듯이

인간을 쏙 빼닮은 행동을 해낸
동물에 대하여 순간적으로 쉽게 드러내 보인
우리들의 거침없는 자만심이
열대의 코끼리 쇼 공연장 관람객석을
뜨거운 박수, 박수, 박수로 달구었다.

노인의 방

노인의 눈은
퀭하다.
덕장에서 막 겨울바람에 말린
명태처럼 육탈골립한 깡마른 얼굴, 그 위에
움푹하게 팬 눈의 시선이
어느새 외골수로 깊이 길들여져 있다.

목소리도 노인은
칼칼하다.
젊은 날 부드러운 유액처럼 흘러내린
성대의 윤기는 사라진 지 이미 오래.
후문은 좁아지고 공명은 떨어져 나가
입에서는 쇳조각 부딪치는, 건조한 음색이 피어난다.

노인은 이도
엄청 빠졌다.
질긴 세월을 오래 씹어왔으므로 식상한 듯
부서져 나간 치아들,
잇몸이 숭숭 드러나므로 좀체 웃지 않아
더욱 굳게 침묵을 봉인한 입은 옛 성채처럼
무겁게 사방이 닫혀 있다.

노인은 이제
시간이 저를 구박한다고 생각하고
멀리 자리를 피해 돌아올 기색이 없다.

자신이 판 구덩이를 진지라고 믿고 오롯이 들어앉은
노인은 고집이
성난 황소다.

— 절대로 그리로 가까이 가지 말라.

당신의 욕망

까만 몸속에 감춰진
뽀얀 속살
천하제일의 별미, 겨울철에는
힘이 불끈불끈 치솟는 장어가
전국에서 정말 최고랍니다. 당신은 벌써
알고 계시는군요. 쿡쿡거리는 입맛에 쐬주 한 잔,
기분이 좋다마다요.
어서 오세요, 우리 집에서는
일주일에 세 번 통영에서 자연산을 잡아오면
대단한 입맛으로 펄떡거리는 육체의 질량
부수고 으깨어 싱싱하게 만들어 드리는 곳.
용트림하듯 꿈틀대는 힘만큼
자신 있어요. 어서 한번 드셔 보시라니깐요.
장어를 팔아요, 바닷장어 드세요.
한겨울에 뻘건 숯불 타오르는 곳, 컴컴한 당신의
욕망, 저 깊디깊은 곳!

귀가 간다

귀가 가고 있다.
파랗게 소리의 파장을 따라 물결치던
귀가
한 점 구름 없이 청명했던 내 귀가
어느샌가 나도 몰래 어두운 길을 가고 있다.
이미 너무 많은 것을 들은 것 같기도
하다.
들을 만큼 들었으므로 귀의 문이
닫힐 때도 되었다.
그런가?
씹어 삼킨 풀을 소가 되새김질하듯
이미 귀에 담아 둔 소리들을
꺼내어 되씹는 일만으로도
앞으로 남은 생은 충분하다는 것일까?
분명히 더 들어야 할 말이 있을 것 같은데
듣고 싶은 소리들이 남아 있을 것 같은데
더 들을 일 없다는 듯이 귀가 가고 있다.
멀어지고 있다.
조금씩, 귀의 문이 닫히고 있다.

사랑은 달라

이제 사랑은
조금도 기다리지 않는다
그것은 바로 쓰고, 바로 되받는 제스처로
즉각 우리에게 명령한다, 사랑은
옛날처럼 어리석지 않게, 공중전화에 기댄 사람처럼
목마른 기다림을 주지 않는다, 부풀어 터지는 달의 표면의
몸짓을 기다린다면 정말 어리석은 일, 당신은 바로
말해야 하고, 엉터리 같은 용어로 기웃거리면서
수상쩍게 행동하지 말 것, 다만 팽팽한 두 눈알로 서로를
들여다볼 것, 그리고 사랑은 더 이상 기다리지 않아,
더 이상 용서 못해, 사랑은
그냥 뒤집어질 거야

어느 날의 화두

아무 일 없었던
쌀독에서
웬 날벌레 포르르 날아오르고

바닥까지 앉은 돌마저 환히 비치도록
맑기만 했던
개울물에
어느새 물고기들 생겨나 춤추는 일

모르겠다,
누가 저런 기막힌 요술
부리는 건지

오늘은 화분의 검은 흙을 뚫고
기어 나온 지렁이 한 마리 베란다 타일바닥
위를
보란 듯 꿈틀대는 일이

하,
정말 예삿일 아니다

제11시집

천년의 강 (2013년)

천년의 강

나는
너의 살 한 움큼씩 뜯어먹고
오래 산다
너는
나의 생생한 피 한 됫박씩 훔쳐먹고
오래 오래 산다
나와 너 사이에는
차마 죽을 수 없는 천년의 강물이
굽이치고 있다
사랑아

아득한 새벽

으드득, 이빨 시리도록 참혹하게
내가
춥다
그 추위 속에 깡다구만 남아 시퍼렇게 멍든 얼굴
내가
춥다
발가벗긴 채 꽝꽝 얼어붙은 온몸 십자가처럼 걸려 있는
내가
춥다
찔러도 찔러도 피 한 방울 나지 않을, 엄연한 고통 속
내가
춥다
최후의 한마디 어휘를 붙들고서 줄기차게 허우적거리는
아득한 그 새벽의,
내가
춥다

새로운 놀음

그는
제국의 몰락을 기다리면서
늘
같은 꿈을 꾸어왔다
그렇게 불행한 땅을 함께 딛고 살 수 없다는 것을
차마
미리 알았으므로
비극적 삶을 향한 그의 놀음은 진지하고
언제나 새롭게 다가왔다

저격의 순간을 기다리는 불꽃이 이글거렸다, 숨어 있는
폭발음처럼, 뛰어드는 적을 향한 그의 두 주먹은
불끈
쥐어졌다

마침내— 라고 부를 최후의 순간이
빨리 다가왔으면
좋겠다

더불어 그도, 그와는 다른 세상을 노리는 이들도 함께 파멸하는
흐리멍덩한 세상이 어서 오기를
기다리며

그는 오늘도 늙어간다, 참으로 오래된 날이 지루하다

악령을 위하여

촛불이 떠오르고 있다.
책 한 권이 찢어지고 있다.
마감이 지난, 쓰다만 원고지가 방바닥에 엎드려 있다.
승진 축하를 보내야 할 친구한테도 나의 미적거림은
벗어버린 단추처럼 헐렁하게 남아, 게으르게
밤과 낮을 구분치 못하고 있다. 촛불이 꺼질 듯 꺼지지 않을 듯 거듭
회오리치고 있다. 그렇지만 나는 다시 한 번 일어서야지, 책 한 권을
불태우자고 던져둔 그날의 마음을 돌아서서 숨 고르듯 들이켜며
현란하게 글을 써 나가고자 한다.
환한 촛불 너머로 그날 내가 기록했던 비망록과 몇 개의 테마, 그리고
기괴한 망상들 몇몇이 구름처럼 떠오른다.
내가 나를 죽이기 위해서, 죽임으로써 살아나는 악령의 부활을
믿고 싶어서겠지. 오, 가득하게 부활할 악령! 대지에 가득 찰 너는
나를 덮고 세기에 빛날 장엄한 한 편의 드라마를 구성해야겠지.
힘차게, 나는 글을 써 나간다. 거꾸로 박힌 불구덩이에 새롭게 타오를
에너지가 훨훨 몇 개의 연기로 휘날리면서, 내 눈을 태우고자 한다.
나의 원고지는
피를 부르는 듯 커다란 존재를 향하여 지금 끝없이 투쟁하고
있다. 다시 책 한 권이 스스로 찢어지고 있다.

사무치다

나는 다만 까만 채색을 띠었을 뿐인데

어찌하여 너희가 그토록

사무친 그리움으로 절망하려 드는가

만경강 너머 숯덩이 같은 해 하나 지고 있다

무덤 위에 저주의 숟가락 하나 내던지고 싶어,

인광처럼 피어나는 새파란 불꽃!

갈대는

저 갈백색 물결이 부드럽게 일렁이고 있는 일은

겨울 햇살 아래서는 참으로 보기 드문 경이로움이다.

모두가 허무하게 무너져 내린, 척박한 1월의 변두리 지역에서

살아 있음을 저리도 분명하게 드러내어 주는, 그 상대적 일체감이

죽어 있는 물체들 사이에서 환히 빛을 낸다.

봄부터 가을까지 그들은 제 빛깔과 소리와 향기가 가득히 넘쳐나던 때,

그때는 당신도 나도 끝 모를 온통 푸르름에 젖어 있었는데

그래, 지내놓고 보면 겨울은 가장 황홀한 색깔만이 은근히도

어두운 제 무덤 속을 휘황하게 드러내어 주는 것.

보라, 저 갈대들 제 스스로 꺾으며 일어서는 힘과 저력을

나는 확고하게 믿나니, 오로지 갈대만이 이 겨울에 찬란한 부활이 되
리라는 것을.

나는 안다, 습지를 온통 갈백색으로 물들이고 있는

오오 눈부시게 피어나는 빛의 파장과 설렘을.

깍두기

국밥과 설렁탕엔
마땅히 있어야 할 그것이 있지
그래, 깍두기
숟가락 한 입 가득 밀어 넣고는
다음 순간을 기다리는 뜨거운 기대 속에 붉게 물든
깍두기, 그 황홀한 입맛 생각나네
와싹,
깨물면 통통거리는 기쁨이 입안에 가득 퍼져
나는 할 말을 잃고 거듭 실수하네, 이미 절정에 다다른
그 맛 때문에 —
그래서일까, 1960년대 미국으로 건너가서 노래 부르던 김씨스터즈도
"아침저녁 식사 때면 런치에다 비프스테이크 맛있다고 소리쳐도
우리나라 배추김치 깍두기만 못하더라"*고 말하면서
깍두기에 대한 찬가를 널리
세상에 퍼뜨렸다네
깍두기,
누구든지 쉽게 만들 수가 있지만
그러나 누구든지 쉽게 만들 수 없는, 토속적 기가 박힌
그 맛 때문에
나는 연서를 쓰듯 달콤하게 속삭인다네, 최고로 맛있는
차가운 별미에 대하여!

* 1960년대 초에 발표한 김씨스터즈의 노래 「김치 깍두기」에서 일부 옮김.

그날 밤

힘껏
돌멩이를 날렸다
지붕들이 바싹 깨어질 듯 울어대던 그날
밤,
분노의 파열음이 하얗게
하얗게 솟아올랐다

우리 집 너머 앞집 지붕 지나 또 다른 지붕
위로, 무수히 많은
지붕 위로
나는 새파랗게 힘찬 돌멩이를 날려 보냈다
"어떤 놈의 새끼가 돌을 던지노, 이 나쁜 놈의 새끼가……"
불어터진 화를 삼키지 못한 동네 주민들이 집집마다
뜰에 나와서 아우성치던
바로 그날
밤,

집 빈터에 내려앉아 소리 없이 나는 울었다

"순이 계집애,
널 떠나지 못하도록 내가 붙잡았어야만
했었는데"

충격을 넘어서

마흔한 살에 죽은
알렉산더 메퀸*의 휘황찬란한 금기의 직물에서는
마음 가득 피어나는 압도적 환상의, 그로테스크한 아름다움이
숨어 있다 참으로 뜻밖이다 그것은 상식을 도발하는 상식,
천재를 기만하는 천재, 가혹함을 처단하는 가혹함으로써
눈부시게 다가온다 손을 들어라 그대들은 어쩌면 정직함으로써,
단순소박함으로써 천년을 끝없이 뒤쳐져 있다 그리하여
알렉산더 메퀸의 한밤 꿈의 성스러운 속됨에는
당신의 눈을 찌르는 가혹한 열기로 가득 차 있다 아무것도
말하지 말라 그냥 가만히 있어다오 저 완고한 복식의, 끔찍한
세련미를 두고서

* 1969년 영국 런던에서 태어나 세계적 디자이너가 된 그는 2010년 마흔한 살의 나
  이로 세상을 떠났다. "아름다움은 가장 기이한 곳, 심지어 가장 역겨운 곳에서 피어
  난다"는 그의 말이 인상적이다.

악어의 시

악어의

적 앞에서 부르르 떠는 흉물스러운 모습을

나는 닮았다

납빛 파충류의

핏물이 모여 거대한 울음과 격돌하는 순간을

나는 닮았다

등줄기가

푸른 소음으로 거칠게 경련하는 단말마의 고독을

나는 닮았다

나는 악어의

2억 5천만 년 전의 진화를 거부하면서, 다만

닮았다는 이 사실에 대하여 혼돈할 뿐이다

나는 인간이다

악어와는 닮지 않은 맨몸의 투혼으로

옹골찬 패기를 낭비하고 싶다

그런 시詩!

움직이는 시장

앞뒤가 불분명한 윤곽 속에
휩싸여, 희미하면서도 그러나 조심스럽게
자기 존재의 근원을 드러내는, 저 나무들처럼

두근거리는 핏줄이
캄캄한 대지 위에 불타오르듯 펄럭이는
이 미지의 시간들과 함께
있음으로써

피할 수 없는 생존은 시작된다, 떡 벌어진
두 어깨의 가슴팍과 가슴팍이 힘 겨루기하면서, 시끄러운 욕설과
재빠른 몸짓으로 중무장한, 오늘도 또한 하루를 시작하는 상점으로부터
번쩍이는 옷감이 욕설처럼 나부끼는 골목, 골목에 이르기까지
조금씩 난장판으로 변해갈
귀를 틀어막아야 할 사나움이 바로 여기에 있다

붉은 소란이
성대로부터 우렁차게 퍼져 나가고
전대纏帶는 그 소리를 쿵쿵 울린다
처음 이곳에 모습을 드러내는 사람과 결국 이곳을 바쁘게
빠져 나가는 사람들이 뜨거운 냄비처럼 들썩이는 가운데
우리는 섞이고 또한 우리는
풀어진다

가자, 하얗게 솟아오르는 욕망의 줄기여, 노동이여,

떠돌아다니는 하루치의 힘의 소진이여,
우리는 저물녘까지 애써 웃고 떠들며 달음질치는 동안
두근거리는 핏줄이 한 번 더 가슴을 움켜쥔다, 가자, 앞으로!

이 나이쯤의 편애

내 마음속에
누런 구렁이 한 마리 살고 있네.
휘번뜩이며 시퍼런 갈구의 뿌리
어디 몸둘 곳 몰라 서성이고 있네.
입을 벌리면 두 편으로 갈라 터진 혓바닥으로부터
서늘한 냉기와 긴 엄습함이 불타오를 듯
숨죽이고 있는 이 편애의 고집
나는 사랑하리.

최후의 쇠사슬에 몸을 가득 묶고서
어디 갈 곳 없는가, 숨찬 서성거림으로
기다랗게 또 한 번 목을 늘려서 바라보는

이 나이쯤의 견고한 결핍, 또는 위태로운 사랑.

소나기

염소들 벌떡 일어나, 앞으로 옆으로 두리번거린다, 사방을.

비를 피할 수 없는 붉은 볏이 솟구친 닭들 재빠르게 몰려드는

어두운 하늘.

느릿느릿한 거위들이 엉덩이를 흔들면서 어디론가 가고 있다.

비, 비, 비, 비, 비를 부르며 충돌하는 대기의 유난히도 희고 푸른 입
자들.

연잎 위로 구르는 물방울, 강한 탄력이 소용돌이치면서 떨어지고
있다.

날자, 조금만 더, 더 위로 날자, 뜨거운 대지 위에 폭발하는

오랜 가뭄 끝에 모인 저 새로운 힘들, 목을 비틀 듯 끓어오르는

거대한 욕망의 분출구를 어쩌지 못해 비, 비, 비, 비, 비가

쏟아져 내리기 시작한다.

오, 마침내 두꺼비가 뛴다.

화음

그는 거대한 죽음을
가로질러서 가고 있다
남아 있는 우리는 울음을 터뜨리거나 혹은 감추며,
오랫동안 잊을 수 없는 한 편의 다큐멘터리처럼, 우리들 곁에
그가 간절히 머물러 주기를
묵도했다

후렴은 느릿하고 짧고 단순하게
끝났다
성가聖歌를 부르던 얼어붙은 입들이 복도로 나와
하늘을 향하여 바로 누워 있는 그의 시신 앞에 서서
단호하고 차디차게,
영원한 별리의 화음을 들려주었다

창백하게 정지된 그의 두 눈에 떨어졌을 법한
살아 있는 날의, 눈물겹게 반짝이는, 몇몇
그리운 이야기들

짐

좀 떨어져서
지낼 필요가 있다
약간 떨어진 곳에서
바라보는, 숨막히는 진실이 필요하다
내 입술과 그대 입술이 맞닿은
순간의
마비되는 설렘을 어쩌지 못하면서도 끝내 떨어질 수밖에 없는
그 사이,

사이에 우리가 놓여 있다
뜨거운 목마름으로 굶주린 듯 달려드는
비겁한, 야성적 본능만으로도 안 되는 비밀의
그 무엇이
있기에, 점차 우리 멀어져야만 하는 것일까
객관적으로 내가 너를
돌아다보지 않을 수 없게 만드는 그 무엇인가가 있어서
그대를 멀리 서서
끝없이
바라다보아야만 하는가

힘찬 동작 하나가 재빨리 나를 스쳐 지나간다
머무를 수 없는 그대, 너무나도 큰 짐이다

수도

내부를 활활 태웠다
어서 빈칸을 만져보아라
하얗게 일어선 몸, 그렇다
모두 빈칸이다
두 눈도, 주름 잡히던 이마도, 대퇴골도,
허벅지도
까마득하게 만져지는 가루, 가루, 가루다

오, 내가 미칠 듯 사랑했던
당신!

앞

나는
앞이 좋다
참으로 더할 나위 없는
전진의
앞,
가슴을 송두리째 부대끼면서 환히
비바람으로 맞는
맨 정신의
앞,
그 앞이 좋다

뒤를 돌아보지 말자
또는 옆을 바라보지도 말자
오로지
최전선의 앞을 향하여
끝없이
굴복하자

정면으로 날아드는 무더기 돌팔매에
피투성이가 되도록 온몸 얻어맞아도
산산이 부서져도
앞은
그래, 끝없이 앞이다

당당하게 내가 서야 할 자리를 비켜다오

앞,
내가 돌아서지 못할 최후의 앞

젊은 시인에게

대형 덤프트럭은
25.5톤이다.
깔려서 죽은 사람만이
기막힌, 그 맛을 안다.
열여섯 개의
수컷처럼 불거진 큼지막한 차바퀴가
뿜어내는
불가항력적 힘,
거대한 장악력으로 전면을 향하여 돌파하는
불굴의 정신을
차마 막아낼 수 없었던 자만이
그 맛을 안다.
끼익, 하는 순간은 그가 하늘에다 대고 했던
최후의 유서
결코 발설하지 않겠다는 맹세만을 남겼을 뿐인데,
죽음을 담보로 맡겨야 할 일이
세상에 또 어디 있겠는가.
그러나 당신은 안다, 젊은 시인이여.
그 사람이 죽으면서 차마 하지 못했던 말을
분명히 기억하고
그 말 속에는 세상에다 온통 비명처럼 내지를
불멸의 세계가 가득 차 있음을 알아차리면서
상상은 오로지
무궁무진한 자유뿐임을 다만 믿고 있는 자.
그래,

당신은 유일한 폭군처럼
단호한, 젊디젊은 시인이므로
살아 있는 자보다 죽은 자들의 말을
자세히 전해다오.
깔려서 죽은 사람들의 말이
더욱 그리운 세상.

당신의 힘

당신은 파괴야
거칠 것 없는 폭풍이야
폭풍우 다음에 오는 파르스름한 물빛
거선의 침몰, 또는 그런 격랑의
소용돌이야
옷가지가 펄럭거려 차마 숨쉴 수 없는 공간, 그
한가운데로 가서 나지막이 불러보는
당신의 이름
그것으로면 충분해, 나는 어리석게도
마약을 가득 삼킨 입처럼 계속 우물거리면서
당신의 파괴적인 힘을 자랑할 거야
사랑해, 당신,
오늘 밤

잘 가라, 안녕

더럽게 물 묻은 옷을 껴입고서

저 사내, 꾸불텅거리는 손과 발로써

숨죽일 듯 기타를 치고 있다네

마치 살아 있는 한 편의 죽음 같네

소리는 깊고도 가득하여 차마 움직일 수 없는 법

그만의 울음이 소용돌이쳐서 화음을 이루면서

뼈아픈 고독과 불안을 읊조리고 있다네

어디 한 번 씻어 보기라도 하였는가 후미진 팬티 속

우울한 습기를 털어내려는 듯 기타의 선율을 짚으면서

저 사내, 오늘보다 더 푸른 내일을 노래하고 있다네

또는 내일보다 더 조그만 소망의 모레를

읽어내고 있다네

끝없이 희미한 하루가 가고 있네

엄마가 들어 있다

보자기 속엔
엄마가 들어 있다
가만히 들어앉아 엄마는
네가 들어올 거라고 생각했지, 라고
말씀하신다
바로 그때 보자기 속에 숨겨진 엄마의 귀는
빠르고 정확하게 나의 방문을 숨죽여
기다리고 있었던 것이다
보자기 속에 숨겨진 엄마의
손은 두껍고 큼지막해서 무엇이든
잘 뒤지신다, 내가 벗어놓은 옷가지와 몇 가지의
폐물, 가슴 설레는 어릴 적 예쁜 사진들이
엄마에겐 꼭꼭 감춰둔 비밀이 되어 있다
가끔씩 엄마를 만나러 간다
내가 보자기를 풀면
거기,
젊은 날 엄마가 나오신다

죽음의 정면

나는 지금
산에서 내려왔다
먹이를 찾아서 헤매며 왔다.
험악한 산줄기와 구렁들을 넘고 또 넘어
미칠 듯 쓰라린 기아를 안고
헐떡이는 심장 찔리면서 내려서 왔다.
죽음의 직전으로 도망친 나는
무척이나 살고 싶어, 차마 죽을 수가 없어
비천한 몸이 땅바닥을 구걸하며 기어서 왔다.

어디쯤일까,
검푸른 도시의 길바닥에
쓰러진 나에게 당신은 공포에 질린 채 경악하면서
크게 소리를 질렀다. 사나운 악마의 기세처럼 등등하게
"와아, 뱀이 나타났다. 뱀이다!"
당신의 이 말이 동네를 휘몰아치자 사내들 몇몇이
에워싸듯 나의 길을 가로막고 섰다. 뱀이라면 당연히
죽음을 받아야 할 비유처럼 여겨지는 바로 이 동네에서
나의 힘없이 갈라 터진 혓바닥과 슬픈 비늘, 우울한 눈빛이
골목을 더욱 황량하게 만들었다. "조심스럽게, 조심스럽게,
그놈을 붙들어야만 한다."
사내들은 기다란 꼬챙이 끝에 화려한 불꽃을 피워 올리듯이
한 걸음 두 걸음 다가오면서,
음탕한 도발을 해대는 것이었다.

그리하여 나는 더 이상 살아볼
기력도, 희망도, 목표도 없이 처량하게
그들 앞에서 무릎을 꿇었다. 60센티의 조그만 육체가 펄럭이면서
하얗게, 하얗게 타오르는 감옥 속으로 밀려 들어갔다.
나는 살 수 있을 것인가? 또는 죽임을 당할 것인가?
다만 살아야 한다는 명제가 뜨겁게 몸부림치는 욕망의
포대 속에서, 나는 더 살고 싶다는 기운으로 최후를 발악했다.

차디찬 죽음이 밀려서,
그렇게 왔다.

오, 그리움

흐린 밤, 너를 기다리며 오래 서 있다

안 올 것이다, 라고 믿는
나의 어리석음 위에
아마 올 것이다, 라고 믿는 나의 기대도 함께
어울리면서
이건 마치 용이 되었다가 이무기가 되었다가 또는 잉어가 되었다가
하는,
불편한 상상을 수없이 하게 만드는데

조그만 방, 불빛 하나도 들지 않는 어두운 방에 숨어서
너는 무슨 생소한 연극에서 만나는
비극적 대사처럼
나에게 알 수 없는 빛을 던지려 하는 것이냐

미친 밤,
더러운 운명!
가슴을 쥐어뜯는 천박한 놀음 같은

오, 그리움

도서관

들어섰다, 차디찬 기류를 멀리 하려고. 그 속에

너무나도 푸르고 흰 공기들이 미립자처럼 짜여서

밖으로 숨을 내쉴 수조차 없는, 그래서 참으로 별난 곳.

나는 앉을 자리를 찾는다. 그때 별 하나가 쿵, 내 앞에 떨어져

내린다. 마음을 가다듬으면 무엇이든 헤엄쳐 나갈 수 있는, 그런

가득한 힘을 가진 밀회의 장소라는 것을 은밀히 깨닫게 되면서.

끝없이 잠잠한 울타리와 울타리 안에 머리를 가득 처박고, 무거워서

움직일 수 없는 힘찬 고통으로 엔진을 건다. 한 묶음 두 묶음 솟아나는

지혜 속에 거듭 피어나는 나를 보여주게 되는 것일까. 사방 벽이 커다 랗고

투명하게 열린 채 끊임없이 나를 도전하면서 드러낸다. 두텁게 먼지 가 쌓인

서가의 회랑을 걷는다. 비밀통로에 꼼짝없이 내가 갇힌 채, 정말 즐겁 게도.

엎드려 사는 여자

오늘도 쓸쓸하네, 그 여자
시장 바닥에서 푸성귀를 파는 여자
취나물, 냉이, 달래, 쑥부쟁이 속에 묻혀버린
하루 종일 일어날 줄 모르는,
엎드려 사는 여자

고개 들어 허리를 펼 때라곤 해질 어스름 무렵
파장할 시간
푸성귀 속에 쏟아버린 하루를 툭툭 털어내며
이젠 집으로 가야지, 가서는 저녁을 먹고 잠을 잘 거야
허리를 풀면 느닷없이 쏟아질 잠, 잠, 잠, 잠꾸러기 떼들
입 맞추며 혼곤한 나락으로 빠져들겠지
그리고 내일 새벽이면
다시 새파랗게 푸성귀 속으로 걸어 나올 여자

집으로 가는 길 멀고도 힘들지만, 그러나
내일도 오늘처럼
마음 고요히 지내는 날이 되겠네

드디어 풍경은 사라진다

우리는 그 거리에서의 흩어짐에 대해서
그 순간 떠오르는 공허한 풍경에 대하여
결코
누구에게도 말하지 않았다
흔들리는 지하철 출구를 빠져나와
결혼식장이거나 장례식장을 마치고 나와
모처럼의 동기동창 모임을 끝내고 나와
우리는 제각기 뿔뿔이, 뿔뿔이 흩어져 버렸지만

그 입을 가로막는 듯한 핼쑥한 이별에 대해서는
정말
아무에게도 말하지 않았다
한순간 믿음과 우정이 희미하게 꺼져버릴 것만 같은
차가운 적막이 예리하게 빛나면서
너무나도 등뒤가 서늘해져, 한 번 손을 흔들다 말고는
그냥 그대로 앞만 보고 걸어갔다

이런 나 스스로의 소외가 바람직스러운 비밀인 것처럼
이제야 안다는 듯이, 무턱대고 그것을 인정해왔음을
아무에게도 말하지 않았다 깊이 반성하지 않았다
우리는 서로에게 무심해져야만 발걸음이 편해진다는
믿음으로, 허겁지겁 군중 속을 뛰어들어 갔다

마치 땅바닥을 흘러넘치는 물이 하수구를 향하여
끊임없이 소란스럽게 흘러가듯, 다만 정당한 주장으로써
우리가 참으로 후회하지 않을 바를 후회하는 것처럼

고독한 관계

고독의 피부를
깨뜨렸다
험난한 울음이 쏟아져 나왔다
절정을 향하여, 몸부림치는 고독의 뼈를
더욱 강고하게 일으켜 세우기 위하여
나는
사악한 죄수의 심정으로 돌아섰다
달디달게 벌을 받게 하여 주옵소서,
무섭도록 거친 회초리가 내 살을 파고들 적마다
울음 속에 웃음이 더러
섞였다
웃음 속에 울음이 진저리쳤다
잔인한 그날 오후가
시작되었다

새들은 끝없이 떠오른다

나는
새들의 죽음을 본 적이 없다.
새는 살아 있을 동안, 귀염성 있게
내내
지저귈 뿐이다.

내가 본 것은
지붕과 지붕을 건너뛰는
가파른 전선과 전선을 따라서 움직이는
숲 사이 나무와 나무를 스쳐서 지나가는
높디높은 파도와 파도를 끝없이 지배하는
새들의
마법과 같이 살아 있음을 보여주는
지저귐만으로써

눈부시게 피어오르는 그들의
환호작약을 선연히 들은 것으로도
나의 심장은 쿵, 쿵, 쿵,
뛰었으니까.

아직도
살아 있는 새는
거칠거나 완곡하게 나르는 깃털의 비상을 바라보라는 듯
무한정 하늘로 솟구쳐 오르다가 저 넓은 밑바닥으로 쏟아지는
눈부신 이동의 모습만 보여줄 뿐

결코 추락하면서 비굴한 찰나를
보여주지 않는다.

새들이 떴다.
지금
그들의 우짖음으로 환해져 가는 이 세상 끝,
결코 새들에겐
죽음이 없다.

문

여자가
사내의 몸을 가로질러
그 사내의 목이 기우뚱, 왼쪽으로
기울고 있다는 것.
여자가 더욱 집중적으로, 품위 있게
탐닉하고 있는 것은
저들 스스로의 에로티시즘의 황홀한 기교가
지극히 파괴적이라는 것.
그녀는 왼쪽 팔로 사내의
수세에 밀린 듯한 입맞춤에 기꺼이 동조하려는 듯
깊고 깊은 언덕 아래로 자기 몸을 내던지는, 불가피한 수난을
당하고 있다는 것.

청동으로 된
여자와 남자가
하나로 엮어진 채
문이라는 이름으로, 너무나도 뜻밖에.

그 절간

선운사 대웅전은 낡았다 늙은 목조가

가늘고 길게 피워 올리는 이 오래된 사찰의

간결함이 풍경소리에 실려 댕그랑댕그랑 하는

동안, 가슴이 뛰는 불자의 숭고한 엄숙미가

석가모니불과 탱화 속으로 두루 빠져들고 있다

죄가 없음으로 죄를 있게 하소서

죄가 있음으로 죄를 잊게 하소서

둔중한 머리통이 땅바닥을 치며 크게 혼절하는 사이,

도솔산 치마폭이 가늘게 나를 덮으면서

합장한다

옴 기리나라 모나라 훔바탁*

* 온갖 불안에서 안락을 구하려는 진언.

벙어리

너는 커다란

돌덩어리처럼 어디선지 채여서 왔어

푸석한 입, 아무 말 없이 굴곡진 채, 제멋대로

굴러서 왔어 나는 모른 척했지 알아봐야 별수 없는

행색을 한 너에게 시큰둥한 표정은 어쩌면 그럴듯해 보였을 거야 그

렇게

나의 무관심은 심심풀이처럼 시작되었고, 그래서 너는

그 무관심에게도 아예 등을 돌린 채 버려졌어

거들떠보지도 않는 시퍼런 블라우스 밑 힘없이 쭈그러진

젖가슴이 하염없이 늘어져 있는 듯한, 그 야윈 몰골의 여자에게

무슨 이야기가 들어 있는 것이었을까, 지하다방에서 일하면서

혼자서 중얼거리다가 말다가 중얼거리다가 말다가 하는 사이

어느 날 밤 감감히도 눈을 감았다고 하네, 그 여자

금방 내가 얼굴도 잊어버릴

그 여자

저리도 붉은 협곡

무수한
장엄미가 종결된
이곳
3억 5천만 년 전이라는 까마득한 숫자가
의미 없이 공중분해하는, 그 환상의 극점으로

저리도 붉은 협곡이 자리잡고
있다
신神이 만들었을지도 모를 험준한 바위며 강이
펄럭이고 있다
인적 없는 곳으로 낭자하게 흘러드는 지층의 떨림이
있다

가자, 가자, 까마득하게 죽음처럼 달려드는 그곳으로

돌아올 수 없는 날에 내던지는
이
정신의 방탕함이여

봄밤

개펄이 질펀하다
만져지지 않는 봉오리의 아랫도리가
후끈거린다
싱싱한 몸은 열려서 오, 즐거운 것
당신의 벽을 타고 넘어가고 넘어오는 사내의 목마름만
거칠다

내일이면 음력 3월 보름, 화사한 초저녁부터
이슥한 밤까지
우리는 음습한 개펄에서 숨을 쉬지 않을 거야, 가만히 죽은 듯
지낼 거야, 만지면 도망쳐서 달아날 거야

너무나
너무나도 그리운 이 봄밤,
불온한 열기

저 바다 위에 당신의 이마를 떨어뜨려라

해는 지고 갈 데가 없다

뭍으로 돌아오는 물새들의 날갯짓 소리

파다하다

서쪽 하늘에 장엄하게 물드는 일몰 풍경

저 건너 마을에 불빛 하나, 둘 켜지는 눈물겨운

점등의 시간

이제 참으로 거두어야 할 것들이다

고깃배에 그물을 거둬들이는 어부와 그의 아낙이

섬세하게, 그들의 마지막 하루 일과를

정리하듯,

우리도 조용히 오늘에 마침표를 찍자

모두들 길게 늘어뜨린 어깻죽지를 거두고

처연히 저물어가는 바다 위로

비탄과 휴식의 이마를 떨어뜨려라

우리는 점점이

까마득하게,

멀어져만 간다

원류를 찾아서

나는
이 며칠 동안
여행을 떠난 것이 결코 아니었다.
여행, 그것은 처음으로 자신이 보지 못할 것을
보고서 돌아온 이의, 눈치 빠른 느낌으로 쓰는 기행문
같은 것이지만
아니, 아니다, 그것은 내가
내 피의 원류를 찾아서 한 걸음, 두 걸음 헤쳐 나아간
생애의 고유한, 빛나는 기념비와도 같은 길이었으므로
그 동안 무념했던 나의 어리석음을
벌해다오.
눈앞에 두고서도 멀리 안 본 척 그러면서
바깥세상에 들떠 있던 나의 경솔함을 비판해다오.
그 동안 잊고 살았던 내 조국의 산과 들판, 강, 바람, 계곡물,
안개, 돌멩이, 비와 흙먼지 등을
쓰라리게 만져보고, 눈 아프게 쓰다듬어 보고, 귀에 담아두었으므로
난 이 며칠 동안
난생처음
내 어머니 품속에 그윽하게 들어앉았던 것이다.
오, 나의
무지한 몽매함을 징계해다오.
마지막 한 줄기 피어오른, 저 밤하늘 아름다운 별빛을 두고서.

찬물에 손을 씻다

저 펄떡거리는 전율이 온몸을 감싸고
흘러내렸다
꽉 잡아챌 수 없는, 비늘의 웅성거림이
손바닥을 거쳐서 입술과 안면 곳곳으로 재빠르게 튀어 올라
숨막힐 듯, 나는 최후의 힘을 틀어쥐었다
물고기는 결코 죽지 않겠다는 비장한 각오로
아가미를 크게 벌렸다가 힘겨운 한숨처럼 토해내는 방법
잘 알고 있다는 듯이
위태롭게 순간을 헤쳐 나가는, 그런 물고기
마지막 일전처럼 죽기 아니면 살기 식으로 나는
대담하게 적진을 무찌르다가 조금씩 숨을 내리쉴 만큼
힘을 풀어주기로 하였다 어쩌면
손끝에 떨리는 녀석의 핏빛 아우성이 뜨겁게 내게
남아 있음으로써

희디흰 고요

11월
찬바람 바짓가랑이 사이를
어슬렁거리면
우리 마음
저무는 땅 쳐다보며, 자칫
스산해질까봐

거리에 줄 이은 은행나무들
온몸을 불질러 노오란 문신으로
빛나면서
저희들끼리 무슨 기쁨조처럼 위로하려 든다

그래, 이 가을
구원이란 너희들밖에 없으니
반짝이는 길을 따라 우리 함께
또 한 해를 저물어 가야 하리

마침내 희디흰 고요가 가득히 몰려오고
어둠의 긴 고랑이 이곳을 덮을지라도
넘치는 불면의 노래를 나는
가득히 잊지 못하리

오, 다시 한 번
저무는 길이여 차디찬 희망으로써
끝없이 빛나기를

코브라

사자에게 무적의 들판이다. 열대 초원이 가득히 펼쳐진 곳으로
얼룩말이나 코뿔소, 영양, 멧돼지, 기린, 물소가 지천이다
사자가 한번 나서면 초원은 질주의 큰바람을 예고하듯
사방은 한없이 수그러드는데

여기,
코브라 한 마리가 제 늑골을 가득 조이며 일어선 듯
백주의 들판에서 사자와 한 판 겨루겠다는 표정
역력하다

코브라는 빳빳이 몸을 세우고
공포의 수평선을 이루면서 사자를 향해 독을 뿜으면
3미터 전방까지 날아간 침이 사자의 눈을
치명적으로 타격해 버릴 수 있다고도 한다

코브라,
나는 역시 너를 믿는다, 저 포악한 사자의 어금니를 부러뜨리도록
거칠고 힘차게 독을 내뿜어다오
잔인한 무력에 맞서는 날카로움이 조용히 이루어내는
너의 승리를, 크게 축복할 수 있도록

나는 기다리겠다
두 줄기 새파란 고통이 사자의 눈에 걸려
까마득하게 흐려지는 바로 그 순간이 올 때까지
눈에는 눈, 이에는 이로써
당당해지기를

음담패설

누구였던가?

우리는 20층 높이에서
떨어져 죽을 뻔한, 소란한 입놀림과 박자에
홀딱 빠져서
눈을 가늘게 뜨고, 색욕에 빠진 양 정처 없이 헤매다가
아무도 나를 살릴 수 없다는 치명적 결함을 안고서
깊이 뒹굴다가
아득히 서서 외쳐대다가

정말 누구였던가?

생각나지 않은 그 발설의 주인공을
찾아보다가
도무지 알 수 없는 그 발설의 주인공과 헤어질 것을
다짐하다가
참을 수 없이 웃으며 울다가, 더러는 울면서
웃다가

포복절도할 세상에 던지는
마지막
성기처럼
끝없이 한참을 들끓어 오르기만 하는

오, 기분 좋고 순진한 당신과의
음담패설

없는 너

푸른 풀밭 사이로

늑대 한 마리가 슬며시 솟아올랐다

하얗게 발정 난 늑대 울음소리가

어둠 속을 컹컹 짖으면서 대지를 향하여

길게 꼬리를 뻗는다, 온갖 사무치는 살갗이 아프다

부르튼 입술로 내가 너를

껴안으면,

그러나 아무 데도 없는 너!

숭고한 슬픔

위에서 아래로
칼날처럼 휘감아 치는 절규,
여기엔
용서란 없다

거대한
초속 70미터의 풍속이 이끄는 회오리바람
오오, 일사분란한
마적의
떼

넌 죽어라
나도 죽자
그리고
우리 다함께 죽음으로써
세상에 남길 것이라곤 전혀 없음으로써

지나간 자리엔
높다란 폐허의 왕궁이 하나 떴다
텅 빈 사방
너무나도 고요하다

미국 중남미를 강타한 토네이도의 힘이
휩쓸고 지나간
다음의

최초의 새아침처럼

너무나도 밝게,
애틋한 슬픔

사나이의 순정

그리고 나는 말하네. 처음서부터 당신에게는
미친 듯이 반하게 하는 기묘한 표정이 있었다고. 그토록 반할 만큼
소리쳐서 다른 사람들이 차마 당신 곁으로 오지 못하게 만드는,

그런 술책을 세우느라
나는 야성으로 길든 포악성으로 거리를 헤매면서 뒤진다. 흙더미 속
엔 아직
길들지 않은 포탄들이 시퍼렇게 살아 있다. 또는 내가 좋아할지도 모
르는
끝없이 철 지난 잡지들의 희미한 거리 풍경들을 매혹시키는

이 단순함, 몰염치, 공중부양처럼 둥둥 떠 있는 사랑을 위하여
정말 죽으라고 매달리는 한 사나이의
기막힌 순정을 위하여.

찬란하게

맨 나중에 나오는, 찬란한 죽음이 올 때까지
자기 자신을 완전히 부수어버리는, 그런

열정적 파괴가
있었네

그리고 한 움큼의 소멸,
끔찍한 적막이
어둠 속 하얀 보자기에 싸여서 흘러나왔다네, 이 세상
더 없이 그립고도 그리운 우주를 향하여

거기
자기 자신만을 고독하게 사랑하는 이의
불타는 전력질주를 굽어보던
그 순간
피와 사랑과 그리고 눈물이 함께 따라왔네,

둥글게 하나처럼
하나처럼
둥글게

봄빛 세상

물길은 소리 없이 적막하게 흐른다

언덕배기엔 개나리가 활짝 피어 있고

봄빛이 어느샌가 우리들 곁에 가득 차 있다

이제 나도 물속의 청둥오리처럼 날렵한 친구 만나

사랑을 해볼까?

두 마리 암수가 파닥, 파닥, 파닥거리는

봄날의 화사한 꽃그늘 속 그 어디쯤에서

몰래 키운 분홍빛 연정도 발그레하게

온몸 붉히면서 익어가겠지

물길 한없이 부드럽게 흘러내려가는 불광천 산책로에

물끄러미 서서

이렇게도 꿈같은 서정시 한 편 떠올린다

벗겼다

마치
성난 사람처럼 다가와
나를 눕혔다
거칠게 나를
벗겼다 으스러지게 나를
껴안았다

피가 돌지 않는 순간
할 말을 잊어버린 그가 가혹하게
나를 내팽겨쳤다
거대하게
부풀어 오른
폭발음처럼,
나를
두 동강 내었다

죽여줘,
어서 죽여줘,

힘없이 더럽혀져 있는
나를
커다랗고 무거운 군화처럼
그가 짓밟고 지나갔다

이제 나는

죽었다, 죽었다
아니, 살아 있다
그가 죽인만큼 까다롭게 나는
살아서
험난한 복수의 칼날을 움켜쥐어야지
거대하게, 나는 일어설 것이다

잔혹한

안 보이니까
그것은 지난 과거다
내가 숨겨온
비밀 루트이다
내통하고 있던 암흑가의 잔혹한
실물이다 그 존재다
한 번만 더, 쉿 소리 내지 말고 조용히
입을 다물 것
봄부터 여름 지나 가을 건너 겨울까지
당신이 터뜨리지 못한 소문, 엎드린 채
엎드린 채 가만히 덮어줄 것
나는 총부리에 손댄다, 죽어서도 말 못할 이유를 안고
거세해 버릴까 한 치의 소리 소문도 없이 저격범처럼

그래, 난 그렇지
냉정하게
쉽사리 비웃음으로 돌아서는 일만 남겨두었을 뿐

무늬

그는 흰 침묵 속에 놓여 있는
가느다란
항아리다.
유적의
오래된
침묵이다.
들릴 듯 말 듯, 귀를 열고 바라보는 하늘에는
수십만 꽃이 가득히 피었다가

사 라 진 다.

맨 처음
그가 이 땅에 내려온 날의
기억이 있다.
천삼백 도의 불구덩이 같은
열화 속에서
기다리던 사나이의 목마른 기침소리가
가늘게 들려왔다. 차갑고도 긴 밤이 오래토록 깊이
꺼질 줄 몰랐다. 흙을 빚어 타오르는 항아리를 끌어안고
한없이 나뒹구는 가슴이 무수했다. 열 번, 스무 번도 더

하나를 품고자 하는 마음 차마 간절했으므로
참고, 또 참았다.
드디어 그는
평온한 마음으로

둥근 테를 휘감은 빛이
참으로 찬란하게 살아난 응고된 무늬를
바라본다. 자디잔 바람이 스쳐 지나간 한쪽 벽면에서는

그날의 거대한 꿈틀거림이, 펄럭이고 있다.

나는 고요히, 소용돌이칠 것이다

거대한 돌덩이가
들어앉았다
쉽게 박동하지 않는다
쉽게 내면을 드러내 보이지도 않는다
속이 컴컴한, 입구의 안과
밖을 분간할 수 없는, 수심 속으로 자꾸만
빨려들어가는, 커다란 혓바닥의 수런거림이
솟구칠 뿐

당신의 그 몸짓, 표정을 잃은
냉혹한 얼굴을 보고 있노라면
아, 나는
너무나도 멀리 떠나왔다는 기억이 스치며
지나간다, 당신은 잴 수 없이 커다란 불투명이다
한 장, 두 장 당신이 입혀준 겨울 속의 방한복을 들춰내면
소용돌이칠 것이다, 당신은

오래된 죽음처럼, 그냥 나를 내버려다오

나의 하얀 손

그녀의 가슴속으로
나의 하얀 손이 흘러들어간다
고요하게 그녀의 시선이 멈춘 채
내가 피워낼 서투른 몇 송이의 장미를
함께 감상해 보자는 것이다
펄럭이는 그녀의 가슴속에서 나는
침이 마른다 얼굴이 시뻘겋게 부어오른다 숨이 탁, 탁,
막힐 것 같다 그리고
화상으로 부푸는 상처들을 기억해 내고자 할 것이다
나의 하얀 손이 그녀의 두 젖가슴을
휩쓸어가는 동안
오, 그녀는 뜨거운 죽음처럼 기립해 있다

못다 한 슬픔

하늘은
구체적으로
점점의 고요를 뿌리며
우리들 안과 바깥을 수습하려 든다

할말을 잃어버린
입들이
강가로 나와
오래 오래 묵은 옷들을 빨고 있다

기다리지 마,
기다리지 마,
뒤를 돌아다보지 않고 떠난 새들은
소스라치게 기웃대던 꿈속에서
돌아가야 할 길을 잃어버리고

묵음으로 길든 마을은
별빛 돋아나는 시간을 기다리며
하루를 눕히고 있다, 슬픔으로 얼룩진 북을 두드리며
난타의 바다 속으로
뛰어들고 있다

참 오래 된 불행,
모두 내 것이다

절교

검은 돌 하나가
가슴에 와 박힌다.
무슨 말을 하고 싶었던 것이냐, 바랄수록
일몰이 왼쪽 허리를 치며 아득히
드러눕는다.
무욕의 쓸쓸함이 이리 냉정하게 거꾸로 내리박히는 순간
없도다, 아무것도 없도다, 정말 아무것도 없도다,
나는 빈 방 하나로 남는다.
쓸개처럼 남는다.
당신은 창문 밖에서 물끄러미 방 안을 들여다보고 있지만
그러나
이미 너무 늦은 시간!
비소砒素를 삼키면서 내가 서 있다.

처음

옛날에 있을 것은
이미 다 있었느니라
장엄하고 눈부신 최후의 걸작들은
수천 년 전,
장인들의 손으로 이루어져서
지하 수십 미터 깊숙이 땅속에 묻혔거나 또는
세상 사람들의 눈길보다 훨씬 더 먼 곳에 은밀히
감추어져 있어
오늘 우리네 손을 차마 부끄럽고 부끄럽게 만드나니
'처음'이라고 말하지 말라, 그것은 이미 지나간 날에
있었던 일
당신은 한 번 헛손질함으로써 최초와는 아득해질 것이므로
언제 또 다시 개벽의 새아침을 뚫고 나올 어마어마한
역사의 힘이여,
차마 무기력해지는 우리의 마음이여

못을 뽑다

저 멀리 떠내려간 기억 속에서
나는
당신의 목을, 팔을, 가슴을 가만히 더듬습니다
잘못된 판단과 오해로써 굳어버린
당신의 입과 눈, 이마를 매만집니다
당신의
이미 죽어 있는 성기며 겨드랑이와 배꼽을 건드립니다
생명의 불꽃 속에 거칠게 타오를 사랑을 그리면서, 고통 받는 자의
일체의 헌신과 요구를 바치며, 흐릿한 방에다 당신을 눕힙니다
아무것도 없습니다
나는 싱그러운 풀잎과의 긴박한 파장과 끝없는 교류를 생각하며
아, 차마 당신을
잊기로 합니다

새를 찾아서

새가
죽어서, 피폐해진 그곳을 찾지 못했다

숲이라면
죽어 널브러진 새들이 앙상하게
뼈를 말리고 있을 법한 장소인데

내 눈은 아직 한 번도 새의 죽음을 목도한 적이
없다, 새는 어디서 눈을 감는가

캄캄한 하늘에 대고 끝없이
나는 묻고 답하노니,
핏기 없이 어두워진 내 얼굴이
그래도 잘 모른다고 수줍어서 말할 때

처음처럼 희미하게 거듭 더듬거리면서

지금

뱃속에
당신이 주신 아기가 스며들어 있습니다
조금씩 부푸는 솜덩이처럼
당신의 아기는 눈과 귀, 두 뺨, 엉덩이, 무르팍까지
동그랗게
동그랗게
무엇인가를 향하여

한없이 솟구쳐 오르고 있습니다
나의 뱃속을 쿵쿵대면서 떠오르는 그 숱한 포만감이
진정으로
나를
나답게 만들어 주고 있습니다

아, 당신은 누구일까요? 그리고 나는
누구일까요?
우리가 맺은 피의 분신을
뜨겁게 느끼면서, 나의 뱃속에
버릴 수 없는 죄 하나, 자라나고 있습니다

저 푸른 힘이 자라서

묵은 고목 아래에는
큼지막한 바위가 하나 있고
그 바위에는 속속들이 천년의 이끼가 시퍼렇게
피어 있다

중심적 화자는 썩어 내린 고목일 수도
있고, 너럭바위일 수도 있고
또는 이끼일 수도 있겠지만

실은 그런 이유 때문이 아니라
그 셋이 일개 항으로 서로 묶여져 있다는
사실을, 함께 나누어 갖자는 것이다

가을이면 나뭇잎이 우수수 떨어져 쌓이고
그 위로 빛나는 영혼들의 눈송이들 분분히 휘날리고
겨울의 회색빛 망토가 사라진 다음, 다시
소름끼치는 꽃피는 봄이 오고
그 숲에 메시아와 같이 여름이 다가오는
순항을, 셋은 고루고루 나눠 가지면서

침묵에 이기는 힘이
처음 어디서부터 왔는가를
각자 깊이 생각해 보기로 하자는 것!

그런 결연이

고목과 바위, 그 바위를 푸르게 뒤덮고 있는
이끼를
숲에서 가장 빛나고 활기차게 살아나게 한다

아프다

그 집,
한 채가 무너졌다
이미 오래전부터 균열이 버짐처럼
번지던 집, 사소한 시비거리가 끝내는
공포의 싸움터로 변하던 골목길, 아무것도
아니라던 말을 뒤집으며 붕괴와 소멸이 찾아온
집, 그래
집 한 채가 무너졌다

당신은 "글쎄, 괜찮아"라고 말하지만
그 말 속에는 흐릿한 불분명함을 지니려는 뜻이
숨어 있어서, 우리는
괜찮다라고밖에 말 못하는 당신의 마음을 헤아리면서도
거기에 차마 동의할 수는 없었다
그런 애매함, 반복되는 모순, 거부가 아닌 거부를 막지
못하면서도
이미 불화는 진행되고 있었으므로
무너져 내리는 집 한 채는 너무나도 선명한 색채처럼
우리의 마음을 엎어왔다

집 한 채의 무너짐, 그리고
그 후로 말짱 갠 날의 지상의 평화스러움이
고요한 적막처럼
아팠다

얼음산의 노래

저는 만년의 순결이에요
제 하얀 눈의 눈부신 자태를 보실 때에는
멀리서

절대로,
절대로 가까이 오진 마세요
그건 너무나도 두려우니까요
그래서 저의 공포는
때로 다가오는 사람들에게 치명적인 불행을
안겨다 주죠
그래서 저는,

오늘도 기다리죠
저를 보러 오실 때에는
까마득한 절망의 먼발치에서 비스듬한 눈빛으로
저를 바라보시거나
또는 신神이 파놓은 차갑고 날카로운 빙벽을 끝없이 타올라
죽음의 연인처럼 마침내 저를 정복해 버리고 마는
그런 사람에게

오,
저의 순결을 보여 드릴게요

무사 1

가시철조망이 쳐져 있다

끔찍하다

고압전류라도 흐를 것 같은

저 따위 무식함으로

이 일대를 지키겠다는 무사적 결의가

꿋꿋하다

소름처럼 돋아나 있는 단단한 팔뚝의

꺾일 수 없는 절개와

민첩함이 억세다

오, 철조망 옆으로

파랗게 피어 있는 풀잎들이

참 이쁘다

무사 2

나는 하염없이 불탄다

새파랗게 독을 머금고서

이글거린다

사방으로 뾰죽뾰죽 돋아난 이빨로

덤벼들면 쏘아버릴 듯 위태롭다

그래, 마지막으로

이 지상에 남겨둔 최후의 폭탄이야

가로 세로 줄을 친 은빛 철조망 위로

수없이

당신의 대갈통은 날아가 버릴지 몰라

조심, 그리고

조심!

동화

잎새들이 펄럭이며 넘칩니다

아래에서 위로, 오른쪽에서 왼쪽으로, 왼쪽에서 오른쪽으로,

위에서 아래로, 중심에서 바깥으로, 바깥에서 중심으로,

온갖 설렘의 한복판으로, 빛나면서

흘러갑니다

최초의 빛살들이 부딪쳐서 아름다운 소음을 이룹니다

남의 그늘이 될 수 없는, 눈뜬 자아가 이윽고

고요히 폭발합니다

뒤집히고, 뒤집히고, 다시 한 번 뒤집혀서

초록의 본거지를 찾아 헤맵니다

마침내 다다라야 할 거기, 빛나는 환희가 일렁거림으로써

다시는 볼 수 없는 한 편의 동화를 만들어 냅니다

단추 하나

똑, 떨어져야 할 지점이 사라졌다
보이지 않는다
똑, 떨어져야 할 경계선이
지워짐으로써
그곳에 가려져 있던 허물들이
드러나 보이기 시작한다
단추 하나
떨어진 자리에 피할 수 없이 노출된
당신의 욕망, 그리고
숨기려고 했던 피의 그리움이 들어 있어서
저 커다란 공황이 차마 두렵기만 하다
단추 하나
이미 당신의 내전이 시작된 다음이어서
쉽게 가라앉을 수 없는 불행과 타오르는
슬픔이
보인다

어느덧 가을

불꽃 사이를
지나왔다
6월의 장미와
깨끗한 바람
넘치는 햇빛 사이로
웃음처럼 지나왔다

떠들썩한 이야기
쩌릿한 기쁨
한없이 부푸는 폐활량 사이를
그렇게
우리는 지나왔다

들리지 않는가, 폭포처럼 아우성치며 쏟아지던 노랫소리
항상 웃고 울음 짓던 당신의 자존심
너그러운 가슴으로 당당히 받아주던 끝없는 기대와 설렘이
눈부신 광채처럼 빛나고 있는 것을,
지나간 과거가 불확실한 미래보다 더욱 따스하다는 것을
그렇게 말해 주려는 듯이

아, 그러나 지금은 어느덧 가을

7월의 아침
— 이승훈 시인에게

"이수익 형
82. 7. 18 이승훈
쌩미셸에서"
라고 쓴,
이승훈 시인이 내게 준 몬드리안의 주요 작품집에서는
20세기 빛나는 화가의 업적들이 엄격하게 드러난다

초기에는
한 그루 나무가 위험한 테마처럼
캔버스 중심부에 우뚝 서 있더니
그 다음에는
그 나무가 반추상으로 굴절되었다가
다시 한 번 더 추상적인 형태로 바뀌어서
결국
추상은 구상이 되고 마는가?
수직선과 수평선이 만나고 그 가운데에 생긴 사각형에
붉은색, 푸른색, 흰색, 노란색, 검은색이
강렬하게 기호화 되었다는
바로, 그 점이다

나는 몬드리안의 심리적 물결에 대하여 말할 수는 없지만
그러나 이승훈의 시는 몬드리안의 선과 색채를
자기 나름대로 교묘하게 압축해 나가고 있다는 느낌을
받았다
지금으로부터 30년 전

7월의 아침, 우리는 무엇이 변했나?

홈런, 이라고 말할 때

벌써
공이 서 있는 느낌으로
다가온다
공의 실밥줄이 생생하게 눈앞에
펼쳐진다
팔을 휘두르면 금세 와― 하고 그라운드 전체에
금빛 별들이 우수수 쏟아져 내릴 것만 같은,
그런 기분이다

공이 서 있는 듯한 충돌의
욕구로, 공의 실밥줄이 팽팽해지는 맨 정신의
투혼으로
한 방 휘두르면 온통 지구의 먼 끝까지
흥분의 도가니에 휩싸일 바로 그 순간

당신이
서 있다

스스로 당신의 팔과 머리, 손목과 발꿈치는 자연스럽게 풀리면서
고속의 질주를 타격하는, 역주행의 놀라운 마력이 숨겨져 있었던 것
그리하여 뛴다 당신은 쏘아올린 휘황찬란한 불꽃 사이로
천천히
아주 천천히
거대한 한 방의 축포를 들이켜면서

지금 당신이, 웃으면서 뛴다

제12시집

침묵의 여울(2016년)

그만큼의 높이, 드론

나는 드론을
높이 쏘아 올린다
수직 강하가 자유로운 물체, 소형 무인기는
하늘에다 불을 켜고 치솟아 오른다
바로 이것이다! 나의 꿈은
너무 높지도 않고 너무 낮지도 않게
고요히
적을 향하여 전진하는 것이다, 보다 치밀하게

지상 3, 40미터 상공으로 떠오른 드론은
하나하나 인간의 표정과 감각, 기대와 좌절을
거듭 다스리고 부풀리며, 또한 넘치는 에너지를 가볍게
끌어안는다
카메라는 매 순간을 찍어 동영상에 감금된 풍경을
실려 보내고, 그리고

나는 작전을 감시한다

오늘도 아침부터 저녁까지, 밤부터 새벽까지, 드론은
날고 싶은 나의 꿈을 부풀리며 하늘을
끝없이 날아다닌다
너무 높지도 않고 너무 낮지도 않게, 적절한 높이를
이루면서 지붕과 지붕을, 강과 산을, 벽과 어둠을 파헤치는
드론은

내가 날고 싶은 또 하나의 부푼 욕망이다
혹은, 그
좌절이다

닫힌 입

입을 봉하라. 당신의
풀렸던 정신을 꽁꽁 옭아매고 이제는
마음을 단속하라. 그동안 너무 많이
지껄였으니, 텅 빈 구석 더러 생길 법
했을 듯.
입을 봉하라. 차라리 그전이 더욱 그리웠던 것처럼
최초의 이전으로
돌아가라.
보다 더 커다란 믿음이 당신을 누르고서 지배할 수 있도록
어둡게, 끝이 보이지 않도록
멀어져라. 당신의 눈과 귀와 입이
온통
허물어질 때까지.

다락방

혼자만의 공기를 쉼 없이 들이켤 수
있는, 마디마디 뼛속을 깨끗하게 비울 수
있는, 타인들을 멀리하고 오로지 자신만을 정면으로 바라볼 수
있는

바로 그런 곳
그런 자리
그런 분위기
속으로

나를 눕히고 싶어.
아무도 쉽게 문을 열어주지 않는
텅 빈 고요만이 물결치는 숨겨진 조그만 방,
그 다락방의 은밀한 초대에
가득히 누워

온전하게 나는
새로워지고 싶어.
떠오르는 비행기처럼 나는 훨훨 날아갈 거야,
그리고 다시는 돌아오지 않을 거야, 행복한 사탕을 오래오래 빨면서,
머나먼 우주의 끝을 따라 날거야.

다락방, 언제라도 나를 눕히고 싶은
환상의
그곳.

이륙

캄캄히 멀어져 갈 때가 있었지
본인이 바라든, 바라지 않든지, 어느 순간
기폭제처럼 떠올라 그 이름 환히 빛날 때가 있었지
또 다른 대륙을 향해 가득히 무릎 꿇고 빌어보던
그 최초, 이륙의 시간
죽음처럼 피어오르던 유황불 타는 냄새 속으로
당신은 초고속 발진의 페달을 밟았던 거야
극소수의 사람만이 선택받은 레이스 위에 당신은
은빛 타오르는 융단의 구름을 밟고 서서, 끝없이
펼쳐진 녹색 산야와 푸른 바다, 강들을 음미하고 있었어
그것이 처음이었고
이젠 마지막이야, 마지막은
다소 우울하지만 그렇지만 지켜볼 만해
당신에게는 이륙이란 늘 처음 있는 일이니까

건축학 개론

무슨 도시가 그런가,
한때는 휘황한 축제가 연이어 며칠이고 열리던 거리였는데
그때는 무성한 초록 잎사귀가 으르렁거리며 숲을 이루고 있었는데,
그때는
저녁 하늘을 향하여 눈부시게 부서지던 폭죽이 찬란했었는데
그때는 술 취한 무리들이 떠들썩하게 웃음판을 이룬 채 지나갔었는데
무슨 도시가
그런가,

지금은 기물을 송두리째 압수당한 채 나올 수밖에 없는 빈한해진
골목과 쓰레기더미 더미가 수북이 깔린 회색의 블록 담과
천천히 낯선 걸음을 옮기는 허리 구부정한 노인들과 오랜 낡은
집들이 쓰러져 갈듯, 쓰러지지 않고 버티고 있는 풍경이 저리 위태롭
기만 한데

무슨 도시가
그런가,
아직 눈뜨지 않은 미명의 거리를 휩쓸며 쏘다니고 있는
이 미친 야성의 고양이들과 뜨겁게도 불우한 나의 이웃들은

견고한 뼈

뼈는 강고하다
무기질이 뿜어내는 어둠의 자막이
깊고
현저하다

살들은
단 며칠 만에 해체되었다
떨어지지 않으려는 피의 응집력이 계속되었지만
뼈는
제 살들을 떨쳐내어 버렸다
울부짖음 속으로 흘러내리던 그 오랜 말들,
혹은
그런 기억들…

이제 뼈는
날카로운 각도로서
수식어를 필요로 하지 않는 냉정한 심판자처럼
우뚝
내 앞에 섰다

뼈의 결기는 한창 꼿꼿한데
나는 조금씩,
울음을 터뜨릴 것만 같다

비밀을 보이다

어젯밤 폭우에 담장이 그대로 무너져 내렸다
담장이 끼고 있던 이웃집과 우리 집의 내부가 훤히
있는 그대로 드러나 보이는, 그런 처지가 되었다
가리고 살았으면 더 좋았을 것들이
어처구니없이 황당하게, 자신의 모든 것을 죄다 보여준다고
그랬던 것이다
그 집 대청마루와 문지방, 우물, 재봉틀, 변소, 외양간 등속이
눈에 빤히 보이는 것들이었고 우리 집 또한 마찬가지였지만,
그런 것 외에 각자 은밀하게 챙겨주고 싶은 조그만 비밀들이
여기저기 매달려 있었던 것이다
무너져 내린 담장을 보수하며 반듯하게 일으켜 세우는 일이
눈앞에 떨어진 가장 큰 사업인데도
나와 아내는 엉겁결에 보이지 말아야 할 소중한 것들을 송두리째
드러내 보인 듯
쓰러진 담장을 두고 한없이 불평해 하는 것이다
아마도, 이웃집도 오늘쯤은 그럴지 모른다

아가위나무

산사수가
조그맣게 붉은 열매들을 껴안은 채
11월로
가고 있다

나쁜 귀신이 오면 물리쳐 버려야지
우리 집 산울타리를 지키고 서 있던, 실했던 그 나무가
어느덧
노란 잎사귀를 물들인 채
찬란한 망명의 길을 떠나려 하는데

어디
호위무사 몇 명쯤 데리고 떠날 일 아닐까
나는 어쩌면 그 길만이 살아서 돌아올 날을
기약하는
빛나는 선택이라고 믿고 있는데

아무런 미련 없이 떠나가는
산사수,
가시면류관처럼 무겁게 머리카락 풀어헤치고서
냉혹한 가을 찬 서리 속으로 스며들고 있는 것을

나는 바라보네, 이제는 우리들 간의 거리도
저렇게 멀리
떠나가고 있음을

흑백영화

흑백영화를 보고 싶어
줄이 주욱 죽 흘러내린 흑백영화 속에서
그들은 놀랄 만큼 바보스럽게 사랑을
연기했었지
서툰 만남에서 사랑은 처음 시작되었으나
엉성해진 이별의 순간, 사랑은 내일을 예측할 수 없이
아득하게
아득하게 헤매다가,
드디어 두 사람이 다시 눈물겹게 재회하는 장면에서
사랑은 바로 신파조의 감정을 여지없이 그대로 드러냈었지
사랑!
지금만의 사랑이 제일이 아니고
지난 시절 바보스럽게 바라본 그때 그 장면이
몹시도 더욱 그리운 거야
한 번 더
흑백영화를 보고 싶어

불꽃, 끝없이 타오르는

불꽃은
쓰러지지 않는다, 거듭
피어오를 뿐이다

한쪽이 펄럭이다가 지치면
또 다른 한쪽이,
고요함을 뿌리치면서 새삼 황홀하게도 피어오르는
그런,

그런 것이다

불꽃은
죽음을 앞두고 있으나
불굴의 저항처럼 끝없이 휘감는 손들의 유혹을
헤치고서
하늘 쪽에다 목마르게 그의 입술을 갖다 댄다

보라, 저 준열한 높이에서 꺼질 듯 꺼지지 않는
하얀 불꽃이 삼키려 드는 악마의 연기들이여,
고통 속으로 기나긴 하루를 보내고 있는
나날이여,

굵게 팬 손아귀에서 뻗어나간, 거친
나의
힘줄들

그날은 가고

웅덩이를 보면
물속으로 던지는 나의 배고팠던
우울한 저녁, 그리고 그 이튿날 새벽이
음험하게도
시퍼렇게도
되살아나는 것만 같아

울지 못하게 입을 틀어막던
숨 가쁜 날, 겪었던
참혹한
그 기억 때문에

차라리 이빨이 사나운 개가 되고 싶었던
어쩌면 웅덩이 속에 빠져서 죽고 싶었던
끔찍한 보복을 꿈꾸던
나의
과거여

그러나
지금은 정말
살아 있는 세상이 매 순간 아름다워
숨 쉬는 자리마다 불꽃처럼 피어나는 노년기의
황홀한 고독과
기쁨이여

참새

버릇없는 녀석들,
똑똑하고 영리하기만 할 뿐이지 제멋대로
굴러다니는 돌멩이처럼 발끝에 채여서
쉼 없이 흩어지는, 정체불명의 무국적자들과도 같이

오로지 재빠르기만 할 뿐
고개를 들면 어디론지 후루룩 날아가 버리는
그런 불순한 주둥이들,
점차 나에게는 잊혀져 가고 있는
이들은

금세 나타났다가 쫑, 쫑, 쫑, 발걸음이 수상하게도
나무 그늘에서 그늘로 피신하는, 더 없이 심약하기 짝이 없는
이들 참새는

나에겐 어릴 적부터 친구처럼 막역하게 지낸
터였지만 요즘 아이들에겐 아무런 뜻도 없이
귀가 먹은 새,
그들에겐 옛날의 새총소리가 가깝게 들려오기를 기대하고 있겠지만
그런 아이들이 살고 있지 않은
세상과는 서로 아득히 멀어져서

침묵에 대하여

침묵은 묵직하다
침묵은 굵다
침묵은 검은 빛깔이다
침묵은 오래간다
침묵은 크고도
깊다
침묵은 자신의 혀를 깨물어 삼키는
사람의 거대한 자만自慢이 꿈틀거린다
침묵은 상대방의 말을 일체 중지시키는
뜨거운 압력들끼리
충돌한다
침묵은 또다시 새로운 침묵의 세계를 이끌어내는
그 최후의 만찬이다
오, 담대한 침묵!

나를 던지리라

거대한 물결이 이루어내는
격한 파문의 소용돌이 속에서
아직 살아 숨 쉬는 언어와 율동,
소름끼치는 날카로움과 울음이
활처럼, 무기처럼 팽팽하게 솟아오른다면

나는 표적이 되어 박히리라, 생의 한가운데서 끝으로
생의 끝에서 한가운데로, 무섭게 몰아치는 힘의 단단한 끈이 되어

일체의
애증도, 희생도
없이, 나를
던지리라

죽음으로서 창궐하는 크고 강한
부패여
나를 사로잡는 험난한
백색 공포여
이제는 거친 소용돌이처럼 저만치 멀어져 가라

나는
용솟음치는 땅 위의 저력을 믿고, 또한
너를
가득히 용서할 것이니
참으로 오래되었도다, 거대한 미래여

멍청하게 바보처럼

손이
쉬고 있다, 가볍고
느슨하게
힘을 한껏 빠뜨린 채 다음에 해야 할
일을 까마득히 잊어버린

미생물처럼, 기울어진 저울대처럼,
손이
맥없이 나자빠져 있다

10분 전쯤이었던가, 손은
머리에 의해 분주하게도
제 갈 길을 찾아가고 있었다, 처음부터 끝까지
파고드는 긴장과 소스라침, 혹은 믿을 수 없는
그 어떤
놀라운 발견에 대하여

떨면서, 그리고 이루어질 수 없는 절망과 파괴에
몸부림치면서, 시詩의
힘줄과 근육들이 제자리를 잡아가기를 얼마나
바랬던가

지금은 손이 하염없이
쉬고 있는 시간,

스물일곱 개의 뼈대가 이루고 있는 윤활관절은
한없이 고개를 수그린 채
흐릿하고,
멍청하게,
바보처럼,

무겁게도 입을 닫고 있다

핏자국

장미는
불꽃이다
펑, 터지는 화염의
중심부다
손닿지 못할 욕망이 흘러내리는
너와
나의
앞가슴이다
6월, 붉은 장미가 피어 있는 골목길 담 위에는
어느 날 내가 한없이도 울면서 몸부림치던 그 사랑의
핏자국이
스미어 있다

슬픈 리얼리티

차창 밖으로
내미려는 손과
잡히려는 손이

하나가 될 때,

서로 잡을 수 없는 손과 손끼리
가슴 무너지게 주저앉은 채, 결코 하나가
될 수 없을 때,

이별은
마침내 이별해야 할 순간을
숨 가쁘게 맞이하면서
몸부림친다.

…… 드디어 버스들이
떠난다.

하룻밤 같이 끌어안고 울면서 보낸
불같은 체온들이
이제는 점차 멀어진다, 그것은 65년 만에 이루어진

허무한 짝사랑의
슬픈
고백.

* 제20차 남북 이산가족 상봉 행사는 2015년 10월 20일부터 26일까지 금강산에서 이루어졌다.

유리의 기억

뜨겁고도 차디찬 불길이
솟아올랐다.
나는 저 지옥 같은 화염 속으로 뛰어
들어가야 한다.

나는 오로지 새롭게 태어나야 함으로써
정결하게 옷가지들을 벗은 채
최후의
불의 심장을 향하여
황홀하게도 떨어져 죽을 각오가 되어 있으므로

나는
초주검의 변경을 거슬러서 떠나온 사내답게
늠름히 어둠과
맞서리라.

차디찬 기억의 저편에서
투명하게 얼음처럼 빛나고 있는
오!
유리 한 장

붉은 고지

우뚝 선
그의 성기性器는
죽음을 향하여 전진한다.
피투성이가 되도록 쏟아 붓는
적의
붉은 고지를 향하여
드디어 험악한 생애를 마감코자 한다.
마지막 한순간 떠오르는 비명悲鳴이
입안을 가득
메울 무렵,
그는 운다, 또는 웃는다, 아니면 완전
실성이다.
이제 그에겐
죽음만이 가장
가까운 거리.

가족사의 이면

더러울 년,
엄마 혼자 남기고서
훌쩍
세상을 떠나버린

독한 년,
쓸개만치도 못한 년,
사내를 따라서 그 아까운 목숨을 버리다니!

나는
미친 듯이 운다
딸애를 잃은 이 엄마는 가슴이 썩어
금세
문드러져 내리는데

돌아오지 못할 강을 이미 건너버린
딸애는 하얀 죽음으로서, 말이
없다

미칠 년, 모질 년,
그래 이 나쁜 년,
나쁜 년…

두꺼운 침묵

침묵은 베일이다, 아무런 답이
없다. 두들긴 자국만이 그 위에
시커멓게
남아 있다.

크게 한 번 부딪쳐 보자면서
거칠게 몸을 날려보아도
두 개의 벽을 가로지르는 순식간의 파장만 일었을 뿐,

침묵은 여전히 침묵!
시퍼런 상처는 진원지를 알 수 없는 암흑이다,
불쾌한 첫 번째의
반응이다.

침묵을 깨뜨리기 위하여
서툴게 힘을 쓰지 마라.
서투른 입, 서투른 희망, 서투른 장식, 서투른 뼈들, 그보다는
한없이 죽어 있는 당신의
절망이 좋다. 차라리 끝없는
절망!

나는 캄캄한 어둠 속에 피어 있는,
또 하나의
고요한 불행이다.

낙과落果의 이유

사과 한 알의 무게 중심이
오래 준비하고 있었던 듯, 그때야 떨어져
내린다.

땅의 거친 표면이 그 순간 순해져서
붉고 푸른 사과 한 알과의 만남을 너무나도 기쁘게 생각하며
이를
받아들인다.

땅은 이미 오래전부터
낙과의 비밀을 알고 있었던 듯하다.
사과가 자라면서 조금씩 달라지는 그 빛깔과 향기를
몰래 지켜보면서, 꽃과 벌의 나타남과 사라지는 때를 기억하면서,
해와 달과 별빛, 구름의 운행을 떠올리면서
언젠가는 사과가 제 몫을 다해 지상으로 떨어져 갈 날을 곰곰
가슴에 새기고 있었는지도 모를 일이다.

사과가
고요히 떨어진다.
온몸 가득히 펼쳐지던 지상의 복된 시간과
눈물 나게도 그리운 정든 분위기와 마지막 이별의 공간이
차마 아쉬운 듯
한 알의 그리움이 떨어진다.

이 땅에,
한 알의 축복이 떨어진다.

깊은 관계

간밤
야음을 타고 내린
하늘
특공대,
하얗게 지상을 점령해 있다

그 어깨를 밟고 지나가는
새벽
수레바퀴들,
일사불란하게 고요를 흔들고 있다

하얗다 못해
푸르디푸른
제복을 입고 도열해 있는 하늘의 장정들
입김은 단호하고, 또한 위엄 있게
차디차다

쉿,
아무 말도 뱉을 수 없는 이 땅의 침묵 피어오르는
시간,
당신과 나 사이는
너무나도 깊은 관계처럼
얽혀 있어

피로 물들다

악몽에 떨어지기 전
바로
그 지점,

악몽을 거부하다가 미쳐버린
바로
그 지점,

이제야 나는 살아 있다, 살아 있다!
외치는
이
극빈極貧의 순간,

떨어지는 한 방울의
피의
울부짖음,

검은 비닐봉지

나는 붕붕,
떠다니고 싶다
실없이, 고독하고
우아하게
바람에 불려서 마구
흩날리고 싶다
구겨지고 싶다
퍼덕이는 나의 패션을 무엇이라고
부를까
자유를 위한 고백, 영광스러운 일탈,
끝없는 방황을 찾아서
그런 모험으로
나는 하늘을 향하여 구김살처럼
엉클어지고 싶다
휘날리고 싶다
나는 붕붕,
떠다니는 검은 비닐봉지
때로는 무국적자라는 이름으로
나를 불러다오
나를 잊어다오

자유

바싹
깨어진다, 주저앉듯이

형체는 스스로 무너지면서 그들이
지금까지 탄탄하게 유지해온 상하관계를
고스란히 있는 그대로 보여주면서, 다시는 일어서지 않겠다는 듯이
그들만의 고유한 짐을
풀어놓고 있는 것이다

얼마나 편안한가, 이젠
고답적이고 형식에 맞춘 틀을 벗어나
오로지 질펀하고 생기발랄하게 솟구치는 하늘의 뜻을 있는 그대로
물려받겠다는 듯이
그들은 주저 없이 알몸 하나를
활짝 풀어놓고 있는 것이다

바싹 깨어진 고려청자 하나가
극사실화처럼 선명하게 버려져 있는 초겨울
그 입구

유영 遊泳

당신은 푸르게 눕는다.
처음처럼, 입술이 떨린다.
나는 불꽃의 가슴으로 환호하듯, 당신을
껴안는다. 물보라 속에 반짝이는 빛의 굴절처럼
당신은 온몸이 부서지면서, 나에게로 합류한다. 우리는

이렇게 해서 만난다. 천천히, 천천히, 나로부터 멀어져 가라.
만나는 순간이 바로 해체의 시작이니까. 나는 악마의 칼끝을
겨누고서, 당신의 사랑을 흡입한다. 벼랑 끝에 선 당신은

이미,
죽음이다.

불덩어리

하늘로 쏘아 올린 불덩어리가
이글이글
타오르고 있다
숨막힌다
참말이 거짓말 같고, 또는 거짓말이 참말 같은
뜨거움이 폭발하면서 내뱉는 열기가 바야흐로
하늘을
요동친다
붉은빛으로 채색된 구름들이
퍼지면서, 땅 위에 뾰족뾰족한 고층빌딩들을
일으켜
세우고 있다
푸르디푸른 시간, 창문을 열면
새로운 아침의 기류가 나의 종아리를
휘감아 오른다
근육이 힘차게 뭉쳐진다 나는
거친 성욕처럼
굳어진다

우범지대

그들의 손은 쉬지 않고 또 다른 움직임을 찾고 있다
그들의 손은 험악하고 묵직하게
내버려져 있는 것이다 그들의 손은 무엇인가를 꼭 만져야만 하는데
만질 수 없는 부재가
그 앞에 가로 놓여 있다 그들의 손은
굵다란 실핏줄이 불거져 떠돌고 있는 도심지 우범지대, 검은 피가
뚝뚝 흘러내릴 것 같은 그 회백색 건물 밑으로 몇 조각
마른 빵과 우유를 실어 날라야지, 절망에 한껏 기울어진 피투성이 같은
그들이 보다 자유롭고 더 따뜻하게 심장을 움직일 수 있도록
그래 조금만 더,

사라지는 책들

책들이 사라졌다
사물과 사물 간의 거리가 아득히 멀어졌다
아무것도 들리지 않는다
고독을 씹는 자의 한숨소리 거칠다
눈에 보이는 것들 시계視界를 가린 채
하염없이 둥둥, 떠내려간다
내가 버린 책들 하얗게 거리를 헤매며 떠돌아다니는
불우한 지금, 알 수 없는 벽들 사이에서
소름끼치게 그리워지는
그들 이름은
누구?

엄마, 사랑해

당신의 혀끝에 내가 눕는다
생각할수록 비천해진, 지나간 사랑이 눕는다
쓰라림뿐이었던 내 상처의 오랜 흔적이 눕는다
그까짓 것, 별수 없는, 한 줌의 후회가 지금 가까스로
눕는다

엄마,
더 오래오래 살아줘
못다 했던 나의 재롱 제발 받아줘
그동안 버릇없이 굴었던, 정나미 떨어졌던 내 불손함을
눈물 흘리며 잘못했다고 빌고 또 빌게
엄마,
엄마 스스로를 위해서가 아니라 바로
내 자신을 위해서야
오래오래 죽지 말고 살아줘

당신의 입술에 내가 눕는다
누워서 바라보는, 참으로 모자랐던, 나의 과거가 눕는다
아무런 소식도 없이, 벼랑을 굴러떨어졌던, 못 쓰게 다쳐버린
나의 척추가 눕는다
머리채를 휘감고서 참아온, 지쳐버린 한숨과 삐거덕거림이
이젠 되돌아와 고해하듯 눕는다

엄마, 사랑해
정말
미칠 것처럼

흘러가는 뼈

우리는 다른 사람을
속이고
심지어는 우리 자신을
속일 수 있는
놀랍도록 지능화된 뇌의 구조를 갖고 있지.
여기에 비한다면 뼈는 한갓 허수아비,
소용이 있을 때는 조금씩 쓰이기도 하지만
만약 별 볼일 없어지면 그까짓 것, 폐품창고에 처박혀서
알게 모르게 버려지기도 하는 거지.

나이 육십 넘어
자기 존재를 회의懷疑하는 뼈가 가득히
실려서 떠내려가는 어느 지하철역,
이른 아침 시간.

흙의 심장

흙은 살아 있다.
죽은 듯 보이지만 흙은
시퍼렇게, 고스란히 살아 있다.
함부로 흙을 내팽개칠 일이 아니다.
흙의 부드러운 입술이 그렇게 말하고
또한 흙의 심장이 그렇게 말한다.
흙의 자존심과 흙의 대범함, 흙의 끈기가 우려내는
무한한 적막이
당당히 일어서서 그렇게 말한다.
죽은 듯 보이지만 흙은 아직도 늠름하게 살아 있어
빛나는 먼지처럼, 광채처럼 우뚝 서 있기를
기대하는 것이다.
더욱 한 번 당신의 구둣발로 힘차게 흙을 짓눌러다오.
거친 밑바닥의 힘이 꾹꾹 누르면 누를수록
꿈틀거리는 흙의 지문과 맥박이 숨결처럼 피어나서
그 아픔처럼, 그 고통처럼 비장하게도 흙은 용솟음치며
이 땅에 새파란 새싹들을 피워주게 될 것이다.
바로 그 중심을 향하여 앞장서서
당신의 체중을 밀고 나가라. 흙!
무너지지 않는 이 땅
최후의 보루.

쩡, 쩡, 소리치며 울리는 저 얼음 속에

굳어진다
일그러진 얼굴이 더욱 참담하게 굳어져
한눈에
이목구비를 제대로 분간할 수 없게 되듯이

물의 표면이
성급하게 굳어진다
며칠 전까지만 해도 물살은 하류를 향하여
숨차게 흘러내렸는데
오늘 밤은 다르다! 뜨거운 차가움이 휘몰아치면서
쩡, 쩡, 얼음장이 소리치며 울린다

물은 불온한 기색으로 저마다 비상등을 켜
이 밤을 이기려 들고 있지만
냉혹한 기류가 거듭 차올라 물속의 돌덩이들은 숨이 막히게
비틀어진다 앙상한 겨울나무들이 가슴을 움켜진다 하얗게
별이 빛나는 밤이 함께
무너진다

입술이 새파랗게 타오르는 밤, 가만히
귀를 기울이며 듣는 나의 침묵 속에서
얼음, 저 아래
아래로
세심한 물의 파닥거림이 굽이치며 들린다
두근대며 솟구치는 물의 맥박과 생기를 가득 머금고서

드디어 따스한 봄이라도 올 듯이
그렇게, 그렇게

두개골 X

나는
비어 있다.
텅
비어 있다.
없어서 좋다, 편안하다.
이것은
내가 저버린 마음,
허허벌판으로 내던진 최후의 유물,
두개골.
있는 채 없고, 없는 채 있는
갖은 허망스러운 육체 팽개쳐버린 듯
뼈다귀 하나 길게
누워 있다.
두 개의 눈알이 뭉텅 빠지고
코가 없어지고
이빨만이 서늘하게 닫힌 채
하늘을 바라보고 누운 나는,
어느 외진 수풀 속에 바람소리 들으면서
그저 편안히
쉬고 싶은 것이다.
누구에게도 나는 기억되고 싶지 않으므로
나를 그대로 잊어버릴 것.
나는 당신의 형상에서 이미 사라져버린
정체불명의 수신자가 되어 있기를.
나는 오늘도

온몸으로
하늘을 하얗게 쓰다듬는다.

하얀 목련

새벽에
점령군은 이 마을을 무섭게
진입했다

총소리 한 방 없이
두근대는 발자국과 숨소리조차 얼어붙은
듯이

단련된 몸짓으로 중무장한 스무 살 안팎
젊은 피들이
몸을 아주 낮춘 자세로 두루두루
사방을 살피면서

이 마을을 송두리째 장악하는
바로
그 순간!

드디어 하얀
목련
피어나겠지

환희를 넘어

강물이 몸을 부풀리며
내 곁으로 다가온다.
그의 설레는 손을 나는
잡아야 하리
그의 환희의 몸짓을 떨면서
껴안아야 하리.
강물이
거듭 내 곁으로 밀려온다.
무슨 할 말이라도 있는 듯
그런 표정으로
그런 눈빛으로
자꾸만 나에게 다가온다.
나도 강물 앞으로 성큼
걸어서 가리.
가다가 멈칫 강물 속에 빠져 있는
둥글고 희디흰 나의
발목을 보리.
강물과 금세 하나가 되어 있는
넘쳐서 펄럭이는 나를 보리.
웃음 짓는 강물 속에
둥긋이 떠 있는
둘만의 황홀감, 그 자체,
엑스터시여.

돌멩이처럼

돌멩이 하나,
돌멩이 둘,
돌멩이 셋,

강가에서 시퍼런 하늘 위로 힘껏 내던지는 숨찬 설렘이
하늘꼭지에 다다른 듯 강 쪽을 향해 쏟아지는 하얀 비명 때문에
온종일 무지막지하게 즐거운 하루를 거듭 보내고 있는
어쩌면 옛날 같은, 이 세상 끝 이야기

사람이 하나 없어도 좋을, 짐승이 하나 없어도 좋을, 이런 날들 속에
돌멩이처럼 굳건하게
내가 살아가고 있다는 것은

둘레

내 몸이 닳아가는 것
애달파할 일 아니다.
내 몸이 깎이고 헐어가는 것
또한 아프고
서운한 일 아니다.

나를 고통스럽게 하는 건
중심을 향하여 푸르게 서 있어야 할
나의 몸짓
위태롭게 흔들리는 일,
오롯이 중심을 지키고 싶어 하는 나의 열망
나의 자존
그런 긍지
시간의 밥풀 되어 헛되게 풀어지고 흩어지는 것을
멍청한 눈빛으로 바라보는 때의 목마름,
그 때문이다.

그리하여 나는 때때로 미친 듯이
세월의 문턱에다 대고 불지르고 싶다.
위험한 방화범이 되고 싶다. 반역의 칼날이
되고 싶다. 불화의 언덕 위에
나를 세워다오.

나는 끝끝내 하나의 중심이
되고 싶다. 내가 나를
일으켜 세워다오.

살아 있다

검붉은 흙은 살아 있다
강물은 살아 있다
길도 살아 있다
금 간 벽돌 자국도 살아 있다
무덤도 살아 있다
풀잎도 살아 있다
눈보라도 살아 있다
덜커덩 창문도 살아 있다
구두도 살아 있다
오, 바다도 살아 있다
번개도 살아 있다
에스컬레이터도 살아 있다
아가미처럼 크게 입을 벌린 산도 살아 있다
책은 살아 있다
먼지도 살아 있다
사막도 살아 있다
모두가 살아 있다
시퍼렇게, 시퍼렇게 살아 있다
나만 이렇게 죽어 있다

나무들 일어서다

어둠을 뚫고서 이제야
나무들 일어서려고 한껏 발돋움하는 것 보인다
희미해진 숲속 나무와 나무의 간격이 점점 좁혀져서
빛의 소용돌이에 휩싸인 채 이른 새벽 상승하는 기류의 움직임들이
번쩍거린다

이미 죽어버린
사물들의 과거를 지우고
죽어버린 동사와 형용사, 부사를 지우고
죽어버린 그의 혼잣말을 지우고
죽어버린 쓸모없는 온갖 학습들을 지우고
죽어버린 어제까지의 기억들을 모조리 지운 채

나무들, 이제 당당히
새로운 하루에 복무하기 위하여
하나둘씩 빛나는 새들을 하늘에 풀어놓는다, 새들은
최초의 발성법으로 숲의 가지와 가지 사이를 옮겨 앉으며
불의 악기를 연주한다 타타파파하하 루루라라치치 마마비비두두
새들의 화음이 끝간데 없이 울려 퍼져 마침내 숲 전체가
거대한 교향곡 속에 파묻혀 버리려는 듯, 놀라운 순간과 일치하려는 듯

그렇게 펼쳐놓은 새벽의 숲을 그리는
나의 이젤에는
서로의 뿌리와 뿌리들이 엉켜서 거칠게 폭발하는
힘의 한가운데에, 당신이
있다

불침번

타워 크레인이
우뚝 서서 밤을 지키고
있다
물샐틈없는 공포의 얼음 위로
스치며 지나가는 야간경비원 눈빛이 새파랗게
번쩍인다
철근과 철근 사이, 콘크리트와 콘크리트 사이
무릎을 베고 누운 건장한 사나이들이
이제 곤히 잠에 떨어졌을 밤,
타워 크레인이 지키고 있는
적막한 시간의
불침번

독락 獨樂

부처님이 웃는 듯이 표정을 안으로 감추면서
보얗게 앉아 계십니다
탱화가 빛나는 법당 안에는 기기묘묘한 형상들이
나타났다간 사라지고, 사라졌다간
나타나곤 합니다
몇 개의 촛불들이 취한 듯 춤을 춥니다 이토록 죽음과 삶이
한 가지로 어우러져서 독락獨樂을 즐기고 있습니다
희디희게 나비가 날아가는 병풍 저 너머에는
어머니, 우리 어머니가
살고 있습니다

나보다도 더 시인 같은

2016년 3월 16일
집사람과 아들 며느리가 함께
가평으로 가고 있는데,
자가용 윈도 브러시에 조금씩 떨어지는
빗방울을 보면서
세 살 먹은 손녀가 하는 말이
기막힙니다.

"온 세상이 구름에 가려져서
큰 빗자루로 쓸어버려야겠어."

정말 나보다도 더 시인 같은,
우리 집
손녀.

그리워서 아프다

난파선이 한 척
떠내려 왔다
거친 비바람에 쓸려 가슴 덜렁 내다주고
뼈만으로, 험한 상처만으로, 죽은 듯이
널브러져 있다
참으로 며칠 만에 맛보는 햇빛
싱그러워
야윈 몸으로 더듬는 따스한 체온, 그리워서

분수

최고로 높고 멀리 뻗어갈수록
그것은 더욱
아름답고
처참하다

더 할 수 없는 절정이
가로놓여 있음으로서
숨을 막고
이대로 죽어버리자는,

분수!
내 스무 살의 열애

어머니

음험한 동굴 속에
사라진 역사들이 파묻혀 있다.
우리의 상식과 지혜를 가볍게 물리치는 그곳,
엄숙한 체위에는
소름끼치는 영혼이 부유하고 있다.

피에 젖은 옷가지가 토해내는
거짓말 같은 참말,
참말 같은 거짓말들이
당신이 키워온 깊고도 짙은 사랑이었다면
이제 두 눈 꼭 감고 나는, 미쳐도 좋으리.

오래된 여자가 숨을 겨우 내뱉는 병상 위엔
석고상처럼 하얀 눈빛, 당신이
새근거리고 있다.

낙석

돌이
돌을 깨물어서
쏟아지는 낙석들 위태롭게
살아 있고

돌무더기 아래
돌무더기
돌무더기 위에
돌무더기

이처럼 꽉 막힌
수습할 수 없는 절망이
눈앞을 가린 채
나의 차는 꼼짝도 못한 채, 그냥
갇혀 있다

앞뒤가
완전 불통不通이다

어찌할까?
두 손은 꼭꼭 묶여 있는데
지상의 한 모서리는
거듭
무너져 내리는데

가슴이 뛴다

철거덕 철거덕
기차가 달린다

철거덕 철거덕 철거덕
가슴이 쿵쿵
뛴다

철거덕 철거덕 철거덕
시골서 기다리는 부모님, 동생, 친구들이 보고 싶고

철거덕 철거덕 철거덕
서서 가도 튼실한 스무 살
나이에

철거덕 철거덕
내뿜는 증기들이 시커멓게 하늘을 물들인다

철거덕 철거덕 철거덕
철거덕 철거덕 철거덕
나의 60년대식 기차는 참으로 끝이 없이

들판을 가로질러
몸부림치듯 달리고
달리고
또
달린다

아프리카 사랑

두 마리의 목이 서로 엉클어지면서
죽자, 살자 한판 싸움이
절정이다.

세상에서 가장 높은 키를 자랑하는 기린麒麟 두 마리가
세상에서 난생처음 보는 듯한 난투극을 벌이면서
기린답지 않게, 하늘 한가운데서
투쟁 중이다.

이빨과 이빨이 씩씩거리면서
서로를 앙칼지게 노려보지만
노려보는 그만큼 잔혹한 살의도 허물어져서
글쎄, 얻을 것이라곤 한푼 없는 그들 기氣 싸움이
참으로 헛되고 헛되기만 할 뿐인데

누가 이길 것인지 쳐다보지 말 것, 그저 무심하게
지나쳐 버릴 것,
아프리카는
넉넉하게도 두 마리 기린들을 가슴 가득하게
품어주는 일만 남아 있는데.

풍뎅이

나는 똑바로

고개를 좌로 돌리고 기어올 한 마리 풍뎅이를

애면글면 기다리고 있다

풍뎅이는 나의 부풀어 오르는 성급한 기대 속에

붙들려, 험난하게 달려올 것이다 나는 언제나 버림받고 있는

가여운 사람, 나는 속수무책 떠돌아다니는 집 없는 패거리, 나는 나의

오른쪽에 대하여 말하자면 유구무언有口無言, 참으로 지은 죄가 많다

한참을 기다리고 기다린 끝에 한 마리 풍뎅이가 좌로부터

부서질 듯이, 거칠게 내 앞으로 와서 멈추었다

오, 그립다 풍뎅이!

당신의 찻잔

작은 찻잔에 고요히 풍랑이 일고 있다

차츰 덜거덕거리는 찻잔에 깨어지는 듯 비명이 새고 있다

일렁이는 찻잔 그 모서리에 소름끼치는 아우성이 피어오르고 있다

당신이 건네는 말 한마디,

한마디가 온통

나를 불지르게 할 것이다

입춘 무렵

대한과 우수 사이
봄이 시작된다는
입춘,
개문만복래開門萬福來를 써서 대문에 걸어두고
한바탕 새봄의 기운을 느끼자는 것인데,
캄캄한 눈이 진흙 바닥에 파묻혀 생사 분간조차 하지 못하는
이 참혹한 시절
어디쯤 봄은 서성대며
잔뜩 풀이 죽어 나서기를 거부하는가

그렇지만 오라, 봄이여 전면에 나서서 크게 한 번
피투성이 싸움에서 이기는 자만이 초록의 잎을 피울 것이니,
그대는 목숨 걸고 불온한 지배세력을 향하여 뜨겁게 울부짖음으로써
저항하라 끝까지
투쟁하라 최후를 사수하라
싸움은 지는 법도 예견하나니, 설령 봄이여 가혹하게
처참하게 패배할지라도 다시 한 번 늠름하게 설욕의
고통을 견뎌내자는 것이므로
담담히 이를 받아들이도록 하자

봄이여, 이제는 싸움터에서 피어날 우리 모두의
잔치를 위하여 축배,
죽음 위에 바쳐질
위대한 축배!

최초의 기억

어미 새의
긴장한 눈빛이 둥지로부터
나를
밀쳐내었다

떠나서, 날아라 날아라
날아라!

나의 날개짓이
맨 처음 하늘로 가득 펼쳐졌을 때의
그
몇 초간
번개 치듯 까마득하고 화려했던 비상이

지금도 나를
끊임없이
끊임없이 흐르게 만드는

태초를 향한
죄악 같은 그리움, 바로
이 때문이다

멍텅구리

나는 멍텅구리
입은 길게 찢어지고, 눈은
찌부러진 듯
모호하고
머리통은 세상살이와는 멀리 떨어져 있어
그렇다면 그것은 멍텅구리
때 없이 실실 웃어재끼는
내게는 어울리는 보통명사 멍텅구리
바보처럼 천치처럼 내가 나를 내팽개치는 말
그 속에 그대로 갇혀 있고 싶어
오, 멍텅구리

한 잎 플라타너스

플라타너스 한 장 방금
떨어진다.
내 마음은 이미, 이 계절을
수습하고 있다.

갈색 잎사귀 위에
또박또박 볼펜으로
당신에게 부칠 편지를 쓴다.
수신인은 내년 4월, 눈부신 신록 속에 펼쳐질
새로운 군주君主,
오 당신!

내 마음의 붉은 우체통은 어느새
다가올 새봄을
눈물겹게 기다리고 있는 것이다.

하얀 겨울
그 울음의 성벽을 지나서
드디어 우리 함께 만나게 될 푸른 봄날
바로 그때까지,

안녕.

이수익 연보

연구서지研究書誌

이수익 연보

1942년 11월 28일 경상남도 함안군 여항면 주서리에서 아버지 이청우(李青佑), 어머니 이원순(李元順) 사이에 차남으로 태어남.

1946년 함안에서 아버지의 직장이 있는 부산으로 이사.

1955년 부산 남일초등학교를 거쳐 부산사범병설중학교(이후 부산사대부속중학교로 바뀜)에 입학. 당시 학교 교지였던 『천마』에 시를 투고했으나 실리지 않음. 여기에 크게 자극을 받아 이때부터 정신없이 시 습작에 몰두.

1956년 그동안 갈고 닦은 글솜씨가 중학교 2학년 1학기 초 국어 담당 선생님에게 인정받음으로써 문학 소년의 길에 들어서게 됨. 가을에는 제4회 학원문학상 작품 공모에서 「농촌의 오후」를 투고, 입상함. 이후로 교내, 교외 백일장 행사에 다수 참여함.

1961년 부산사범학교를 졸업하고 서울대학교 사범대학 영어과에 입학. 사대문학회(회장은 고 김광협 시인)에 가입하면서 그동안 입시 준비를 하느라 쉬었던 작품 쓰기를 다시 시작함. 당시 사범대학 국어과 재학생(김원호 시인, 정준섭, 유학영)들과 문리대 국문과 재학생(김훈, 안종관, 이영섭) 등과 어울려 젊음의 열정을 쏟아 문학 활동을 전개함. 내 생애 가장 빛나는 뜨거움이 있었던 시기로 기억됨. 부산사범 동기 오규원은 1968년 『현대문학』으로 등단, 김성춘은 1974년 『심상』 신인상으로 등단하여 시단에 드문 경우를 보여줌.

1963년 서울신문 신춘문예에 시 「고별」「편지」 등이 당선되어 문단 데뷔함(심사위원은 서정주, 박남수 시인). 그 후 박남수 시인의 추천으로 『현대시』 4집에 작품을 발표할 기회를 가짐.

1964년 『현대시』가 사화집에서 동인지 형태로 재출발하면서 6집부터 『현대시』 동인 활동을 시작함. 동인으로는 주문돈, 이유경, 이승훈, 김영태, 정진규, 황운헌, 허만하, 이수익, 박의상, 김규태, 김종해, 오탁번, 마종하, 오세영, 이건청, 이해녕 등이었으며 1972년까지 계속되었음. 이들이 한국현대시사에 기여한 바가 실로 크다고 생각됨.

1965년 사범대학 졸업 후 충북 진천군 진천중학교에 발령받아 몇 달간 영어 교사로 근무함. 이때 쓴 「우울한 샹송」이 문공부 주최 제4회 신인예술상 시 부문 수석으로 입상함. 「우울한 샹송」은 고등학교 국어교과서에 실리고 낭송 오디오, 가요, 애송시로서 널리 알려짐. 10월에 군 입대.

1967년 경남 진해에서 군 복무 시 알게 된 고 황선하 시인, 강계순 시인 등과의 인연이 새로우며, 진해여고 교정에서 펼쳐진 한글날 백일장 심사 등이 간혹 기억에 떠오름.

1968년 제대와 함께 부산MBC 제2기 프로듀서 공채에 응시, 입사함.

1969년 첫 시집 『우울한 샹송』을 펴냄(오늘의 한국시인집, 삼애사).

1971년 김수구(金壽九), 임수애(林守愛)의 장녀 미애(美愛)와 12월 14일 결혼.

1973년 딸 세경(世京)이 태어남. 현재 사위 황동수는 삼성SDS 부장으로 근무.

1975년 아들 의성(宜城)이 태어남. 현재 효성화학 팀장으로 있으며, 자부 강윤정은 언스트앤영 차장으로 재직.

1978년 제2시집 『야간열차』(예문관)을 펴냄. 작고한 시인 김영태가 표지 그림을 그린 이 시집은, 원래 문예진흥원에서 내려고 마음먹었으나 여기에 실린 「젊은 사자(獅子)의 추억」이 4월에 죽은 젊은 영혼에 대한 애틋한 마음이 담겨 있다는 이유로 문예진흥원에서 출간하지 못하게 하자, 자비로 펴냄. 고 전봉건 시인이 이 시집 출판을 위해 애써 주었음.

1980년 부산시 문화상(문학 부문) 수상.

1981년 자신의 문학 활동과 자녀 교육 문제를 고려하여 직장을 서울 KBS로 옮김.

1983년 제3시집 겸 시선집인 『슬픔의 핵』을 고려원 시문학총서 시리즈로 펴냄.

1984년 KBS 라디오 기획부문 〈장롱 정리, 함께 하실까요〉를 방송. 이 프로그램으로 한국방송대상 작품상을 수상함.

1986년 제4시집 『단순한 기쁨』을 고려원에서 펴냄. 이 시집으로 이듬해 제32회 현대문학상을 수상.

1988년 제5시집을 겸한 시선집 『그리고 너를 위하여』를 문학과 비평사 대표시인선 시리즈로 펴냄. 이 시집으로 대한민국 문학상을 수상

1989년 출판사 동문선에서 시선집 『우체국에 가면 잃어버린 사랑을 찾을 수 있을까』를 펴냄.

1990년 이성선, 조정권, 최동호 등과 함께 4인 시집 『시간의 샘물』(나남)을 펴냄.

1991년 제6시집 『아득한 봄』을 미학사에서 펴냄.

1992년 이성선, 조정권, 최동호 등과 앤솔로지 『지상에는 진눈깨비 노래가』(민음사)를 펴냄.

1995년 시 「승천」으로 제7회 정지용문학상을 수상함. 제7시집 『푸른 추억의 빵』(고려원)을 펴냄.

1998년 KBS 라디오 정보센터 주간을 거쳐 라디오 2국장 발령을 받음. KBS에 재직 중인 시인 백학기, 손현철, 안덕상, 유성식, 김선옥, 백승현, 박해선, 김양수 등과 앤솔로지 『밥보다 더 큰 슬픔』을 푸른숲에서 간행 (그 후로 SBS에서 유자효, 박건삼, 박준영 시인과 MBC에서 김주태 시인이 참여하고 KBS에서 장충길 시인이 새로 가입함).

2000년 제8시집 『눈부신 마음으로 사랑했던』(시와시학사)을 펴냄. 12월 31일부로 KBS 정년퇴임.

2001년 시집 『눈부신 마음으로 사랑했던』으로 한국시인협회상 및 제1회 지훈문학상을 수상. 협성대학교 문예창작과에 가을 학기 출강.

2002년 그동안 써온 작품들을 추려 시선집 『불과 얼음의 콘서트』(나남출판)를 펴냄. 이화여자대학교 국문과 가을 학기 출강.

2003년 고려대학교 사회교육원에서 시 창작을 맡아 2007년까지 지도함. KBS 시청자위원을 맡음.

2007년 제9시집 『꽃나무 아래의 키스』를 천년의 시작에서 펴냄. 이 시집에 실린 시 「오체투지」로 제15회 공초문학상을 수상했으며, 또한 이 시집으로 제4회 육사시문학상을 수상.

2008년 시집 『꽃나무 아래의 키스』로 제3회 이형기문학상을 수상함.

2010년 제10시집 『처음으로 사랑을 들었다』를 시와시학사에서 펴냄.

2013년 제11시집 『천년의 강』을 서정시학에서 간행함.

2016년 제12시집 『침묵의 여울』을 황금알에서 펴냄.

2019년 『이수익 시전집』을 황금알에서 출간.

연구서지研究書誌

1978. 이유경, 「사물과 비애」, 시집 『야간열차』 해설, 예문관.

1980. 김준오, 「이수익론」, 『심상』, 심상사.

1983. 오규원, 「에고와 사랑」, 시선집 『슬픔의 핵』 해설, 고려원.

　　　오규원, 「에고와 사랑」, 『오늘의 시론집(9)-언어와 삶』, 문학과지성사.

1988. 정효구, 「시인의 진정한 역할」, 시집 『우울한 샹송』 해설, 청하.

1989. 오탁번, 「이수익론-시적 비애와 시사적 구조」, 『한국현대시연구』, 민음사.

1990. 이남호, 「열다섯 편의 시읽기」, 『문학의 위족』, 민음사.

　　　오세영, 「생의 시인들」, 4인 시집 『시간의 샘물』 해설, 나남.

　　　이인화, 「이 시인의 요즈음」, 『현대시학』, 현대시학사.

1991. 최동호, 「암호로 음각된 꿈꾸는 자의 옷자락」, 『평정의 시학을 위하여』, 민음사.

　　　남진우, 「한 심미주의자의 항로」, 시집 『아득한 봄』 해설, 미학사.

　　　오세영, 「이수익론-슬픔, 사랑 그리고 죽음의 미학」, 『상상력과 논리』, 민음사.

　　　이혜문, 「이수익론-슬픔 아름다움의 세계」, 『현대시학』, 현대시학사.

　　　오탁번·이숭원·김영철·민병기, 「현대시인 집중연구-이수익편」, 『시와 시학』 여름호, 시와 시학사.

　　　이태수, 「이수익론-유미주의, 그 안과 밖」, 『현대시』, 한국문연.

1993. 이승훈, 「이수익의 시론」, 『한국현대시론사』, 고려원.

　　　권정우, 「이수익론-역설의 미학」, 『문학사상』, 문학사상사.

1994. 홍신선, 「세련과 원시적 건강함의 시학」, 『한국시의 논리』, 동학사.

1995. 하현식, 「1960년대 시인을 찾아서④, 서정적 감수성과 이미지- 이수익의 경우」, 『심상』, 심상사.

한명희 · 박호영 · 송효섭 · 김삼주 · 박이도 · 이숭원 · 이남주, 「현대시인 집중연구—이수익편」, 『시와 시학』 여름호, 시와 시학사.

이숭원, 「현란한 추락과 가벼운 비상」, 시집 『푸른 추억의 빵』 해설, 고려원.

1996. 김광규, 「선비 정신, 민중 서사시, 달빛 체질」, 『육성과 가성』 문학과지성사.

이승훈, 「우울한 샹송」, 『한국 현대시 새롭게 읽기』, 세계사.

1999. 이혜원, 「슬픈 아름다움의 세계」, 『세기말의 꿈과 문학』, 하늘연못.

2000. 엄경희, 「소멸을 위한 존재의 집짓기」, 『현대시학』, 현대시학사.

전수련, 「절제와 금욕의 시학」, 『문학과 창작』, 문학아카데미.

2002. 엄경희, 「슬픔의 핵에서 번지는 따뜻한 물살」, 『빙벽의 언어』, 새움.

박호영, 「낭만적 비극성의 시학」, 『몽상 속의 산책을 위한 시학』, 푸른사상

2003. 신주철, 「시인을 찾아서—이수익 시인, 황홀과 죽음에 눈맞춘 유미주의자」, 『미네르바』 봄호, 미네르바.

이유경, 「시인의 시인탐험 (19)—이수익의 에로틱한 모험」, 『월간조선』, 月刊朝鮮社.

정훈 · 김규태, 「부산을 거쳐 간 시인들③—이수익」, 『시와사상』 여름호, 시와사상사.

2004. 한명희, 「비애와 에로티시즘」, 『삶은 조심스럽게, 문학은 치열하게』, 천년의 시작.

김현자, 「현대시 새로읽기②, 시인과 그리운 영혼의 울림」, 『서정시학』 봄호, 도서출판 서정시학.

한영옥, 「우주의 網, 사랑의 시편들」, 「象과 意의 상생」, 『한국 현대시의 場』, 푸른사상.

2005. 송기한, 「60년대 시인론⑥, 이미지즘과 통합적 사유에의 도정—이수익론」, 『현대시』, 한국문연.

최라영, 「현대시 동인 연구⑧, 엠페도클레스 콤플렉스적 열정의 궤적—이수익론」, 『현대시학』, 현대시학사.

이순현, 「시인의 일상⑦ 이수익, 냉정과 열정 사이」, 『현대시학』, 현대시학사.

이상숙, 「죽음은 슬프지 않다-이수익의 시세계」, 『시로 여는 세상』 가을호, 시로 여는 세상.

2006. 박호영, 「버려진 존재들에 대한 전환적 인식-이수익의 신작시를 중심으로」, 『딩아돌하』 겨울 창간호, 정일품.

이경수, 「지천명 혹은 죽음, 생존, 생명의 시-이수익 시집 푸른 추억의 빵」, 『존재의 빈 아름다움』, 작가.

최라영, 「엠페도클레스 콤플렉스적 열정의 궤적-이수익론」, 『현대시 동인의 시세계』, 예옥.

2007. 장영우, 「폐허에서의 비상」, 시집 『꽃나무 아래의 키스』 해설, (주)천년의 시작.

김병호, 「증거로서의 침묵과 여백」, 시집 『꽃나무 아래의 키스』 시평, 『현대시』, 한국문연.

최라영, 「집중분석/현대시 동인들의 새 시집-현대시 동인의 최근시 경향」, 『현대시학』, 현대시학사.

송기한, 「이미지즘과 통합적 사유로의 도정」, 『1960년대 시인연구』, 도서출판 역락.

김수이, 「잎사귀의 길과 벌레의 길」, 『천년의 시작』 여름호, (주)천년의 시작.

박호영, 「사물들의 응시를 통한 존재의 본질적 인식」, 『송상욱 詩誌 詩』, 여름·24호, 도서출판 맷돌.

최라영, 「에로스에서 아가페까지」, 『시와사상』 여름호, 시와사상사.

김윤하, 「삶과 죽음의 시적 풍경」, 『문학과 창작』 가을호, 문학아카데미.

조해옥, 「신작시 특집 작품론-야생의 감정과 시원을 찾아서」, 『시와 사상』 겨울호, 시와사상사.

2010. 박옥춘, 「시인의 일상-견딤의 방식들」, 『현대시』, 한국문연.

양해기, 「마르지 않는 샘 하나」, 시집 『처음으로 사랑을 들었다』 시평, 『문학과 창작』 가을호, 문학아카데미.

류재엽, 「정제된 시편들이 뿜어내는 향기」, 시집 『처음으로 사랑을 들었다』 시평, 유심 9/10월호, 만해사상실천선양회.

김지선, 「생을 위한 두 개의 잠언」, 시집 『처음으로 사랑을 들었다』

시평, 『시인세계』 가을호, 문학세계사.

이병헌, 「죽음과 삶의 변주곡」, 시집 『처음으로 사랑을 들었다』 시평, 『문학청춘』 겨울호, 문학청춘.

김백겸, 「'명검'과 '고수'의 환상에 투사한 시편들」, 시집 『처음으로 사랑을 들었다』 시평, 『시와 경제』 겨울호, 시와 경제사.

임수경, 「생의 노마드가 말하는 근원적 자문답」, 시집 『처음으로 사랑을 들었다』 시평, 『시인시각』 겨울호, 문학의 전당.

2011. 나민애, 「내가 읽은 문제작-참을 수 없는 존재의 일리아」, 『유심』 1/2월호, 만해사상실천선양회.

노지영, 「상징적 언어와 상실의 실재 사이에서-이수익 시의 위의(威儀)」, 『학산문학』 여름호, 학산문학사.

장무령, 「시쓰기와 세계의 비의 열기-이수익의 악어의 시」, 『현대시』, 한국문연.

윤의섭, 「늙어감에 대하여」, 『현대시학』, 현대시학사.

2012. 남승원, 「현대시 월평-지금 질문하고 있습니까?」, 『현대시』, 한국문연.

2013. 최금진, 「현대시 월평-물의 근원적 질문」, 『현대시』, 한국문연.

김윤정, 「현대시 월평-산포된 세계 속에 피어나는 말의 로고스」, 『현대시』, 한국문연.

주영중, 「황홀한 악마, 죽음 그 너머를 향한 여정」, 『현대시』 초대석, 한국문연.

임수경, 「이수익 시에 나타난 존재인식 양상 연구」, 『한국문예비평연구 제21집』, 한국현대문예비평학회.

박해림, 「사랑, 위태로운 사랑이여」, 이수익 시집 『천년의 강』을 읽고, 『문학과창작』 가을호, 문학아카데미.

황치복, 「관능과 사랑, 혹은 탐미주의에서 실존주의까지-이수익 시인의 신작 세계」, 『서정시학』 가을호, 서정시학.

나민애, 「이달의 문제작-조용한 시」, 『문학사상』, (주)문학사상.

김석준, 「시, 그 말할 수 없는 것에 대한 성찰-이수익 시집」, 『천년의 강』, 『미네르바』 겨울호, 미네르바.

전해수, 「사랑과 고독의 '치명적' 이중주-이수익의 『천년의 강』 서

평」, 『시인동네』 겨울호, 문학의전당.

이도연, 「시의 방법론-시인들의 풍경 2」, 『시인동네』 겨울호, 문학의전당.

이태수, 「기획특집-유미주의와 초월에의 꿈」, 『시와사상』 겨울호, 시와사상사.

이덕주, 「이수익 시집 『천년의 강』-'강물'처럼 흐르는 존재론적 사유」, 『시와경제』 겨울호, 시와경제사.

2014. 이성혁, 「이수익 시인과의 만남-강렬한 생명의 힘으로 새겨진 삶의 무늬로서의 시」, 『미네르바』 봄호, 미네르바.

고영 외 「시사사 리바이벌-다시 읽어보는 오늘의 명시 명시집, 이수익 편」, 『시사사』 7-8월호, 한국문연.

이병헌, 「죽음과 삶의 변주곡-『이수익의 처음으로 사랑을 들었다』」, 『내면의 열망』, 황금알.

2016. 유종인, 「이 달의 시인 이수익-평론: 사이, 그 간극의 미학」, 『시와표현』, 도서출판 달샘.

호병탁, 「세월의 문턱에다 대고 불지르고 싶은-이수익의 『침묵의 여울』」, 『문학청춘』 가을호, 황금알.

나민애, 「날카롭고 격렬한 '뼈'의 침묵-이수익 시집 『침묵의 여울』」, 『시와정신』 가을호, 시와정신.

박남희, 「현대시 동인의 어제와 오늘-정진규, 이승훈, 이수익의 시」, 『열린시학』 겨울호, 고요아침.

2017. 이태수, 「유미주의와 초월에의 꿈-이수익의 시세계」, 『성찰과 동경-이태수 시론집』, 그루

김백겸, 「이수익 작품론-시의 파토스 속에 있는 해석의 여분」, 『계간 문파』 가을호, 문파문학사.

이수익 시전집

초판발행일 | 2019년 11월 30일

지은이 | 이수익
펴낸곳 | 도서출판 황금알
펴낸이 | 金永馥
주간 | 김영탁
편집실장 | 조경숙
표지디자인 | 칼라박스
주소 | 03088 서울시 종로구 이화장2길 29-3, 104호(동숭동)
전화 | 02)2275-9171
팩스 | 02)2275-9172
이메일 | tibet21@hanmail.net
홈페이지 | http://goldegg21.com
출판등록 | 2003년 03월 26일(제300-2003-230호)

ⓒ2019 이수익 & Gold Egg Publishing Company Printed in Korea

ISBN 979-11-89205-54-6-03810